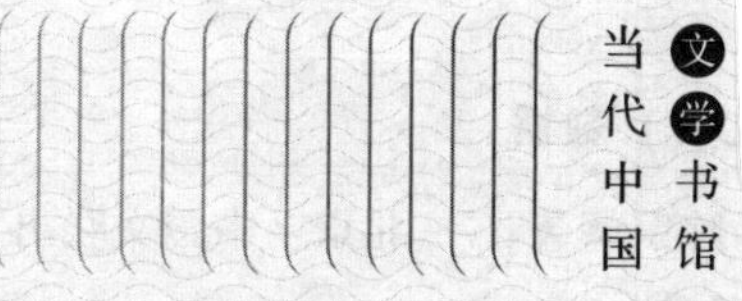

当代中国文学书馆

悬崖上的野花

陈宗辉 著

中国文联出版社

图书在版编目（CIP）数据

悬崖上的野花 / 陈宗辉著. -- 北京：中国文联出版社，2017.5（2023.3 重印）

ISBN 978-7-5190-2755-1

Ⅰ.①悬… Ⅱ.①陈… Ⅲ.①散文集—中国—当代 Ⅳ.①I267

中国版本图书馆 CIP 数据核字（2017）第 110111 号

著　　者　陈宗辉
责任编辑　郭　锋
责任校对　乔宇佳
装帧设计　中联华文

出版发行　中国文联出版社有限公司
地　　址　北京市朝阳区农展馆南里 10 号　　邮编　100125
电　　话　010-85923025（发行部）　　85923091（总编室）
经　　销　全国新华书店等
印　　刷　三河市华东印刷有限公司

开　　本　880 毫米×1230 毫米　1/32
印　　张　7
字　　数　168 千字
版　　次　2023 年 3 月第 1 版第 2 次印刷
定　　价　65.00 元

目 录

被风吹逝的小人物

我的家乡在福建中部两县交界几个民族杂居的地方。村里的人一辈子都守在自家的小屋子里，由于世代与外姓结亲才逐渐了解周围几个村庄的人和事。少年时代，我听到最神奇的故事就是村里一个老人反复讲述自己曾经乘坐木排到福州因语言不通被歧视的尴尬往事。直到初二，幸逢几个省里下放的老师，可那时他们也是被按着头而夹紧尾巴的人。况且没有多久，他们又回到了不同的高校。所以，我少年时所认识的大都是社会最底层的泥腿子，一阵风把他们倏地吹来又倏地吹去，了无踪迹。

现在，我就记下几个在记忆深处渐渐消失的小人物吧。

一、“落货来”

在我的记忆里，“落货来”是行走在我那家乡方圆几十里中最神奇的人物。“落货来”不是名字，而是闽南语系德化方言“下雨”的音译。他到底姓甚名谁没有人知道，也没有人想知道。20 世纪 60 年代后期的一个炎夏时节，他独自一人摸到我那偏僻的村庄，看他长途跋涉疲乏之至，我父亲留他吃了一顿家常饭。他在我家客厅外走来走去看了又看，说：“你这房子面前很好，境界开阔，又极富层次。”他跟人说，他能给不好带的体弱孩子过火关。他不像普通道士那样念念唱唱，翻几个跟斗，盖个平安方章了事，而是脱下鞋子，高卷裤腿，打着赤脚，抱着孩子从呼呼跳着火苗的炭堆上走过去。这给难得出门的山里人开了眼界。大家都十分尊敬地称他为师公。

师公说，给小孩过火关只是附带的事，他的主业是会龙祈雨。当时，正处于炎夏大旱时节，村里人日日盼夜夜盼，盼望上天下一场大雨。他说，这事包在他身上，但要50元报酬。村里几个说得了话的人交换一下眼神就答应了他。第二天早上，祖祠厅堂外放置一个干净的大木桶，桶内装满清水，两个少男手拿竹片，站在木桶的两侧，按师公唱的速度击水。师公唱得快，就用力快速击起水花；唱得慢，就轻缓慢慢击起。他的唱词中一直重叠复沓着“落货来”，大家就称他为“落货来”，他也欣然答应。祈雨要到龙潭，参与的人全为男丁，女的一律回避。他严肃警示大家，在来回龙潭的路上，他每唱一句“落货来”，大家就要跪一次，不管有多么热，多么难受，不得有半句怨言。路上村民家家户户都燃放鞭炮、煮好点心恭候祈雨队伍。龙潭边上，他时而仰天长啸，时而跪地叩头，一声声“落货来，落货来”，如巨石落潭，又如狂风摧木，撼人心魄，又慷慨悲凉。一阵大风吹过头顶，他戛然而止，带着长长的队伍回程。

回到祖祠，击水三番，哗哗哗；高呼三次，“落货来”！挂旗。天气还是异常闷热，天空还是一片清亮。大家心想，“落货来”今天一定白费心力了吧？可是，晚饭吃到一半时，突然大雨倾盆而下。几个人赶紧跪下惊问：“神龙什么时候来的？”“落货来”不紧不慢地说：“神龙来无影去无踪，大家都起来吧。”

第二天，传言大队革委会、民兵营以搞迷信破坏群众生产为由，要捉拿“落货来”问罪，等到干部追到，“落货来”早已不知去向。此后，我再也没见过“落货来”，现在大概没有人还会记住他了吧。

二、老兵

“老兵”是村里人对过去国民党兵的简称。新中国成立前，他当过几年的国民党兵，退役回来娶妻生下一子，孩子刚会走路，妻子不知啥病，突然撒手而去。孩子跟着老母，他自己任性游玩。族中长辈劝他守家务农，他不听。新中国成立初期，国民党地方武装人员占山为匪，他就卷入其中炊事。时间虽不长，但也成了他人生中的一段永远洗不掉的历史。

他初名唤平，后改长泰，成年后只有一些女性按辈分称呼他，男的基本不称他本名而称老兵。到了合作化时，他在外面混不下去了，回到老家来。因为经历特别，外头有路他也插翅难飞，村里邻人也冷眼相对，他感到生活很黯淡。同村一位长辈去世了，其他的忙他帮不上，就抱逝者入殓。从此，他就包揽了附近几个村庄的此事。这事虽不能免但属低贱之事。他做着做着习惯了，孩子渐渐长大，也不顾别人白眼黑眼。

一夜飓风从天而降，要大破“四旧”。偏僻的农村一穷二白，差不多家家食不果腹，人人衣不遮体，但人不是随风飘落的种子变的，也不是小鸟的嘴里衔来的，几十上百年的破房子里，旧时遗留下来的东西多多少少有一点。那不就是“四旧”吗？大队给每家每户发红宝书了，谁还暗藏《中庸》《孟子章句》《幼学琼林故事》呢？先自查主动交到大队统一销毁，否则清查出来便是“反革命”！村里有书的人反正很少，读到梁惠王的算是知书达礼的了。烧就烧吧，抛开“封资修黑”货好进入共产主义社会。这到底是令人向往的事。

这样想未免太天真了，封建岂止是那几本发黄缺页的破书呢。在哪里呢？村村有，家家有，甚至人人的脑子里都有。谁家没有一张香案，上面摆着神像香炉烛台，谁家没有一张八仙桌，年节摆放着各种供品。你愿意主动送到大队销毁吗？祖祠寺庙里有菩萨、神像、佛像等，你敢清理吗？祖祠、祖寺庙你敢拆掉开辟大寨田吗？这是考验你革命不革命甚至是不是“反革命”的试金石。这时候乡人才醒悟过来。

老兵自带大米，为大队部砍柴、种菜、扫地。略有闲暇，不敢跟大人尤其是戴着红袖章的人交谈，就跑到学校旁边的树下给孩子们表演球艺，说是球艺，实为玩小石头。球艺是老兵从国民党部队学来的绝招。他一个手同时可以玩两个石子、三个石子甚至四个石子，一上一下不停跳荡，几分钟不会丢落。小学生围着他看围着他笑，他一次次说累了又一次次接着表演，表现了他的极大快意。一个早晨，大队民兵营长跟老师说：“有人把黑手伸到学校，恶意腐蚀革命后代，跟无产阶级疯狂争夺接班人，你们怎么视若无睹呢！”老师一听，大为吃惊，赶快拿来领袖像牌高高举起，叫几个高年级学生把像牌固定在旗杆上，然后推老兵跪在像前请罪。这时他竟然还不知道自己犯了腐蚀红色后代罪。民兵营长说：“你们革命后代要起来跟他做坚决的斗争。”几个学生找来麻绳把老兵反手绑了起来。

老兵是学过散打招式的人，几个十几岁的孩子奈何不了他。民兵出手了，上了手铐，令他长跪，突然用一面旗子裹住他的头脸，然后对他拳打脚踢。老兵虽上了年纪，但似乎仍无大碍。一次批斗大会，把他双手反绑吊了起来，时间长了，他要求下来，没有人理他。他尿裤子了，造反派说他竟敢在革命舞台上撒尿，这是蔑视无产阶级专政。于是，用短棒打断了他的几根肋骨。他自找草药内吃外敷，又低着头行走在乡村的小路上。

清理“四旧”工作即将进入尾声，可是还有一个自然村祖祠的泰山公神像不知藏在何处。大队把这个寻找神像的任务交给了老兵，一天、两天、三天……十天过去了，还是没有找到。老兵想到一个人，就天天坐在他家里，找他的妻子、儿媳、侄媳等，说自己找不到神像就要去跳河了，无聊之至请赏点咸菜吃。后来，人家告诉他，神像已经放回祖祠了。他马上把神像请到大队。大队给他一把大斧头。他抡起斧头，举得很高很高，大叫一声，向下一劈，劈到地里的石头上，火花四溅。大家一看，老兵躺在地上，口吐鲜血，气喘微微，有人把他扶起擦洗，怎么叫他也不会言语，赤脚医生撬开他的嘴一看，发现他的舌头已经破烂。不久，哑巴老兵失踪了。过了两年，有人发现村外十里深林有长发魔鬼，叫声如号似泣，身形酷似老兵。民兵组织带了几支步枪搜山三日无果而作罢。

老兵，学过散打招式的老兵真的变成深山魔鬼了吗？他的儿子也不知道，也不敢公开寻找认亲，他要跟父亲划清界限，争取做一个“可以教育好的子女”。

三、庄先生

1963 年秋季，村外大片的毛竹林青翠碧绿。一条小溪穿过村庄，映衬着两岸的摇曳翠竹和空中的悠悠白云。临时作为学校的祖祠就坐落在竹林下的溪旁，小溪在祖祠外绕了一个大弯，使得溪岸冲积成一大片沙地，沙地的一半长满了青绿的草皮。庄先生来到这里，集校长、科任教师和炊事员于一身，全校四个年级，总共只有二十多个学生。四个复式班，他一个人包干到底。他的哨声是命令，学生是一群快乐的小鸟，两声哨响小鸟栖集屋里，一声哨响小鸟飞散而去。

庄先生二十七八岁，中等身材，大概读书不多，没有跟周围读过私塾的“文化人”交流，也没有什么人请他写信写对联。他教学生写大楷，基本是一个一个地把着手教，很少统一演示集体指导。他教一个学生，其他学生大多伸着脖子看，甚或站在凳子上手舞足蹈，他也不训斥，因此，课堂里此起彼伏成为常态。他教学生读书，学生读得最大声的要数拼音字母，有老人好奇地问，学生读什么呢？怎么都没有教《三字经》，只教唱歌，没事的老人在外面听，有的还跟着哼出漏风的声音："太阳当空照，花儿对我笑。小鸟说，早早早……"

一声哨响，差不多他和小鸟们一起到了河边的草地上翻跟斗，不论前滚翻、后滚翻还是侧滚翻，他都非常拿手，没有一个学生比得上他。他和学生一起动手，挖好沙坑，跳高跳远，后来还表演撑竿跳，好像猿猴飞跃一般，学生对他更是佩服得五体投地。他教学生游泳，似乎比课堂教书更在行。不会游的静静在岸上观看，他不强求学生下水；爱下水的很快学会，和他一起成为浪里白条。从水里出来，他教学生左右轮流侧耳附在石头上，把耳朵里的水排干。

他周末回家，返校时带来一个皮球。课外时间，他带着学生在草地追逐，打球抢球，伴以玩老虎追羊或老鹰捉小鸡的游戏，学生依恋他连放学都舍不得回家。有的学生发现庄先生吃不上青菜，主动从家里带去悄悄放在他房间门口。他说，没有经过父母同意不能拿家里东西。有时候菜多了，就煮了分给远路带午饭的学生吃。有个老人说："校长怎么还是个孩子头呢？"村民跟着说："是啊，校长怎么还是个孩子头呢？"

第二年的秋天，学校换了一个老师。这个老师面庞清瘦，神情严肃，他到校后第一件事就是把沙坑填了，禁止学生到河边游玩。过了些日子，学生违反纪律的多了起来，他出了狠招，惩罚违纪学生下跪。老人说："这个校长好啊，严师出高徒。"于是，校长名正言顺越管越严了。可是，学生却不买账，逃学不来了。家长问其缘故。学生说："去年的老师都不来了，谁要去学校！"是啊，去年的老师带学生就像带一群小鸟，学生放学了都不想回去。

老人的孙子不上学，老人就去问大队干部："庄先生去哪里了呢？"干部说："谁知道，以前口口声声不要他，现在八抬大轿也请不来了。"老人说："那叫公社再派一个老师来。"干部不耐烦了，说："二十几个孩子，要两个老师，公社叫你阿爸？"

又过了一年，大队要求换个老师，学区改派的老师不来，开学来的还是那个清瘦的，学生敬而远之。那个庄先生呢？没有人知道。

不知过了几年，有消息说，那个庄先生也是在一个祖祠教书。刮大风时，为了保护学生，跑过去拉开学生，结果学校破房子顶上的一块砖头砸到自己头上，当场倒地不起。听到这个消息，每个人的眼睛都潮湿了，大队书记说，学校屋顶要好好翻一次。

四、理发匠

乡村的理发匠很卑微，女人孩子也只叫他一声剃头的。长年走家串户为人理发洗脸已属贱事，况且理发匠自身又往往先天不足，不是拐脚便是体弱多病干不了重活。因此，这样叫他也不算有什么不恭。

我们村的理发匠便是一个拐脚的外乡人。拐脚难以娶妻，本村的一户独生女也丑陋不机灵，要招赘上门女婿。他们就这样物以类聚配对了。他不胜重活，就帮邻近几个村的人理发。他手艺不错，剪发、刮须、掏耳、刮痧，还能刮沙眼。但他对不同的人下的功夫不同。哪家留他吃饭，他就格外细心。哪家男人理发，女人陪着聊天，他也坐着按程序轻剪慢洗。要是哪家对他不敬，他就紧赶快洗了事，要是说他，他也一点不急，还笑着说："一个做粗活的，又没有相亲，那么讲究干什么。"时间长了，理发匠渐渐忘了生活的不幸，极为认真地帮一些女人义务洗发剪发，女人逗他："剃头的，你的儿子那么清秀，是不是你下的种？"理发匠不让："你没听说，歪竹出好笋呢。要是不信，你就跟我试试。"女人一边笑一边骂："看打断你另一只腿。"理发匠说得更粗了，有时还敢趁机摸一把人家的屁股。

理发匠的活越做越精致，男人的平头、分头自然不在话下，女人的小重山也能梳理得"横看成岭侧成峰"。加上常年走村串户，接触三教九流，那张宽嘴巴也越来越油滑。他不仅能说荤段子，还能讲述三国和古今小说中的一些故事。有的女人说："剃头的，讲个好听的故事，我泡冰糖茶给你喝。"理发匠说："不想讲，除非你给我亲一个。"女人嗔怒道："叫你讲，算是抬举你，还癞蛤蟆想吃天鹅肉。"他就喝着冰糖茶讲梁山伯与祝英台、卖油郎独占花魁、蒋兴哥重会珍珠衫以及西门庆与潘金莲等传说故事，时而眉飞色舞，时而泣涕涟涟。

理发匠白天理发，晚上陪孩子读书，从小学陪到中学，他看着孩子一天天长大，看着孩子的书越读越好，又意外发现了一个秘密，就是中学生课外书销量很大，利润可观。他决定不再理发，买了一架板车，在城镇旧街道租了一个小房间，流动推销课外书。他还带着理发工具，一次买三本以上的，免费帮他理发一次。他的书销量大，收益很好，就长期在县城租住下来。那些被他摸过屁股的女人觉得好久没有听他讲故事了，无聊时有点怀想：村里这么多健全的男人怎么竟不如一个拐脚的呢？

五、莲花

莲花是我们村十里方圆内的第一美女。出嫁前，娘家人口多，她小学还没毕业就退学做粗活，干完田里的回家还要帮忙做家务。邻居长辈都夸她勤俭懂事，将来会嫁个好婆家。可是，莲花恰恰摆脱不了红颜宿命，嫁到了一个并不理想的家庭。

初婚时，丈夫看她漂亮如花，天天守着，生怕她会丢了一般。结婚、修缮房屋花了一大笔钱，他又不善营生，欠下的债渐渐有人上门来催讨。莲花从怀孕到生女坐月子，日子都过得紧巴巴的。嫁到临近的闺密跟随丈夫外出务工不满一年，回家都穿戴一新，项链有黄金的还有白金的，有的还戴起了玉镯子。邻村一个女友送她长袜子和文胸，并叫她马上穿戴，莲花觉得胸部明显高起来了。女友邀她一起外出打拼，莲花不但心动而且决定付诸行动。

把女儿托给婆婆，自己跟丈夫一同出去，可是到了城里，男女工种不同，丈夫越做越累，工钱增加不多；莲花越做越轻，工资越来越高，晚上回来迟了，就坐摩的甚至打车。莲花钱多打扮洋气，很快引起丈夫的警觉。莲花说："你怕我出来变坏，那我们明天就回去过原来的苦日子吧。"丈夫担心归担心，但又一直下不了回老家的决心。莲花说："你既然不愿回去，就不要整天疑神疑鬼的。再说，我也是每天晚上都回来，也从来没有拒绝过你。"丈夫想想也是，一起辛苦几年再回去。莲花看丈夫劳累，有时会带点保健品给他补补身子，可是到了晚上他还是力不从心。休息日，莲花跟女友逛街购物交流新生活，真是英雄所见略同，对家里的越来越没感觉，对外面的越来越痴恋疯狂，跟来自临近村子的闺密说笑，嘴里越说越没遮拦，把来城里刚学到的新词也像豆子一般通通倒了出来，边说边笑，只觉在城里生活像神仙，以前在家不是人。

丈夫的怀疑早就被证实了，那车子来到楼下接送，但左右看看哪家不是这样？不去想它就好。丈夫想，一年还旧债，三年盖新房，那还不令村里人羡慕？女儿刚上二年级，可她只认奶奶，不认穿旗袍戴耳环的妈妈。奶奶悄悄问她，她噘着嘴说："同学都说我爸爸很多呢。"

女儿小学还没毕业，莲花就觉得自己不年轻了。夫妻商量说，钱永远都赚不完，还是回家生个男孩吧。行李大包小包，夫妻下了动车就坐出租回家。大家见了面就说，莲花胖了。莲花脸上笑嘻嘻的，可心里却不喜欢自己变胖。莲花把女儿打扮起来，天天变着花样逗女儿，可是母女还是不很亲密。莲花跟女儿说："乖，妈妈准备再生个小弟弟，你高兴吗？"女儿连连说："我不要！我不要！"弄得莲花哭笑不得。

莲花的肚子还丝毫不见变化，就觉得整天有气无力，昏昏沉沉的。镇里的医生说，应该不是怀孕，到大医院查查吧。丈夫说，既然要查，干脆到省立医院查个明白。检查结果出来，丈夫一时愣在那里，好久好久，才叹了一句："才32岁，老天哪！"眼泪夺眶而出。婆婆打电话问是怀孕吗？丈夫抹着泪说："她可能不会回去了。"

晚上，奶奶抱着孙女悄悄流泪。孙女问："奶奶，奶奶，你是不是不喜欢我妈妈去生弟弟啊？"奶奶听了，突然放声大哭起来。

六、神仙

俗话说：佛在故乡无人敬，远来和尚好读经。可是，这里说的神仙却是生于斯长于斯的地道本地人。

没有听说他在哪里出道，只听人讲他小时候非常懒惰，父亲叫不听骂不怕，对他无可奈何，凡事只好亲力亲为。20岁时，给他成亲，想让他安心在家做事。妻子劝也不听骂也不怕，对他毫无办法。他想走就走想回就回，家好像是他的旅舍。

六十几岁的老父亲，忍受着别人的责备，自到生产队挑粮食，直至七十多岁，才把种菜浇菜的事交给孙子。神仙多次自豪地说："我从来没有挑过尿桶，所以求神祈福灵验，你们不干不净怎么跟神靠近？"老婆知道了，问他：

“人家不干不净，家里什么都有，你初一求神十五纳福，家里烧得一根柴都没有，还四处摆齐人宴酒食之谱，看我什么时候把几条破板凳烧了。”他哄老婆，困难很快就会过去，讲话要小心些，敬重神明，神明万万不可得罪。不久，他从外地买了颜料，举个小拨浪鼓，走乡串村染布。农村的人长年在日晒雨淋里干活，衣服裤子褪色厉害，他做这一行，也算冷门兴业。

生产队要他交粮款，按全劳力十个工分两块标准交。他说：“我真的没赚到钱，等以后赚到时一定交。”响应毛主席“备战备荒”的教导，他出去拜师学本领准备打击敌人，说着，他就脱掉外衣长裤，顺手抄起一根竹扁担，在庭院里呼呼成风耍了起来，大家看了倒也有点招式。他把扁担往地上一扔说：“坏人来了，我保护你们，为什么因为两块钱，要把我逼上绝路呢？”听起来话里有一股冷气。

过了一段时间，旧衣裤大多染了，旧被子床单也染了，神仙不想再做了。几个懒汉怕劳动，想把太华山顶的佛寺修起来，便于抵抗坏人扰乱，邀他合作。他剃了光头，住到山上去了。几个人一边修建寺庙，一边收取香火钱，初一、十五收取第一炉香钱、第二炉香钱，收益渐多。神仙想了一个更好的办法，把糯米粉制成汤圆染上食品红，摆在悬崖上的小神龛前，每一粒售价10元，每天只卖36粒。让人花十元体验神仙之赐。有个困难的大嫂想买一粒给儿子保平安，可是钱又不够，诚惶诚恐地跟神仙商量能否赊几天，神仙忽然跪下祈祷神明：“阿弥陀佛，大德大量，恕村女无知，阿弥陀佛。”村女含羞走开。神仙头顶在地上偷偷发笑。

好景不长。一个月明星稀的晚上，公社派了三十多个民兵持枪上山，把正在修庙的几个俗僧全部捉拿下山，强令他们把利用迷信骗取的所有钱物上缴，并接受群众大会批判。会上，有人揭发神仙从来不曾挑过尿桶，不曾干过苦活脏活，在新社会还过着剥削阶级的寄生虫生活。有人当即从会场外腾出一个空尿桶挂到神仙的脖子上，神仙顿时两腿发软，跪下无声痛哭，两行泪水注入尿桶，叮咚有声。

此后，神仙像深秋山中的一片树叶，在风中翻转几下就无影无踪了。

七、倔婆

初识倔婆在一个水库工地上。那时，我还是一个小学生，在老师的带领下参加义务劳动。乡村小型水库工程主要是挖土筑坝，我们学生帮助挖土。“倔婆，这里！”一个穿花格子衣服的中年妇女推着板车应声在我们近处停了下来。她一手扶着高高翘起的板车拉手，一手捋着汗湿的短发，说：“装满点，别无精打采的！”水库工地板车不多，一般都由青壮男劳力使用，再说，拉土按次数计票，她为什么要求装满点？

倔婆娘家人非常迷信，每逢初一、十五都要小供一下，点香烧纸，祈求神灵保佑。尤其是倔婆妈妈，还能占卜问卦，通灵会神。有人问通灵又怎样？倔婆说：“一位大嫂肚子剧痛，踢破了席子，咬烂了被子。村医出诊无可奈何。她的丈夫求助于我娘，很快就治好了。”原来那天她的家里杀猪，已经去世多年的婆婆神灵在厨房走来走去，连一碗肉汤都没喝到。婆婆气得直跺脚厉声责骂。她的丈夫回家端出一大块精肉，一瓶老酒，在灶台上补供，并多烧金银纸钱赔不是。死鬼看到儿子谦恭认错，转怒为喜，停止了詈骂媳妇。倔婆说她娘不但自己能够通神，还能带领他人跟家里已经去世的长辈相会。真假不得而知，而众人常半是恭敬半是取笑称倔婆母女一为圣婆，一为倔婆。

小型水库开工后，妇女出工不多。大队召开专门会议，要求能顶“半边天”的女同志都要积极到工地参加劳动。公社也派出女干部开会动员抓典型。干部到了工地现场，看到一位中等身材的女同志跟青壮男劳力一起挑塘（淤泥），挑着一百多斤的泥石从颤悠悠的架子梯走上来，那梯子、石阶一路洒满烂泥，滑溜溜的。女干部说："这位女同志能干，应该和男劳力同工同酬。"旁人告诉她："她就是倔婆，向来拿头等工分，没有几个男的做得过她。"干部问为什么叫倔婆，旁人说："她能说能干，骂人也厉害，男人都怕她。"

生产大队解体后，倔婆买了一架嘉陵车，不久换成小四轮，转村闯乡收购土特产，很快就赚了一笔钱。她说一不二，带领家人新盖了房子。村里办学、修路、翻修祖祠，倔婆热心捐献。邻人遇到困难，倔婆也乐于相助。她会帮助人，也会激励人，许多男人自叹不如。60岁时，她突然转身，彻底退出生意场，自费买了一台播放机，带领村里中老年妇女早晚跳舞。她带头穿大红裙子，指导大家跳舞，大家聚在一起情同姐妹，其乐融融。

姐妹们说："倔婆能说能干，不管什么时候都走在前头，我们想跟都跟不上。"有人还编了顺口溜："苦干年代，不输男人半步；经济大潮，风风火火致富；休闲时代，姐妹群中最酷！"她听了一笑："说说笑笑好过日子啊，但不要夸我，我一个老太婆，有什么好说的。要夸就夸大家。"

一个秋天的早上，倔婆还没跳完舞就回家。她跟大家告别说："老头子催得紧，我去了。"姐妹们以为她是开玩笑，她的丈夫去世几年了怎么催她？一个小时后传来消息，倔婆已经平静离世。她的媳妇说："倔婆跳舞回家，吃了早餐，洗了脸，换过衣服，就躺在床上静静地睡着了，她丝毫没有痛苦，永远闭上了眼睛。"

姐妹们悲伤之余不禁有了疑问：难道倔婆真的遗传她妈妈的通灵术，死鬼丈夫召她都一清二楚？

自省

我认为，中国许多人对别人进针从来不怕狠，而对自己呢，别说动针，就是正眼看一下也缺乏足够的勇气。

早晨，我在河滨公园散步，一个老同志指着石板凳周围的垃圾说："'四人帮'的祸害真是太严重了。如果没有'四人帮'，中国不至于这样！"好像那些垃圾是"四人帮"昨晚叫人来扔的一样。跟他肩并肩走的人说："对面那些仿古建筑群，竟然不让我参观，我拿出代表证狠狠骂了他们一顿。"虽然这是晨练中听到的几句闲话，但是我们仔细想想，类似这样的闲话也反映了国人自身固有的一些问题。为了确保安全，正在施工中的建筑群不让外人参观，完全可以理解，不能因为持有代表证就可以私自到建筑工地上乱闯。当然，"四人帮"对国家对民族祸害极大，但他们倒台已经 40 年了，像社会上的环境卫生问题，与其说是"四人帮"影响的结果，不如说是我们自身人性的固有缺陷所致。

有个年过半百的人，20 世纪 80 年代高中毕业，一直难以适应单位里的工作岗位。他经常愤愤不平地说："我这辈子被'文革'革了，被'四人帮'毁了。"有长者劝他："'文革'可能影响你考大学，但现在做事务性工作，只要静下心来，多向身边有经验的同志学习，完全可以做好啊。"可他总是坐不住，不是到其他办公室聊天，就是到大街上瞎逛，回到办公室，他就是甩手掌柜。年复一年，他还是什么也做不好，渐渐地分配给他的事越来越少，同事也不喜欢叫他帮忙。他只有打扑克说段子逗人笑一套一套的，时间长了不免使人厌烦。此外，他的来劲之事就是上访告状，不管是本单位的还是外单位的，平常的人事管理，男女同事交往，年终评选先进、表彰、评职等，他都可能写成书面材料分发有关单位，并逐级上访。有个老同志劝他："做人要实事求是，讲实话，做实事，不必到处冲撞。"他反驳说："我一人吃饱，全家不饿。怕什么？"他还经常有偿替人上访，近至县委大院，远至首都北京，因此有"上访专业户"之称。凡是路过的地方有用得着的人，如请人帮忙修改润色信件，他绝对不会放过拜访机会，到了人家那里，天南海北地瞎侃，回来还会四处吹嘘，某人是他的肝胆兄弟，每次登门拜访都有好烟好酒招待。

我在这里并不一味反对上访，社会上有些一直难以解决的事有时通过上访可以很快得到解决，所谓曲线运动比直线还快，这没有什么不好。但在揭示社会问题和他人缺点的同时，也应该认真反观自己，看看自己存在什么不足。古人说："见贤思齐，见不贤而内自省也。"见识超群成就卓著的人都有一个特点，那就是时时看清自己的不足，有些哲人诗家往往跟自己过不去。在中共十一届六中全会上，刚刚当选为中共中央主席的胡耀邦就强调说："世界上根本不可能有这样的情况，一个人的工作职务突然上升了，他的本事也随即膨胀起来。今天的胡耀邦，还是昨天的胡耀邦。对待这样的问题，当然主要是靠我自己有自知之明，但是，也要请全党按照这次历史决议的精神，实行监督，首先要请中央委员会的成员进行监督。"美国著名评论家华尔德·李普曼评美国前总统富兰克林·罗斯福的遗孀埃莉诺·罗斯福说："我多么佩服这个女人，她在生活中无时无刻不在进行建设性的工作，她的整个生活都充满着善良之事。她是一位具有巨大能量的、少见的女人。"埃莉诺读到评论平静地说："我的朋友华尔德说有巨大的能量推动我进行建设性工作是错误的。我只不过是一个平凡无奇的女人，与其他女人毫无二致；重要的是，我不浪费我的时间和能力，而去思考过去、现在和将来。”英国伊丽莎白女王统治英国达45年之久，她的统治期被誉为“伊丽莎白时代”，她英语、法语、意大利语都很精通，还会说拉丁文、希腊文，口才好又极为机智，有位外国使节称赞她的语言能力，她回答说：“教女人说话不算稀奇，教她闭上嘴要难得多。”学界公认北京大学副校长季羡林是国学大师，可他却说：“真正的大师是王国维、陈寅恪、吴宓，我算什么大师？我生得晚，不能望大师们的项背，不过是个杂家，一个杂牌军师而已。”可见，有自知能自省是卓有成就的人的一个重要特点。

到了今天，“文化大革命”的历史功过是非应该大致清楚。当时有些事确实迫不得已，正如张恺帆所写的那样：“神差鬼使到无城，为报真情获罪人。五十一天伤乱箭，万千张口说曾参。无心偏惹三环恨，有口难吹七字尘。北望都门泥首拜，不难化骨见忠贞。”这种状况在当时几乎没有人敢顶，顶了不但不起作用，还要招致同罪之论。但这跟普通人绝不是毫无关系，顶不住是一回事，积极助虐又是一回事，如果人人都能自省，明辨是非，不害忠臣善良，那即使是再大的风暴危害也会受到限制。君不见，那些整天怪罪于历史的人，当时大都是跟风最紧的，为了显示“紧跟”，企图得到提拔重用，一门心思热衷于整人定罪，最后自己也受到整治。一个人有点小权都想用到极致，人人都要“治国，平天下”，还幻想把平过的天下传给子孙后代，那社会怎么可能和谐？有人因说真话办实事而落难，对一群自私自利整天伺机升官发财的官僚来说是一种难得的机会。于是，发生“嘴上称兄弟，心中直骂娘。一朝落陷阱，投石若飞蝗”的现象也就很自然了。孟子早就说过：“上下交征利而国危矣。”“苟为后义而先利，不夺不餍。”如果所有的官员都见贤思齐，见理思争，明辨是非；所有的读书人都想怎样服务社会，服务人民，而不是整天想着去治国平天下，我想，“文化大革命”那样的运动就很难发动起来，更难在960万平方公里的神州大地上持续十年。

回到我们的身边，但愿自知、自省、自制蔚然成风。

韦应物有两句诗：“身多疾病思田里，邑有流亡愧俸钱。”这两句诗表现了诗人身多疾病，无力拯救黎民，自咎其责，愧享俸钱的愁苦心情。范仲淹称赞这两句诗是“仁者之言”。近人也有“我们一切工作干部，不论职位高低，都是人民的勤务员”的号召。但我们经常听到职务太低享受太少的啰唆，很少听到工作做得不够扎实的愧疚；不时看到享受政府特殊津贴的炫耀，难得听到要为社会多做服务的自励。

尊老爱幼的道理，众人皆知。可是颇为微妙的是，“老吾老以及人之老，幼吾幼以及人之幼，天下可运于掌”。把“天下可运于掌”一句删去，转来纯粹要求百姓，继而，本来上层要做的事推给了下层，本来应该共享的利益掌权者独享了，竟然合法合理，即使聪明如亚圣的孟老夫子恐怕也难以理解。

有一首歌唱道：“借我借我一双慧眼吧，让我把这纷扰看个清清楚楚，明明白白，真真切切。”我想，自己也应该包含在这纷扰里才对。一个小家庭里，父子之间、夫妻之间、婆媳之间，多想自己的不足，自省自己的言行，多为对方着想，多做些忍让，时时给自己以自制，那么，亲人反目的事就不会发生。邻里之间，多帮助别人，少向别人索取，诚心交流，互相尊重，邻里风波就不会发生。在单位里，领导关心爱护下属，下属也为领导着想，干群关系恶化的现象就不会发生。

曾子说：“吾日三省吾身。为人谋而不忠乎？与朋友交而不信乎？传不习乎？”格伦菲尔说得更本真：“我们为别人服务，事实上是为我们在地球上所占的一席之地付租金。”自省不求很多，就是两个字：本分。

老人的姿态

我从小就看到过让我感动不已的乡村老人。他们随着年岁的增长、由于艰苦的生活，更加节俭，自己经常吃杂粮、冷菜、咸菜，而把米饭、热菜、鲜菜让给小孩子吃；子女劝说不要惯着孩子，他还要风趣地说："吃冷饭更长寿呢。"逢年过节孝敬他一个鸡腿、一块瘦肉，也要扯成若干小片，分给每一个子孙。孙辈大了成家要婚房，他们就悄悄搬到采光、通风都不好的阁楼小房间住；有了布料总是想着给小孩子添新衣，自己的衣服一直缝缝补补，无怨无悔。"新三年，旧三年，缝缝补补又三年。"这话不是农村老人说的，但真实反映了他们的生活情形。

近年几次看到媒体报道，说老人不慎摔伤，反而诬陷扶他送他住院的好人，还一口咬定要索赔几万块的医药费。直到电子监控系统调出真实情形的视频，才转口说年老糊涂所致。加上现实中遇到的一些人和事，使我认识到老人也有种种姿态。我们要尊敬每一个老人，关心爱护每一个老人，但也不要忘了必要的警醒。

最让我们感动的是老人的蹲式姿态。在人聚集拥挤的地方，有人悄悄退到旁边蹲着，默默地吸烟或轻轻摇着扇子，甚至思考怎样扩大空间或开辟一个新的更大的场所。他这样想着，想得深了，真的就付诸行动，于是，有了更加开阔的空间，给容纳更多的人聚会以方便。现实中这种蹲式姿态的老人很多，那些淳朴的乡村老人一直都蹲着，让子孙、邻人以及更多的青少年自由奔跑。他们自己啃地瓜、窝窝头，把子孙送进城市送进大学。他们自己一辈子省吃俭用，把节余的一点储蓄拿出来修路架桥，资助比自己更困难的青年。他们时时想着别人，由自己经历过的艰苦推想晚辈的不易，甘心用自己的生命换取晚辈的幸福。有个作家写道：乡村老人到城里，孩子让他坐人力车，他怕车夫辛苦，不敢坐着，而蹲在车上。

十年前，我在街面库区移民采访中了解到，一位长期寄居在城市一隅的拾荒（俗称捡破烂）老人，他不但带头搬迁，支持大型水电工程建设，还说服邻居尽快搬出库区。他依靠在城市拾荒但不计较个人得失，还拿出自己的积蓄帮助困难的邻居孩子升学。大家都很感动，他说："人老了，有吃有穿就好，难道还能把几个小钱带到阴间？"不久前，我登山在寺里歇脚，见到一位近 80 岁的老妪，她说，近年登山休闲的人越来越多，许多人在寺里打牌下棋用餐，她连续八年在寺里帮忙制作香火蜡烛，寺里每年贴补她 3000 元，她一分也没有要。

福州铁路中学有个语文老师，离休后参加省老年大学学习，由于文字基础好，协助老师为学员改稿，为各地年轻朋友改稿编书。现在已经八十多岁了，仍然乐此不疲。很多人送书给他，他就转送给更年轻的朋友。2012 年春，我到福州开会。他就提了一袋书送给我，有他自己编的，也有别人送给他的。他说："送出去，这些书才会发挥更大的作用。"还有一次，我在福州梅园酒店与一位退休的处长先生一同担任"朱熹杯"海内外诗词征集大赛评委，他认真地跟我说："帮我打听一下，我要把自己的所有藏书送给学校图书馆。"年轻的时候，不惜挤牙缝骑自行车排队买书，或者向外地书店邮购，老时却把它捐给图书馆。更有一些老人，退休后义务办乡村读书社、辅导青少年学习，坚持义务为村民理发，义务为社区调解纠纷等。这哪一种不是优美的老者姿态啊！

淘气的摇椅子式姿态。有些人年纪大了，大概有些寂寞，好比一个人坐在椅子上久了心烦，于是，摇起椅子玩耍，用它来碰着身边的人取乐。要是有人哄他劝他，他摇得更加起劲，撞人也更痛。要是谁板起面孔警告："再摇我就扳倒你的椅子！"他就停下不摇了，像个孩子笑着赔不是，真是既可爱又可气。

去年秋里回乡，我听伯母说她婆婆的气。新中国成立初期，同一座大房子住的一个老人身体好好的，能吃能喝能玩，却天天喊苦叫屈，日里喊夜里也喊。大家听了，不时安慰他，还拿点小食物给他润嘴，可是，他却越喊越有劲，整天喊着想活不得，想死不成，喊得邻居无法入睡，可又实在没有办法，因为他年纪大了。一个上午，伯母的婆婆调好一碗"毒药"，碗边有些发黄，拿到那位"想死不成"的老人房里，说是用雷公藤精配的毒药，一边端着劝老人喝了，马上给他换寿衣；一边吩咐身边的人，赶快叫人掘墓，请道士。那位老人听了死也不喝，伯母的婆婆生气了，说："你不是口口声声喊着，想死不成吗？怎么不肯死啦？看来要捏住鼻子灌下去！"他求情了："你们真的要我死啊？我以后不喊了。"从那以后，他真的不喊了。其实那碗毒药一点也不毒，是平常的草药加点鸡苦胆罢了。

一位在居委会工作的干部说，有个老大娘来诉苦，说儿媳妇如何如何虐待她，居委会开了50元钱给她。以后再来，干部个人拿10元20元给她。她越来越勤，叫得越来越凄惨，一把鼻涕一把泪的。通过调查邻居，发现她根本就不苦，儿子儿媳妇待她很好。干部劝她，她反说干部态度傲慢，要去县里上告。居委会请了镇里的一位分管领导和派出所所长，领导告诉老人："你的媳妇这样长期虐待你，真是不该。经请示县里领导，马上叫派出所把她抓来坐牢，但如果不是这样，说不定你要坐牢。"老人听了，脸色都变了，结结巴巴地说："不要抓，不要抓，我马上回去。"

还有一种横冲直撞式的姿态。这种姿态的老人很少，但他们个性强，只要别人服从他，他决不让别人一分。据罗曼·罗兰《名人传》，米开朗琪罗的父亲年纪越大，脾气越坏，他从菲冷兹的家中逃走，却说儿子把他赶走。米开朗琪罗给父亲写了十分动人的信，没几天，父亲又说儿子偷了他的钱。为此，米开朗琪罗非常痛苦。有的老人在家霸道，在外也不讲理，指责别人时鸡蛋里挑骨头，自己却随随便便，十足的自由主义表现。集体活动时不守规则，如购票、参观、打桌球不按顺序，公共场所随便抽烟、泼脏水，评人论事不按事实，只凭一己高兴。《福建老年报》载，一位健壮的老大娘一手牵着一个十多岁的孙子或外孙乘公交车，人家给她让座，她转让给孙辈坐，然后转身要求其他中年人再给她让座。有的退休前有一官半职，往往觉得自己有一种优越感，处处指手画脚，想以己御人。自己的事常要别人做，动辄要单位派车接送，请他吃喝，不时还要索求表彰奖励，没有满足他的要求，就是对他不敬，就是违反党的干部政策。稍有不如意之事，就要骂骂咧咧，甚至越级上访告状，闹得沸沸扬扬而后快。老朋友老部下要是提醒他，他就摆出领导架势训斥一顿，直至人人敬而远之方作罢。有个老司机评价他单位已经退休的二把手："在职时暗中使坏，退休后为所欲为，真是让人心寒。"

每一个人都会有老的一天，提倡尊老敬老是中华民族的传统美德。但是，作为老人，如果能够经常反省自己，站在别人的角度思考问题，认识到岁月不饶人的道理，认识到自己"无味已多时"的征象，不做冬行春令的事，就会为家庭的平安、社会的和谐做出应有的贡献，同时也会赢得更多的人的尊敬和爱戴。

别样的爱

说句实在话，我在三十多年前的中小学阶段确实没有读到多少书，但就是在那样的特殊年代里，老师们默默忍受着身心折磨，用他们的智慧和勇气来抚育我，给了我隐隐约约的希望，至今仍然温暖着我平平常常的人生，让我时时心存无限感激。

那是高喊“不学ABC，照样干革命”口号的疯狂时代。我初中两年学校不设英语课，英语老师教数学，数学老师教工业基础知识（相当于现在的物理化学常识），到了高一仍然没有英语课本，英语老师就用蜡纸刻印当时最流行的英译政治口号以及教学用语，如“毛主席万岁”“中国共产党万岁”“中华人民共和国万岁”“千万不要忘记‘阶级斗争’”“农村是一个广阔的天地，在那里是可以大有作为的”，等等。一个星期油印八开双面一张，教师教得非常认真。到了高二，有了英译的《毛主席语录》选段课本，内容虽然不多，但也不容易学。课堂上，新任英语教师陈英华补充了很多切合实际的生活用语，鼓励我们课后学习用英语交流，他还经常汉英比较，精心讲授英语语法知识。有一天晚自习，无知无畏的我用英语写了一篇《到农村去》的作文，满满写了两页科作业纸（当时没有英语专用作业纸）。那天恰好英华老师值日，晚自习下课后，他就到学生宿舍走廊检查，他讲课声音洪亮，在木板楼的走道上脚步咯咯有声，哨子也吹成一道道至高无上的命令。我已躺在靠门上铺准备就寝，看他走进宿舍就侧过身来悄悄把稿子给了他（现在回想起来那实在是很不礼貌）。他以为我又写了校刊的宣传稿，轻声地问：“怎么不给老柳（政工组长柳秉芳）呢？”我说：“英语作文。”他说：“好，我就看看。”

第二天上午课间操时，英华老师把批阅过的那篇英语作文还给我，跟我说：“下午把你的这篇作文抄在楼道旁的大黑板上（比现在教室的黑板大些）。”他看出了我的犹豫，大声鼓励我，说：“好作文，好作文！”我看了稿子，他用红笔改了几个地方，大都是动词谓语。结尾一句全改了，原意是“我们是知识青年，回到家乡，就一定要把家乡建设成为伟大社会主义祖国的新农村”。他改后意为“我们是知识青年，回到农村去，就一定要用自己的双手把农村建设成为我们自己的家乡，让它成为真正属于我们自己的天堂”。不久，他看了学校宣传栏上我的作文，高兴地说：“作文就要这样，要敢于表现自己的真情实感。”这时候，我才体会到英华老师的良苦用心。今天回想起来，当时说“用自己的双手把农村建设成为我们自己的家乡，让它成为真正属于我们自己的天堂”的话需要多么大的勇气啊！我常常敢于直言，不迷信，英华老师就是我的启蒙老师。

英华老师是抗美援朝战场的翻译官。“文革”后的拨乱反正之初，他就到三明师专创办英语科，担任科长，不久，他又调任福建师范大学英语系执教。

就在同一个学期，有位胖圆脸庞、头发稀疏的老教师常常在晚饭后叫我跟他一起散步，有时也带我到他宿舍看书。他当时教初中语文兼管学校的图书室，名叫陈国柱。有一次，从校园出发，经过石板铺成的街市，过桥转到文山村，在少有汽车来往的泥石路上，他走着走着，站住了问我：“快毕业了，你有什么感受？”那时候时兴说大话，什么“党叫干啥就干啥”“国家的需要就是我的需要”“只要党的一声令下，赴汤蹈火，在所不辞”，等等。这些话当然没有错，但是整天挂在小孩子的嘴上，不免让人啼笑皆非。在那样的社会环境里，有谁还有心思了解一个中学生的内心感受？他认真问了，还站着等我回答呢。“虽说一颗红心两种准备，但我只有回家劳动一条路，在那里扎根一辈子，因为我是农民的儿子。”他听了，很不满意：“世事常新，人生多变，不会永远这样的。不管在哪里，都要有爱，艰苦生活更需要爱，爱是不能忘记的。”我不知道该怎么回答他，这些在今天看来极为平常的话，对于当时的我来说，实在是太沉重了。沉重得让我承受不起。他又说了：“你不是喜欢诗吗，情诗最优美。正像刘三姐唱的那样，‘上天能赶乌云走，下地能催五谷生。’”我更加不好意思了，只说：“我那村庄太偏僻，世上各种好东西都被大山拦在外面，到不了我那偏僻的小地方。”正如美国著名文学评论家阿尔伯特·苏德尔所说：“人人心中都有色情欲望，而又往往不愿意承认这一事实。”几天后的一个周末，我就悄悄跟一个广播员到学校广播室用电唱机播放电影《刘三姐》歌曲。那是我当时听到的最美丽的歌，那次偷听“黑歌”也是一向严格遵守纪律的我在高中阶段所做的最大胆的事。

有人说，世象往往最早被睿智的诗人作家道破。20世纪80年代初，许多作家写爱情小说出名，成了当代文学“春回人间”的名著。《爱是不能忘记的》等一批作品曾经让多少人感动！而乡村教师陈国柱不是作家，也不是诗人，但他关于人生的某些看法要比名作家名诗人道破得早，道破得更为大胆。后来，一次路过母校我想去看望他，一打听，他已作古。真是令我“不抛眼泪也无由”。

1975年年底，我在一所乡镇（当时称人民公社）中学任民办教师。曾在下放期间教过我一年的陈钟英老师写信邀我到福州一游。我很高兴，那时我还没有到过福州呢。同校福州籍的老师回榕过年，我就随他们一路同行。船减速向苍葭轮渡码头驶去时，同行的一个老师叫我快看，原来钟英老师已经在轮渡码头等候了。在榕的几天中，她请李延瑞老师给我讲授逻辑知识，自己带我参观了师大校园、图书馆、西湖、动物园、东街口等地方，为了了解学校全景，她叫一位高年级女生带我上楼顶鸟瞰。我们还去参观了纸制品福利厂，她帮多位盲人阿姨写信，让我了解盲人做工的情景和生活。在师大住了两天，她就带我到她鼓楼区东亚巷的家。

农历年底的福州，天气十分寒冷。晚饭后，她抽了支香烟，把自己高大宽敞的卧室兼书房的吊灯开得通明，天井中那棵小榕树的影子静静地映在隔墙上。我坐在她书桌（八仙桌）的对面，认真听她给我讲数学家陈景润的故事：陈景润厦门大学毕业后，曾到北京工作。不久，回到厦大图书馆，他一头钻进了数学研究的王国。他和所有的天才一样，研究数学遭遇了许许多多的麻烦，有人说他不关心政治，走“白专”道路。可是，陈景润老师不但富有数学天赋，而且具有坚韧不拔、挫而弥坚的科学精神。批判会一场接着一场，评《水浒》，批宋江，批林批孔，批“走资派”，批校内“走白专道路的资本主义的苗子”。每一次参加批判大会，陈景润老师都坐在会场的最后一排。在一个大本子上不停地写着。有一次，大会结束了，他还坐在那里写个不停，别人以为他在整理大会记录，走近一看，才发现他仍然在忙于演算他的哥德巴赫猜想 1+2……

我一边认真听着，一边注视着她。她神情庄重，讲得极为认真，她不是在讲一个普通数学家的故事，而是在传扬一种献身科学的不屈精神，在传递一种中华民族的文化人格。过了两年多时间，徐迟发表报告文学《哥德巴赫猜想》，享誉多多。由此可见钟英老师当时讲述陈景润故事的见识和勇气。可以说，陈景润为了数学科学，“衣带渐宽终不悔，为伊消得人憔悴”，钟英老师不顾“黑云压城城欲摧”的恶劣环境，宣传科学精神，不也同样是传递科学火炬的勇士吗？她后来担任福建师范大学中文系教授、副校长，华南女子学院院长、理事长，始终坚持“受当施”的华南精神，获得“福建省杰出人民教师”的荣誉，把省委省政府奖励给她的轿车无偿捐献给了华南女子学院。她不但给过山乡愚顽如我辈以别样的爱，更是把她的全部心血献给了祖国的教育事业。“风摧雨绞路迷茫，天降轻舟载我航。两岸花开噙露笑，一江鱼戏带云翔。蓬莱山麓时光短，东亚巷中书径长。最是安人常记取，冰川雪地溢馨香。”（拙作《七律赠钟英先生》）

三十多年过去了，诸多往事如烟似雾，只有老师们的别样的爱像一条清澈的小溪，在我的心头日夜不停地流淌，催我告别肤浅，去认识浩瀚无边的海洋。

商人

如果说到购物，总是离不开“无商不奸”“为富不仁”一类的话题，我们的家乡就流传着“母猪肉卖亲戚”的说法。在交通不便的时候，老母猪阉过养肥之后又当作菜猪肉出售，销往外地不便而同价转售给附近的亲戚朋友，那是常有的事。当然买一吊母猪肉损失并不大，只是亲戚的感情受到轻微伤害。再说偶尔出售母猪肉的农家还不算商人。

渐渐地，“母猪肉卖亲戚”的话就有了更为广泛的意义，差不多与“无商不奸”“为富不仁”同义，而且揭示了商人的奸到了“认钱不认人”的程度。不管行商坐贾，还是临时交易，短斤少两、以次充好，更是司空见惯的事。古代白话小说中，甚至有为独占钱财而残害生意同伴性命的故事，这种谋财害命的故事虽是虚构，终不免令人唏嘘。在写作《尤商发展史》的过程中，我了解到地方历史上曾经多次发生过真实的事：积累一定资本的商人强买强卖，把持行市专取其利，以及奸商和贪官勾结、大肆抢购物资，囤积居奇，肆意抬高物价，加深了人民的灾难。因此，老百姓的心里是既羡慕又仇恨暴富的商人。

农耕文化向来重农抑商，乡村中常有以“继先祖一脉真传，克勤克俭；教子孙两行正路，唯读唯耕”的对联作为家训。《菜根谭》的训诫：“能轻富贵，不能轻一轻富贵之心；能重名义，又复重一重名义之念。是事境之尘氛未扫，而心境之芥蒂未忘。此处拔除不净，恐石去而草复生矣。”“塞得物欲之路，才堪辟道义之门；弛得尘俗之肩，方可挑圣贤之担。”“书画是雅事，一贪痴便成商贾。”这里说的虽然不全是商人，但从中可以看出，古人对于富贵财富的基本态度。直至今天，对于商人致富仍然普遍带有成见：“为富不仁，为仁不富。”大富大贵确实有许多让人心寒的实例，但我们也不必受此束缚，经商的人中也有重视节俭持家、细水长流的。“一粥一饭，当思来之不易；半丝半缕，恒念物力维艰。”“自奉必须俭约，宴客切勿流连。”尤溪二中已故的老校长陈庆梯经常给学生讲，民国时期的新桥地主、商人不管多富都很节俭，他们很少买鱼肉，逢年过节买的肉都要想尽各种办法保存，有的放在酒糟里浸、有的放在烟火上熏、有的用盐巴腌制，没有客人基本不吃酒肉。他们的穿着也十分简朴，除了外出穿棉布长衫，在家都是穿自家织的夏布衣裤。一双雨靴只有在雨天不得不出去时才穿，一回家就擦干收藏起来。他们为什么这么节俭？当然是为了放高利贷，以积累更多的财富。如果说，这些资本积累意识还不足取的话，那么今天商人中的创新意识、感恩意识，我们怎么也不能忽视。

据报载，香港百亿富商曾宪梓为社会各界捐资几亿港元，而自已单独在外用餐从不超过 10 港元；美国艾利·布劳德和盖茨这两位慈善家已为改进学校教育质量捐款 20 亿美元；92 岁的企业家约翰·克卢格宣布向哥伦比亚大学捐助 4 亿美元，用于本科和研究生教育，这笔钱成为美国高校最大的一笔私人财政援助；拉里·迪许强调说：“我更想谈谈我们家族对慈善和教育这两件事情的关注和努力。”迪许家族不仅在商海游刃有余，在慈善和教育方面的努力也是流芳后世。被誉为有史以来最伟大的价值投资者和“生意人”之一的拉里·迪许病逝后留下了惊人的慈善遗产：仅在纽约市，就至少有 12 座以迪许命名的建筑物，其中包括纽约大学文学院和迪许窗体顶端、窗体底端医院、大都会艺术博物馆的迪许画廊以及中央公园的迪许儿童动物园等。不说远的，我们尤溪商人也谨记“见贫苦亲邻，需多温恤”的古训，主动资助亲邻看病、贫困学生就学，为家乡铺路架桥、盖学校等，少则一次千元，多则一次就上百万元。至于增加职工福利，改善企业自身环境，增进企业职工的身心健康，那就更不用说了。

我曾经几次经历过“为商不奸”的小事。前天早上，接到电话有几个乡亲要来，我求方便准备买两斤冰冻鸡腿，在摊前一问，女摊主马上劝我别买了。她说，买那种刚杀的吧，随便都比这冰冻的好。做生意谁不想多卖点东西，多赚点利润，有的就会想尽办法拉客，把次品说得如何好，大幅提高价格，然后打点折扣，说是没有利润，亏本甩卖等。这位女摊主直说自己的东西不好，完全是考虑到顾客的利益，坚守买卖人自家的仁义。

去年初夏的一个晚上，七五路邮政银行门口，一个刚退休的女职工在那里卖服装。她的服装折叠摆放整齐，每一件外套透明塑料袋，在灯光的映衬下，色泽也还鲜亮。我指着一条标价 85 元的中裤问她实际卖价，她说：“你还是不要买这种裤子，这种布料刚刚浆好熨平装在塑料袋里看起来还不错，但洗过几次就很不一样了。我卖的价格不贵，差不多是专卖店的零头。但我劝你还是不要买。”我们互不认识，但她完全是实话实说，并没有被几个小钱蒙住自己的良心。

这时，我不禁想起一件往事。那是 1982 年仲夏的一个傍晚，我陪着妻子从医院走到这条大街。当时，医院对面就是影剧院，那影剧院邻街的庭院里有一株榕树，飘动着气生根的树荫下有一个摇着扇子的男人在卖水果，有西瓜、桃子、李子等好几种。特别是桃子很新鲜，色泽诱人。我想买一点桃子，那摊主却笑着说：“不卖。”我觉得奇怪，摆摊竟然不卖东西，难道是临时代人看摊？那摊主看出了我的疑惑，说：“你老婆肚子那么大，很快就要分娩了，不要吃这些东西。”然后用手指指对面的冷饮馆，“那种地方也不要去。”

虽然我现在还很贫困，但我从来不说“无商不奸”“为富不仁，为仁不富”之类的话，这完全不是我的修养特别好，而是亲身经历了不同时期的购物小事，听了几个小商人出自肺腑的恳切言语。那几句话简单质朴，但一直记在我的心坎上，成了我的平民论语。我想，要是每一个商人都这样先为顾客想想，那还会有人说“无商不奸”“为富不仁”吗？

猴王

这里说的猴王，不是深山野岭中攀枝跳跃啃啮青果的毛猴，也不是姓侯，而是远离都市的小乡村一时作威作福的两个人。他们同乡同村同龄同姓，乳名都叫阿使，为了区别，人们叫高的大使，叫矮的细使。细使嘴巴歪在右边，长辈习惯都叫他歪嘴细使。俗话说：山中无老虎，猴子称大王。在特殊年代里，老百姓表面上不得不服从，可在暗地里却给他们取了"猴王"的绰号。他们很快就知道了，但一点也不生气。他们说："我们社会主义新中国虽然没有封侯，可是你们把我当作猴王，处处服从我的命令，可见你们是听毛主席的话，跟共产党走的。"有个"郎不郎秀不秀"的青年人，一次给大使递了一支"大前门"的烟说："猴王，你经常外出开会懂的事多。我问你，毛主席说的'粪土当年万户侯'什么意思？"大使吐着烟气很不屑地回答："古代的万户侯烧粪土是做样子的，我们贫下中农以劳动为荣才是真的。你要是游手好闲，不积极参加生产队集体劳动，我会叫你挂牌游街，你信不信？"

歪嘴细使，歪嘴偏头，两肩高低不平，小腿肚明显向后突，为人好评论，喜欢收集信息，听到一则最新指示或野语村言，换个地方就会渲染一番，海阔天空评论一番，好像是个义务宣传员。他老婆个子高大能干，为他成为甩手掌柜串户炫谈创造了充分条件。

大概是1967年的秋季，不知他用什么办法从大队里得到一顶草绿色的军帽，一条赤色的对扣皮带。歪嘴细使头戴军帽腰束皮带之后，不管是宣传最新指示，还是评论村中俗事，都在一派威严中又带有几分滑稽感。有时，他还会举着毛主席的画像，站在路口，要求过往行人背诵毛主席语录，否则不让通行。小山村老人几乎是文盲，要求背诵《毛主席语录》未免有点强人所难。他不急不躁，说："你不会背吧，我可以教你，但不背不行。"有一次，他拦住了一个按辈分要叫奶奶的长辈。老人家说："我一个老太婆不会背，你没事干替我多背几句。"他说我教你，就用方言念"要斗私批修"，大娘用方言的谐音跟"妖大嫂屁羞"，他说："你可以走了。"大娘边走边说："阿修本分善良，就是没有教训好这个歪嘴嘛。"他这才醒悟过来，他的父亲叫阿修。

年底，歪嘴细使被选为生产队队长，每天早上，他仍然头戴军帽腰束皮带，站在村中最显眼的地方高声喊话，给每个队员分派当天工种任务。他在队里不是最强的劳动力，但他敢说敢干，也有一定的号召力。一个晚上召集队员召开紧急会议，第二天早晨天刚蒙蒙亮全体出动，把一个不好惹的人多年占用队里农田一角的护坡清理了。从此，村里的人对歪嘴细使更不敢小看。秋去冬来，队里给旱田翻土，有的田土质不好，还要弄点木头干草来烧烤一番，俗称"焙田"。具体做法是在旱田里挖出一条长沟，架上木头铺上干草，下干上生，外培田土，慢火焚烧。有人说，焙田好是好，但是太费工了。不如把田边都烧了，草灰流到田里也很肥的。歪嘴细使说，烧就烧，不过大家要一起看紧，不让蔓延。虽然大家都十分谨慎，但是不知怎的一阵龙卷风刮起来，火球被卷起几丈高，然后飘落到远处山麓，风助火势，大家看着一场大火迅速蔓延，很快烧到山顶，烧到隔壁的外县村庄。几天后，他以纵火烧山罪被带到县里，等着他的自然是黑暗的牢房。可是，谁也想不到他没几天就回家了。他又戴起帽子束起皮带了，告诉邻居："命大运大，比我烧得更多的人去坐牢，我就回来了。”

次年，大队里受批判的人越来越多，“地富反坏右”等一切“牛鬼蛇神”都要向广大人民认罪，斗争的手段也不断升级，他被组阁进五个大队连片的红色专政小组了。他的左臂上戴着“纠察队”的红袖章，看得出更加得势了。后来召开批判大会他都在主席台上，负责按下被批判者的头，并勒令其下跪，接着把双手反剪到背后捆绑起来，吊到梁上，手法熟练。看到被吊的人痛苦呻吟，歪歪的嘴角露出一丝得意的微笑。这个小组在几个大队之间来回执行专政任务，大约不少于半年，台上公开绑人吊人，会后拳打脚踢更是不计其数。

十几年过去了，一个外村人找到他家，要求了结“文革”期间无辜被他毒打的冤债。他看出来者不善，但束手无策。他的老婆对来人说：“他如果有对不住你的地方也是别人教唆的，过去的情况我一无所知，你身上如有不适，我可以去找点伤草给你活血化瘀。”来人绝不答应，一把揪住歪嘴细使的衣襟，准备拳打脚踢一番。他的老婆喝令住手无效，一个飞脚腿就架到那人脖子上把他按倒在地。那人动弹不得，知道自己不是歪嘴细使老婆的对手，就告饶开溜。歪嘴细使跟老婆生活几十年，还不知道老婆有这一招，从此把老婆当母亲一样尊敬。

大使高个宽嘴，宽额头，高鼻梁，小学文化，能言善辩，是大队的秘书。那时候，老百姓不知道村干部谁大谁小，以为掌管公章能为人家杀猪以及生产队外出买牛开证明就是掌握最大的权力。大使有力气也好胜，从大队回家路上看到别人挑谷子，他要找最重的担子试试，但他每次只挑几十步就卸肩，绝不长挑而劳累自己。他的目的是想证明：不管文的武的，全村没有人能够超过他。

大使不参加生产队双抢挑担送征粮一类的苦力劳动，他多数是做些补水渠、放水、烤田、耙田、拔秧、插秧等轻活。

他非常霸道，放水时把别的生产队的水一起拦走是常事。当场被人看到，他还要反咬一口，说别人先拦，他就仿效拦一会儿。要是没有被当场看到，他要破口大骂，说是污蔑他的人格，极力咒人一通。

大使的老婆高大粗壮，非常勤劳，家务活全揽不说，上山折笋、采菇、捡野果，村中几乎无人可比。其他女人回家最多挑一担，她还要另背一大篮子；她是全村唯一经常犁田的女人，速度质量丝毫不比男人逊色，其他比较强壮的女人也想试试，可是凶猛的水牛坚决不配合，75岁时，村里的田大多抛荒，她还在村里种了十多亩地，不听子女劝告，也不要帮忙；她是全村唯一能拉木辘车的女人，其他女人也想试试，过桥时一摇晃腿就发颤，只好作罢；至于拉板车、挑塘等那就更不用说了。

大使很少在家，嘴巴一抹就走。村里有点姿色的女人，不管年龄大小他都想要有肌肤之亲。一夜跟年龄相当的女人通奸，他老婆追寻到门口听出叫床声，用木杵一下撞开房门时，两人还来不及穿好衣服。那女人的丈夫就在隔壁房间睡觉，关紧房门假装深睡没有起来。这个女人丈夫体弱，确有生理需要，别的女人可能有求于他。因此，大使晚上不时有这种乐事，白天也不会没有。

大使的为人，一向是同村为队，同队为家，同屋为己。虽有一点权势，但与兄弟、邻居、邻队吵闹不断。对内无非也是为争几个缸瓮、几尺菜地、采光好点的房间，对外争得多灌几丘水田、砍伐几根木头而已。争执比较严重的，一次是砍伐松木，还有一次是把菜地辟为稻田。

同一个自然村，山林地向来没有明显的分界。另一个生产队在本队的竹林里砍伐松木，大使认为那是他所在生产队的，他跑到对方队长家里要求马上停止砍伐，已经砍伐下来的归给他队所有，否则，要拿点颜色给对方看看。可是对方队长针锋相对，坚决不予让步，最后闹到公社裁决各砍一半。大使凭他长期积累的威势，虽然争得那片树林的一半砍伐权，但已经大大地影响了他的威信。

20 世纪 70 年代初，农村人民公社贯彻“以粮为纲”的指示，把社员的菜地全部辟为稻田。大使带领队里社员，把他队里田边的菜地筑起田埂，全部辟为稻田。为灌水连片，另一个队也把田边的菜地改为稻田。他发怒说：“有的菜地是他队里社员的。”另一个队极为不服，反问他：“你们队里改的菜地不也是我们的吗？还蛮不讲理！”他震怒了：“你们反了，还要不要领导？”晚饭后，他赶到对方队长家里，顺手拿起一根晒衣服的长竹竿把他屋顶的瓦片全砸了。队长斥问他：“这叫什么领导？”他说：“你不服吗？连你一起打！”

三天后，公社一个副书记赶到队长家里察看，屋顶瓦片果然被砸了大半。通讯员到秘书大使家里，说有紧急事情，叫他马上到大队部。走进办公室，他才发现自己竟然犯错误了。他按领导指示，把公章、所有钥匙交回大队书记。公社副书记对他说：“限你在今天之内把你打掉的瓦片全部盖好，把你家里的猪赶到大队来，大米挑三百斤来，请全大队的每家户主吃一餐饭。我在这里等你。”

从此以后，大使再也没有威风了。有人说，落毛的凤凰不如鸡嘛。不久，大使突然犯病，不能起床。好不容易治好病，又遇上生产队分组联产承包，分来分去，谁都不愿意跟他一组，他很无奈，但他没有羞愧之心，照样串门，照样没话找话闲聊，当然话题改变了，比如祖祠需要重修了、门口需要改路等。乡里乡亲，也相安无事。晚年，他经常找村里外出工作的人，闲聊过夜，回村传达消息。

猴王大使活到 80 岁，无疾而终，临去世时，神情恍惚，大儿子俯在他的耳边问他有什么交代。他一字一顿地说：“叫你妈跟我一起走。”才过了七天，他的老婆真的跟他走了，不禁令人唏嘘。

茶乡旧事

我不谙茶道，只记得童年时家乡有关茶的一些旧事。不管居家外出，还是餐聊茶会，笔友吟诵卢仝的《七碗茶诗》或曹邺的“碧沉霞脚碎，香泛乳花轻。六腑睡神去，数朝诗思清”等诗句时，我都会不禁遥望那偏僻的小山村，眼前立刻浮现出轻松快乐的乡村茶会场面，仿佛回到了那草木英华滋润的乡村生活。

家乡的茶叶品种繁多，名称各异，其中以野生仙人茶最为有名。仙人茶长在常年云雾缭绕、方圆二十多里没有村庄的高山上。茶树总共不过百株，树高二至三米，叶片丰润。传说古时候有个衣冠不整的仙人把茶水倒入泉里，泉水变酒而得名。小时候，我跟父亲赶到茶树下，浓雾刚刚散去，那淡黄的叶芽还挂着无数晶莹的露珠，在太阳下闪着迷人的金光。这种茶，用沸热的泉水泡开，叶色青中带黄，香气馥郁持久，味道清甜醇厚。它真真切切地见证了平凡小山村几百年来的家长里短和人情冷暖。

农历三月，春光融融。身子正在迅速拔高的女孩子系着红头绳，虽然她们有时也会惊异袖子和裤脚的悄悄缩短，但从不因此影响她们的欢奔活跳。她们在长辈们中穿梭，即使遭到训斥，也依旧无忧无虑地唱着“三月三，采茶尖；梳头发，过双肩”的童谣。那些含着长烟管的老人深深吸一口烟气慢慢吐出来，笑出一脸的沟沟壑壑。成年女人忙着准备自己拿手的当家菜，迎接当年第一次茶会的到来。茶会一般安排在忙完家务事的午后，小东家准备好一包野生仙人茶，一张方桌，若干板凳和碗筷，还有自己腌藏的美味菜。她们不用临时招呼，上次茶会已经约好了时间地点，十几分钟内围满欢快一桌。有高绾螺髻的，有剪齐耳短发的，有打过腰长辫的，还有绑成一把马尾巴的。上辈人蓝衣服、黑裤子，年轻些的花衣服、短袖，偶尔还有裙子，都干干净净，如出门做客。虽说客随主便，但是每一个来喝茶的人都没有空手，她们都用芋子叶包着自己的豆腐乳、糟菜头、脆萝卜条、腌笋片、蜜枣、柿子饼、花生豆、板栗干、泡菜等。酸甜苦辣，一应俱有。一包包打开，香辣的美味立刻弥漫整个屋子。女人们喝着茶，品评着百家菜，一边嘻嘻哈哈笑个不停，一边嘴里啧啧有声：东家脆，西家甜；这家辣，那家香。被夸的自然高兴不止，说要是谁喜欢明天去拿点让你家人也尝尝；被批评不够入味的也不生气，说下次一定要带一碟让大家抢得咬掉舌头。

在一次次的喝茶笑谈中，女人们提高了保藏四季菜蔬的能力，改善了家庭小菜的制作方法，同时也大大提高了自家碗筷的清洁度。没有检查，没有评比，下次家族酒宴的主厨、助手都尽人皆知，能者也不谦让。在齿啮芬芳之际，女人们也不放过针黹女红的交流，谁的针脚蚂蚁阵，谁的针脚三尺远；谁绣的鸳鸯会唱歌，谁绣的花儿有清香，谁绣的字儿让人喷茶肚子痛。说说笑笑，好不热闹，待到家族邻居嫁女儿、娶儿媳，箱笼中又增加了许多女红精品。舅爷开箱说好话，她们就挤在洞房外听评赞，脸上不时盛开灿烂的花朵。

家乡的野生仙人茶不仅为这些成年女子的聚会传艺营造了浓厚的气氛，而且还是家族繁衍生生不息的重要见证。兄弟分家，分房间、分谷物、分家具，是生活的必需；而茶叶分了又合，合了又分，泡了加糖共饮，甜了大家。分家不分心，分灶不分情。双亲争孝顺，亲戚共往来。哪家添了男丁，族中亲人就在春节期间送冰糖、元宝白粿、橘子、花生等，其中茶叶是少不了的。小时候看到妈妈给邻居小孩子东西时总是少不了茶叶，我感到很奇怪："小孩子不喝茶，送茶叶干吗？""历代相传的礼节，水解渴，茶安人。"听了母亲的话，我半懂不懂。一年大旱，村里请外来的道士祭天祈雨，沿路村民迎接都是冰糖仙人茶，茶桌旁还贴着红纸。我当时还只觉得这是村民对神的敬畏罢了。我的家乡非常偏僻，我念初中就独自一个人到三十多里外的地方，父亲怕我在人前失礼，嘱咐我要学会喝茶，师长或同学家长赐茶，一定要站立双手奉接，喝完要致谢。这时，我才开始感到茶在人情交往中的重要作用。

不久以后，我姐姐出嫁。出门时，奶奶流着泪送给她的礼物是两块银圆和内有谷子、豆子、茶叶和针线的一个小包，嘴里念叨着："买田盖房，儿孙兴旺。"姐姐哭了，我也哭了。然后由族中一个老大娘拿一张筛子，上面也放有谷子、大豆、茶叶，站在椅子上举过姐姐的出阁红伞，一边反复筛着，一边口中念道："上等上，米筛上。"我又想起了"水解渴，茶安人"的话，母亲当年也许是随便用前人的话语来回答我的天真疑问。可是，我还是常常会想："茶安人"的内蕴到底是什么呢？

一次采访中，有个装了十年哑巴的老汉告诉我：菩萨的肚子里有好茶。我半信半疑："您是怎么知道的呢？"他说："我年轻时曾经被土匪抓去做了一个多月的挑夫，由于夜盲才得以跑回家。'文革'期间，大队革委会说我是土匪，强令我对菩萨雕像施以无礼之举。"老人流着泪又说"恢复信教自由之后，我主动在菩萨前跪了无数次。请求赦罪。"啊，原来神明也有凡人心。心里有茶，才能明察秋毫。怪不得直至今天的乡间农户乔迁、嫁女、添丁、库区移民远徙，都少不了带上一包香茶！手里有茶，温馨一家；茶山遍野，平安天下啊。

窗外飘荡着欢乐明快的采茶歌，眼前浮现着温馨茶乡的昔日情景。我赶快泡一杯家乡的仙人茶捧在手上，看那香气袅袅，让我如痴如醉，耳畔仿佛又传来豪爽的《七碗茶诗》，匆匆记下偏僻茶乡的这些昔日琐事。

乡　思

横山岭下朝阳地，萧飒村中蓬荜生。
一地蛙声云外落，几弯犁镜月边耕。
开窗鸟唱三春画，出户花开九族情。
最是悠悠东去水，重山总向梦中迎。

江城子·回乡半日

萋萋草木满山冈。蝶蜂狂，野花香。
峰回路转，赤鹿更风光。井水稻粱常梦境，
寻足迹，老村庄。茅檐低小绕情长。
叩祠堂，问牛羊。昔时嬉戏，稚嫂逗孙郎。
执手堂亲皆泪眼，离别意，路茫茫。

忆祈雨

窗外隐隐约约地飘荡着柔婉的乐曲，如微风，如细雨。我在灯下默默地读唐代李约的小诗——《观祈雨》：“桑条无叶土生烟，箫管迎龙水庙前。朱门几处看歌舞，犹恐春阴咽管弦。”读着读着，我的思绪不禁回到了几十年前家乡热闹而又庄重的迎龙祈雨神会。

那是20世纪60年代末，我那偏僻的家乡严重缺水，每天派人挑着金黄色的黏土沿着水渠巡查疏通补漏，可是干旱的稻田裂缝还是越来越大，稻苗还是越来越黄。水柄（固定在水渠末端，用以分流水量的标准）处夜里闪着手电筒的光芒，还不时有人吵架。村里的人不管是男人、女人、大人、小孩个个仰望着天空，盼望着乌云出现，盼望着下几天大雨，哪怕只下一场大雨也好，可是天空仍然是湛蓝湛蓝的，一丝云彩也没有，即使是棉花丝般的微云也没有。干旱的稻田里张着越来越大的裂口，扯断了越来越黄的稻苗的根须。那卷着叶儿的稻苗就像深秋山野上的狗尾巴草，一天天默无声息地枯黄下去。老一辈的人看着深蓝色的天空叹气，青壮年跟着叹气，爱说爱笑的年轻媳妇也垂头叹气，大姑娘也皱着秀眉叹气。我的家乡坐落在一片山坡上，坐西朝东，眼前十分开阔，一条溪谷从村落的山麓曲曲折折隐身向东而去，每一座山峰都从溪谷的两边崖岸探身而起，分别伸向远处的云端直至天边。在我的家里向东远眺，那苍翠的层层山峦就像朝天东去的巨大雁阵，翻动着巨大的美丽翅膀，一年四季灿烂如画，春季更是扇动着无边的花香。

可是在那连续几个月不下雨的大旱时节，开阔的眼前更是早早迎来了炎炎烈日，有些人还没有起床，太阳已经晒到厅堂，晒到窗口，打开房门，就晒到床铺。傍晚，吃了晚饭，火球似的太阳还恋恋不肯下山，高高挂在西天上熊熊燃烧。老人们仰望天空，无奈叹气之余，嘱咐抽烟的晚辈，一定加倍小心用火，免得把空气给烧焦了。

一个炎热的夏天，村里来了个陌生的外地人，四十开外，微胖，剪着平头，他自我介绍是道士。农村不兴称姓氏，也不问，就按各人习惯称道士、先生或师傅、师公。他都乐意接受了。说道士自然要有法术，不然怎么叫人相信。他看出村民的心思，就说："我不想跟你们说自己有多大能耐，本事不是说出来的。如果不相信的话，你们就在场院里铺一大片烧红的炭火吧。我打赤脚走给你们看。"人群中有人叽喳了："这么热的天，走路都烫脚，哪敢踩着炭火走？""既然他说了，不妨让他试试。"两个青年很快从几家灶膛里收集炭火倒在地上，他看着笑了起来："咳，就那么一点炭星儿，尽管再多一百倍一千倍，铺成一条炭火的路。"大家为难了，上哪里找那么多的炭火。一个青年说："有办法，我把自己砍好的那堆硬木火薪，搬几十担来烧不就成了。"

干柴烈火，不到半个小时就烧出一大堆的炭火，有人把那炭火整成一条吐着火苗溅着火星的地毯。木材全部烧透了，可那炭火上还呼呼跳动着蓝色的火苗，不时还有"毕剥"的响声。我的奶奶不知什么时候也赶来看热闹了，她着急着叫："先生，你心里可想好了，火可不是闹着玩的，千万不要一时逞强！""不用担心，大妈，过一会儿你看看就清楚了。"道士端来一盆水，坐着洗脚，很快擦干。举着香火拟画指令，然后将含在嘴里的小半口水向炭火之路喷洒出去。接着，他就赤脚从炭火之路上来回走了两趟。村民开了眼界，对道士佩服得五体投地。丢了东西的请他，孩子体弱多病的请他，夫妻不和的也请他，外出做事不顺的也请他，有的家里老人去世几个月甚至多年了，还要请他补做功德。村里老人集中开会，要请他为村里祈雨。

第二天恰逢吉日，村人连夜找来两个新的大木桶，放在祖祠厅堂前，装满清水。同时，把竹子锯成五尺长，再对半劈成片状，下端削成斜面。次日早上，所有男丁（拒绝女人参与，成年女子更要远远回避）穿着干净的衣服到祖祠集中，道士在前头统领，一路上唱着颂歌，放着鞭炮，三步一跪到五里外的龙潭迎神祈雨。沿途的住户都在路边摆设茶水、瓜果和粉干面食点心，放鞭炮，跪拜迎接迎龙仪仗队。在龙潭外搭台铺席，道士在台上吹号角，唱颂歌，恭请龙王。两个青年各站一边，拿竹片反复挑取潭水高高扬起。我那时很小，只听懂道士用方言反复唱的一句“落货（雨）来，落货来”，其他什么也听不清。

请了龙王回程，乡人跟随道士唱着颂歌，一路鸣炮，三步一跪，回到祖祠。道士还在“落货来，落货来”地高歌，吹号角，青年还在用竹片高高挑起大木桶里的清水，成为飞跃屋檐外月光下的一道道彩虹。说来奇怪，仪式还没有结束，天上雷声隆隆，顿时，大雨倾盆而下。从此，道士更加神奇了，大家都叫他“落货来”，他也愉快地接受了，甚至自我介绍时也说“落货来”。

那一晚的大雨之后，又是二十几天整月大旱，别说没有下雨，即使连一丝云彩也没有。在那难耐的炎夏里，大家劳动回家，手里不断摇着扇子，闲谈不免谈起那位神通广大的落货来。可是去哪里找他呢？他是四处云游的高人。就在大家开会讨论想办法找他的第二天，落货来又一次出现在我的家乡。大家更为惊奇了：“难道他真的是活神仙？”小孩子过关、做平安的佛事不用说了，村里重要的是再次迎龙祈雨，造福全村。很快选好吉日，按照第一次的程序举行迎龙祈雨神会。队伍回到祖祠后，天气似乎没有上一次闷热，落货来悄悄跟村里的长辈说：“今天龙王有点生气，龙潭上游有女人涉水。”长辈的表情顿时僵住了，轻轻说：“这如何是好？”落货来说：“我多费些口舌祈求就是了。”这天晚上没有月光，祖祠厅堂上挂的是马灯，号角声声，那些诵经、颂龙的方言听不懂，我们还是只分明听出“落货来，落货来”的苦苦祈求。“不好，撤！”手电的光柱返照了。原来，我们村的祈雨活动为避开大队追查，避免道士被抓，派了几个小青年两人一站放哨，像古代烽火台传递边地战事一样，第一站发现大队干部民兵继续走，但用手电光返照暗示第二站，第二站暗示第三站，直至祈雨现场。两个人护送道士提着道具逃跑，其他人收拾现场。大队干部和民兵赶到现场，严厉警告几声就走了，这晚没有下雨，第二天没有下雨。大家又望着天空叹气，甚至怨愤。有骂在龙潭上游涉水的女人的，有骂大队干部民兵坏事的，也有骂道士装神弄鬼骗人的，总之，雨还是没有下，都没有下。

窗外依旧隐隐约约地飘荡着柔婉的乐曲，如微风，如细雨。簌簌忽忽，又时有时无。这时，不知怎么的，前人的诗句飘然而至：“急雨射苍壁，溅林跳万珠。山根水壅壑，漫窍若注壶。”（梅尧臣）“黑云翻墨未遮山，白雨跳珠乱入船。卷地风来忽吹散，望湖楼下水如天。”（苏轼）顿时，眼前仿佛呈现了家乡那连天移动的惊人雨幕，笼罩连绵山峦，逆河而上。

闲

北宋画家王诜在《蝶恋花》词中写道："忙处人多闲处少，闲处光阴，几个人知道？"在繁忙的时候，我总是想着盼着清闲。可是真的闲下来的时候，那些闲谈、闲事的情景却又常常在我的眼前飘荡，久久拂拭不去。

闲 谈

古代儒家认为：立德、立功、立言，人生才会不朽。这话确实值得我们记取，它是带领人们走向崇高境界的航标灯，但是作为平常人的我辈追求闲适生活，譬如坐在河边看滔滔不尽的流水、站在场院里数着闪烁不停的星星，虽然，没有看清流水的长度，也没有数清星星的数量，又何尝不是一种人生乐趣？即使是胸怀大志的人也不能没有闲适的时候，"昼闲人寂，听数声鸟语悠扬，不觉耳根尽彻；夜静天高，看一片云光舒卷，顿令眼界俱空"。甚至有人认为，没有闲适，就没有真正的思想。

我想起故乡夜月下的闲谈了。

在我的童年时代，乡村没有公园，没有青年俱乐部，更没有老人活动中心。唯一的公共活动场所是祖祠，可那里活动限制很严，只有祭祀、迎神赛会、召开族人大会时才能在那里集中，气氛严肃。在列祖列宗的面前，男男女女聚在一起闲谈说笑，那是不会被允许的。只有遵守男女长幼的尊卑之礼，在场院、谷架上，听那外出回来的手艺人讲述不老的《聊斋》乡村版。

堂哥是个木匠，瘦高个子，头略微向左倾斜，嘴巴宽阔，声音洪亮。为了白天多干活，他经常在东家吃完晚饭回家，夜路走多了，也就有了讲不完的路上的奇异故事。一次从十多里外的村庄回家，刚出村口不远的林中小径，就看到远处模模糊糊的一个人影，头部比较清晰，是一个七八十岁的老大爷，他一边在想到底哪家老人夜里还在山路上走，一边心里不免有些害怕。他一转头再往前方看时，已经不见那老人，但似乎还有人走动的声音。他继续往前走，突然发现不远处站着一位面貌清秀的中年女人。他想起师傅从前的教导，赶快把工具担子转到左肩，左手拿着手电筒并扶住扁担，右手紧握斧头，一边走一边挥舞起来。那中年女人霎时也不见了。山路狭窄，他继续边走边挥舞斧头，到了前面路边有大石头时，他就用斧头的背重打石头以壮胆。刚打两下，就发出十分恐怖的惨叫声。他就放下担子，双腿夹着手电筒，双手抡起斧头拼命打起来，石头迸出火星，惨叫声很快也停了。他重新挑起担子上路，走了几步回头一看，石头上有一条被砸得血肉模糊的老蛇。

另一个堂哥接着讲抓水鸡（即“棘胸蛙”）的奇遇。抓水鸡人不能多，一条小坑沟，人多了抓不到，但也不能独来独往，两个人结伴为好。一个夏夜，他和伙伴带上火把柴刀，下到小溪，听到水鸡的叫声，就伸手掏石洞。手碰到一团软软的东西，以为抓到大水鸡了，飞快往外一拉，却是一条卷起的长蛇。他摔开老蛇急速跳上大石头，沿着小溪往上游走。水鸡还没抓到，却看到石头上有奇怪的水脚印，好像刚刚走过，一个个清清楚楚。凭着抓水鸡人的经验，这天晚上不用再抓水鸡了，即使怎么努力也抓不到，关键要对付这一溪石头上的脚印。于是两个人一起拿出柴刀，用柴刀的尖尾凿那脚印。刚刚凿时，小溪两岸好像狂风卷起，呼呼啦啦，顿时又好像划竹木划石头，砰砰嘭嘭。

越是情势危急，越是要稳定心思，用劲凿击不懈。渐渐的声音小了，眼前仿佛有一尊巨大的怪物轰然倒下，顿时化作烟雾散去，脚印出血，一切恢复正常。

小孩子听了，一个个往父母的怀里越靠越紧。我的老奶奶说："野外的怪物看起来可怕，其实只要胆大心细，都是可以战胜的。有些女鬼要是缠上了，那才难以对付。"一座废弃的旧房子，每天下午都看得到早已去世的妇女坐在一起摇着扇子说笑。那些死鬼女人都穿着菜绿色的上衣，黑色的裤子，卷着高高的发髻，要是看上某个人，那人就无可救药了，即使道士施法也无济于事。村中有个从外县嫁过来的女子坐月子，每天都几次高喊鬼来了。她还说出女鬼的身材面貌的具体特征。同住一座房子的老人一听就知道是谁。可是，那女鬼是四十多年前死的，这产妇十多年前嫁过来，开始几年语言不通，她怎么会知道呢？既然鬼缠身，农村人的做法就是送纸钱，可是送了纸钱鬼还是缠住她，下午晚上时间不时大叫鬼又来了。她的丈夫想，难道鬼也是敬酒不吃吃罚酒？于是，他就请人画了两张符咒，一张给老婆戴上，一张给婴儿戴上，自己抡起板斧在房间的空中挥舞。听到老婆叫鬼出去了，他就追到门外，一边大声骂一边敲打墙壁。第二天鬼又来了，他去请了一个道士。道士带着弟子，从客厅到房间，又从房间到客厅，吹号角，甩鞭子，施法术，整个过程延续了两个多小时。师徒接受主人的谢意，夜宵刚吃一半，师傅突然坐到了地上，徒弟也大叫肚子痛。大家心里惶恐，给师徒两人灌水，刮痧，主人到房间，看到老婆伸着长长的舌头，睁大了眼睛，仿佛脖子被人掐了一般。第二天，产妇就死了。

这些鬼故事，是没有电视时乡村闲谈的最重要也最迷人的内容。回家的路上也许有人不时看看背后，到家也许还要蒙头睡觉，可是第二天晚上照样有人围着听讲。有时或许也有老虎或婚外情的故事，但真正常讲常新的还是鬼怪故事。山中的、水里的、家里的，几乎人人能讲，讲法各有不同，给童年的我带来了畏惧，也带来了许多乐趣。

成年以后，我知道了许多人因闲谈致祸的事。如刘绍棠在一次会间的闲谈中说："如果能有三万元的存款当后盾，利息够吃饭穿衣的，心就能踏实下来，有条件去长期深入生活了。"这话被人"用马克思主义的观点一分析"，变成了神童作家想不劳而获成为"资本主义"，自然也就成为特殊年代的"右派分子"了。从此，下铁路、水利工地，回家乡劳动22年。有位师范音乐教师因闲谈时说过"当老师其他都好，就是生活艰苦"的话而成了"右派"。此后，"污蔑大好形势"的他不能上课，去学校农场养猪、种菜。上街时靠右走，被人指责"右派一心往右走到黑，真是死不改悔"，他赶快走向左边，又被人指责"人走左边，眼睛看着右边，真是形左实右"。一个外国作家说："没有闲谈的世间，是难住的世间；不知闲谈之可贵的社会，是局促的社会。而不知道尊重闲谈的国民，是不在文化发达的路上的国民。"从对闲谈的了解中，我对偏僻的家乡增加了许多亲切感。

闲 事

所谓闲事，就是指跟自己无关的事，有时也指跟主要工作或生活没有直接关系的小事。忙时顾不上，闲时它就来。老家有句俗谚："闲事不策，臭米三合。"旧制一合即半升（七两半），三合的斤两隐含着二百二十五的数。可见，这句话有警戒之意。

鲁迅先生的文章中有"先是把头点了两点，然后又把头摇了两摇"的人，该算是不管闲事的高人了吧。生活中不绕开闲事而且把闲事做得刻骨铭心的也有人在。我就为陈庆梯校长（当时为"革委会主任"）因我的一件闲事跑了近百里的山路而感动不已。那是我在尤溪二中（“文革”期间一度改为“红旗中学”，1972 年改为新桥中学）念高二的 1973 年，学校党支部要求我们高二两个班的四个班主干积极向党组织靠拢，递交入党申请书。大概过了两个月，周末回家有人告诉我，校长来过，说我在校学习的优良成绩和表现，还叫大队干部支持我念完高中。我非常感动，泪水都要掉下来了，又深感不安。我一个贫苦家庭出生的孩子，学校领导竟为我跑上百里山路。当时学校之间没有考试成绩评比，我能否念完高中和入党，对于领导可以说是闲事。不管不问没有任何责任，跟我所在的大队书信联系可算关心，可是他一个上了年纪的领导竟为我跑了那么远的路，我怎么能不感动呢？

回到学校后的一天，我和政工组（后称政教处）长柳老师在布置专栏。陈校长过来跟我说：“你村里的人都说你做事能吃苦，待人有礼貌。”我赶快接过来说：“听说您特地到过我大队，真是给您添麻烦了。”他说：“应该去的。”接着又说：“大队干部对你个人评价很好，只是说你家庭困难。”

春季招生改回秋季，我们那一届延长半年，第二年六月毕业。当时高校几乎是名存实亡，中学师资严重缺乏。学校提名让我回校当民办教师，当时的中学民办教师 30 元工资由两部分组成，县里每月拨 21 元，公社出 9 元，因此在商谈人选时，公社主要领导坚持要选本社户籍的人。九月开学，有点资历的学校领导都到县里沟通办学事宜，书记李存善、校长曹振健得知我所在的公社初中——坂面中学有个福州籍的老教师要退休，他们马上专程挤班车（当时一天只有一班，年轻人爬窗户，老年人很难上车）到坂面，向坂面中学校长推荐我，说我是民办教师的最佳人选。一个回乡的中学生何去何从，对母校领导来说完全是闲事，可是他们把闲事当成自己的事，让我永远铭记在心。从此，我更坚定了认识：忙虽辛苦，但于己于人都有必要。古人有言："身不宜忙，而忙于闲暇之时，亦可警惕惰气。"结合工作岗位特点和个人兴趣，利用闲暇时间做些创造性的学习研究，既可修身养性又能在技艺上获得进步。在工作上，业余时间誊写蜡纸翻印教学资料，节假日为熟悉和不熟悉的人写对联，修改习作稿件，无不给人带来些许方便。

后来我看到一则报道：一个农民的老婆跑得不知去向，连自己的母亲也没有告诉一声。不久以后，那位农民的丈母娘瘫痪了，家中没人照顾。他整天为丈母娘买药、喂药、做饭、换洗衣服，照顾得像自己的亲生母亲一般。有人劝他："你老婆都跑了，她母亲的事对你来说闲得就像冷水萝卜汤一样。"丈母娘也十分过意不去，流着泪说："女儿不知去向，你的细心照料我受之有愧。"他说："你的事就是我的事，跟她跑掉没关系。"我看着流泪："能把闲事做成这样，真是太不容易！"

不只如此，还有把一般的人眼中的闲事当作终身职业来做的人，如德兰（一译"特蕾莎"）修女，她自己接受医疗训练，寻找帮手，终生为贫苦人服务，她1997年逝世，"留下4000个修会的修女，超过10万以上的义工，还有在123个国家中的610个慈善工作者。同年印度政府为她举行了只有总统和总理才有资格享有的国葬，来自二十多个国家的四百多位政府要人参加了她的葬礼，其中包括三位女王与三位总统"。2009年10月4日，诺贝尔基金会评选她和马丁·路德金、爱因斯坦为诺贝尔奖百余年历史上最受尊崇的三位获奖者。

我常常想，要像德兰修女那样把闲事作为自己的终生职业，献出自己的一切，对平常人来说几乎是不可能的。但是我们至少应该知道感激这种人，而不能玷污她从来不为自己而只为受苦受难的人活着的圣洁和崇高。

梦里醒来

一

那是1972年的农历年年底，干旱的家乡差不多半数的家庭没有过年的粮食。女人依旧一边扫尘清洗桌椅板壁，一边吆喝着孩子帮助提水拾柴；男人很少说话，有的闷闷地吧嗒着自产的水烟，有的低头搓手等着接烟筒，心里都苦苦地纠结着如何过年。

大约是腊月二十五晚上，我所在的生产队每家每户的户主在会计宗瑛家开会。会前约法三章：第一，分田的事不得外传，包括亲戚和至交好友；第二，上级领导如果追查，必须矢口否认；第三，如果有人被追责坐牢，他的家属就是全队的亲人。“没问题！”大家异口同声，并盖上红手印。分田开始，队长、会计联合提议化整为零的方法，每提出一处田地，大家都要酝酿一番。水田和旱田、远处和近处、大丘和小丘如何搭配，水源怎么分配解决等。每一片田地的肥瘦优劣人人都熟悉，分田放水跟每家每户密切相关。因此，与会的人充分发表意见，为了取得一致看法，又不高声外扬，不同意见的人面对面具体分析详细对比不同方案，还要看着会计写到本子上。经过三个晚上的反复讨论，分割方案形成，最后采取抽签的原始办法把田分到各家各户。

分田会议虽然秘密不透露一点风声，但是由大集体到一家一户的劳动方式怎么也隐瞒不了。正月二十九晚上，这天是我村传统的吃拗九粥的日子。大队书记、“革委会”主任和公社蹲点干部来了，仍然在会计家那个大房间召开紧急会议。大家的心提到嗓子眼，知道一个月来的事不成了，静静地等待着暴风骤雨的到来。书记唾沫四溅，詈骂队长：“你犯大错误了，知道吗？你这是反社会主义！”队长闭口不答，全队所有的人都不吭声。“老代表，你说，谁带的头？”“没有人带头。”老代表小声回答。“老代表”是我的大伯，他为人一向老实、厚道，这也是当时大队定他当贫农代表的主要原因。主任接着骂，仿佛是电闪雷鸣，洪涛拍岸，可是人人都沉默着，沉默着，好像没有听到似的，只有不听话的肚子里翻肠的咕咕声和裤裆里放屁声此起彼伏地应对着。

农村出身的蹲点干部老陈精瘦，春冬季节常常咳嗽。他想再骂下去也无益，就清了清嗓子作了总结：“晚上的会议非常重要，非常及时，是把大家带回到社会主义道路上来的会议。你们要知道，国家形势大好，天下形势大好。明天开始，一律由队长分配任务，按照集体形式出工劳动。你们有困难，大队不会不管，我们正向上级报告申请回销粮呢。”三个干部走了，二十几个社员还久久待在屋里，不知是谁哽咽地说：“我们的命，怎么——这么——苦——哇？”结果带出哭声一片。后来，我曾写过一首《虞美人·咏史》的词：

当年处处红旗舞，总说他人苦。忽听边境起枪声，得意依旧在游行。民生自食无由保，徒有山河好。人间何事最悲歌？莫过强颜装笑煮空锅。

多年之后，我还知道了山东的东明村、安徽的小岗村人也都做过同样的梦，我还知道了乡人的梦也是所有庄稼人共同的梦，我还知道了乡人的梦也是国家领导决策层梦。啊，梦里醒来泪滂沱。

二

转眼到了 1993 年，社会已经发生了巨大的变化。买米竟然不要粮票，买布竟然不要布票，出外不要大队证明，特别是同姓青年男女可以自由恋爱结婚，这在我那无一杂姓的大队更是像一阵飓风，强烈地惊醒了坚定抱守“五百年前是一家”的人。这年七月，国家住房改革方案正式出台，按政策我把自己住的财政公房买了下来。简单重新粉刷之后，我把老母亲接到城里同住。暑假里，我还带老母亲到省会等附近几个城市旅游。接着，县办企业拍卖转为个体所有。

消息传到老家，乡人说：“现在不会动不动就说我们农民走“资本主义道路”了吧，以前被指责为“挖社会主义墙脚”的事，都变得再平常不过了。”他们家里养的鸡鸭鱼兔猪羊，地里出产的细粮、菜蔬以及笋干、香菇、红菇、蕨粉等加工品，想自行上市出售，可是苦于路途遥远。他们盼望着、梦幻着，偏僻的家乡什么时候能通班车啊。

有了梦，就有了人生的希望；有了希望，就有了战胜困难的信心；有了信心，生活就充满了青春的活力。

拖拉机进村了，小型手扶的、大型方向盘的，带来了化肥、果杂、棉布、日用百货；送走了一车一车的禽蛋家畜，一车一车的干货、木柴，还有旧木料等。接着，小四轮载客来了，班车也开通了，每天进出各两班。外出做工的人多了，男的、女的；上初中的溜生少了，考上高中、大学的人渐渐多了；赶圩的人更不用说，青年小伙子、大姑娘，以前看不惯女孩子到处跑的大嫂也穿起花裙子，跟男人挤在一个小小的车厢里高谈阔论。一个多年被人称作“瞎子”

的大娘在儿女的带领下，到县医院配了眼镜，行走自如了；一个长期苦于“心痛”的老人，到县里做了胃镜检查吃了药，心不痛了；还有许多育龄妇女过去羞于启齿的毛病解决了，她们不再整天皱着眉头，而像变了个人似的开开心心地生活了。

没有人强制破除迷信，可是相信算命、看相的人越来越少了；追寻现实生活及梦想的人多了，相信占卜问卦的人少了。明代叶向高僧写过一副对联：“安知住世君非佛，想是前身我亦僧。”是啊，这些世世代代的山里“贱奴”不也成了新时代的主人吗？

你看，梦里醒来出有车。

三

俗话说：“三十年河东，三十年河西。”其实，哪里还要三十年呢。参加过分田到户的人早已衰老，言语迟缓，有的甚至已经辞世；挤过拖拉机、小四轮赶圩的大姑娘和少妇大都也已两鬓斑白，有的做了奶奶或外婆，而挤在女人缝里的那些初中生分散各处，有的已在外地成家立业。只有那些出外打工一族把孩子放在偏僻的老家，托付给年老的长辈。他们只有每年春节回家一趟，那不仅仅是路远，更因为外面的工期拖不得。

渐渐地，有的人跟随子女进城带孙辈或安度晚年，有的长年在异地租房而居，有的在城郊办厂住上了倒班房。20 世纪 90 年代以后，随着国家计划生育政策的有力实施，严格控制人口的增长，乡村学龄儿童逐年骤减，村片小学快速撤并，乡村个体医疗诊所自然撤销。多少年来，心里坚守着“父母之乡去不得”的观念，留恋于“自种自收还自足，不知尧舜是吾君”的自然生活状态，可是，他们的心里又在追逐着新的梦光了。

七八岁的孩子要到四五十里外上寄宿小学，老人要到几十里外的集镇去看病，家里来几个客人，办两桌酒席，也要骑摩托长驱几十里到集镇买菜。留守山村的人能不能也到不断扩容的城镇呢？乡村的人需要城镇化，“适彼乐土”，同样，未来城镇的美好生活也需要许许多多的乡村人啊。

人生不断追随着梦想，但又绝没有仅仅把它作为梦想，而是把它作为忽近忽远可以实现的目标。去年年底，我在集镇碰到八十高龄的堂伯。他告诉我：“现在，绝大部分人搬到集镇了，过不了一两年，将全部搬迁结束。短短几年中，办个体企业的带上兄弟姐妹一起走，不能同时走的逐个解决，有负担的暂时租住逐步解决，快着呢。今天，我们这些‘乡巴佬’，能在中心集镇安居落户，不少人盖了楼房，买了轿车，这是过去连想都不敢想的事。”

从秘密分田到全村搬迁的变化，只经历了短短的四十年。再过四十年，不，再过十年，我们的小小山村又会有什么样的变化？乡人的心中又有新的梦想了吧？梦想的色彩一定更美丽，实现梦想的时间也一定更短。

快，梦里醒来赋新词！

谁知盘中餐

“锄禾日当午，汗滴禾下土。谁知盘中餐，粒粒皆辛苦。”我想，能真切感受到粮食来之不易的人未必很多，但能背诵李绅这首《悯农》诗并用它来教育晚辈的人一定很多。多少年来，在我那偏僻的小山村，翻土、锄禾的农活确实辛苦，“足蒸暑土气，背灼炎天光”，收成后挑着谷子颤抖地走过田埂远不是“辛苦”两字所能概括。眼下不说闻名世界的大都会，也不说挑着谷子重担，就是农村青年能空手走过那种田埂的又有几人？

几乎没有谁不知道，我国古代社会的一大特征是“男耕女织”。在我所认识的所有农村妇女中，织布只是她们艰苦劳动中的一小部分而已。她们的总劳动量不知是织布的多少倍！仅仅是谷子收成到家把它碾成米再煮成饭，其间不知要付出多少艰辛的劳作。谷子从田间到家里，首先要拿到阳光下晒干。每个农家都搭有很大的一个架子，架子上整齐排着对半劈开的竹片。每个架子可同时晒五六十块圆形的竹匾，每块竹匾上有十多斤谷子。早上晒出去时要铺得均匀，中午还要翻动一次，傍晚收回来存放在楼上干燥的柜子里。要是突然下起暴雨，怎么把一架几十块竹匾的谷子收起来真是一件难事。就算不下雨，把那么多的谷子收起来倒进箩筐，然后一筐一筐背到楼上，又谈何容易！

今天有些民俗博物馆中的土砻、脚碓、风车等，昔日乡村羸弱的裹脚农妇在它上面洒下多少的辛酸血泪啊！土砻由上下两部分组成，下部两块木板垂直重叠，四端立脚，垂直中心由一根圆硬木（大多用赤楠或福建青冈）直穿到上部，外用粗竹篾围成一个圆柱形，内填实拌有纸丝的黄土，直到一米高处，在离地面八十多厘米处围成一个凹槽，用以承接剥离后的米和壳。凹槽留一个洞口用以漏米到箩筐。上部的底端和下部的顶端相吻合，合面都有整齐有序的竹齿。土砻的上部上宽下窄，中心留一个15厘米的正方形。宽的部分有如一个大盆子，谷子就从这个“大盆子”倒下去。上部的中间横穿一根硬木条，这条硬木两端超出圆柱体外30厘米并在接近末尾处上下凿一个通孔，推动土砻上部的丁字形弯拐的头就插在这个孔里，丁字形横头各用一根长绳吊在高处。砻米就是女子站在地上双手握着这个丁字横头不停推动土砻上部。

从土砻出来的还是米和谷壳的混合物。要用竹匾推拉抖动，扬去轻飘的谷壳后才能送到脚碓。

脚碓用来舂米，也用来碓碎谷壳作糠，冬季还能用来碓油茶子以及抹墙时用的粗纸头等。两把状如大板凳的架子串在一米左右的宽度定位，一根横杆串起碓身，装碓头（石头重60斤左右）一段短些，踩脚一段（下挖坑槽）长些。架子上两边各竖一根小柱，柱子上架根横木做扶手。记得从懂事起，我和姐姐就是妈妈在土砻脚碓前的得力助手。妈妈身上背着最小的妹妹，每踩一下脚碓，小妹妹的头就在妈妈的背后晃一下，睡着的时候晃得更加厉害。几十年前经历的场景，至今依然历历在目。每次碓米人人都是一身大汗，背上的小妹妹小便也不时拉在母亲身上。随着我们姐弟的渐渐长大，那脚碓的声音越来越大，速度也越来越快，母亲的繁重劳动才有了些许的减轻。我们姐弟都到了十多岁时，妈妈有时只要在石臼前翻匀，而后分筛清理就行。在我那偏僻的家乡，家庭主妇差不多都是身上背着孩子砻米碓米，中间附带喂猪养鸡鸭，口渴了喝瓢冷水，肚子饿了吃个番薯，汗流多了就用手一抓一甩，然后再用袖子擦一把。长大后，我读到陆游《山行过僧庵不入》中的两句诗：“茶炉烟起知高兴，棋子声疏识苦心。”如果套用陆诗写我家乡的情景同样十分确切。“长夸咸菜知高兴，碓子声疏识女身。”就是说，听到屋里传来女人夸奖咸菜的味道，那是农妇难得的欢聚喝茶。脚碓的声音乒乓作响，那家女子一定强壮有力，或有姑姑婆婆帮忙；要是响声疏落，那家女子一定身体瘦小，软弱不支。

每当看到土砻脚碓的实物展，我的眼前马上就会浮现一个农村劳动妇女的身影。她姓雷，畲族，6岁就被送往20里外做童养媳。她6岁初学穿针引线，刺破自己的手指，缝错衣服线路被婆婆翻揪眼皮。10岁时，婆婆让她独立碓米，她个子矮小，又经常没有吃饱饭，即使站到碓身的最尾端也很难踩下去。有一次用力过度自己滚到了槽坑。婆婆大怒揪住她的头发碰墙壁。头破了，血流满面，婆婆就抓把烟灰拌点茶油一抹了事。她经历凄惨的事太多了，我坐在她的对面边听边记，眼泪不禁夺眶而出，可是她仍旧很平静。我问她回顾艰难往事怎么不会伤感？她说：“我的泪早就流干了。”

碓完之后，要用细密的筛子把细糠筛掉，然后倒进风车扬去谷头粗粒。这风车在粮食加工的过程中要用多次，如刚刚晒干时就要把干瘪不饱满的谷粒排除掉。用风车扬谷子比起砻米碓米相对轻松一些，但小女子要把谷子装上风车高处的大漏斗，需借助凳子才能做到。

谷子脱皮成白米了，女子也挥汗不止脱水瘦了一圈。过去家庭人口多，砻米碓米是家庭妇女的常事。养家禽，洗衣服，种菜，打扫卫生，几乎一刻不停地忙着。个子矮小的女子要把滚烫的一桶饭从锅中提起来，也绝非易事。前面那位雷氏女子，凭借板凳才够得着灶台，可是抱起饭桶热气又烫伤了身子。也许有人会说那女子太笨吧。她后来成年之后，男人所有能做的苦力活她都做到了，耕地、耙田、伐木、滑竹、拉辘、扛石头、打夯、拉纤、放船等。新中国成立初期她出席了全国劳动模范表彰大会，受到周恩来总理、朱德委员长的亲切接见。

“锄禾日当午，汗滴禾下土。”其实，禾谷收割之后，晒谷、背谷、碾米丝毫不比锄禾轻松。昔日背着孩子砻米碓米的村妇哪个不是每天一身臭汗？自己饥肠辘辘，孩子还要吃奶，要是孩子生病，母子一起哭的绝不是少数！不知道别人诵读这首小诗有何感受，我只知道，自己每读一次心里都受到强烈的震撼。我的眼前就会浮现一幕幕昔日贫困乡村的图景，那里有我天天一身泥巴的父亲，有跟我老奶奶、母亲一样瘦弱不堪的劳动妇女，有那位雷氏大妈，还有我那没有玩具、没有连环画、经常饿着肚子帮助父母做事的艰辛童年。

吃

近年来，“舌尖上的法国”“舌尖上的中国”之类商业广告随处可见。我总觉得，说“舌尖上”似乎偏重于口感，而说“吃”更侧重行为方式，因此也更符合我们国人的传统习惯。我出生于普遍缺吃少穿的年代，那时候即使是富裕的官员和商人，也不敢公开炫吃，否则难免有“资产阶级”生活方式之嫌。可是，生活往往是这样，越是艰苦困窘的时候越是讲究礼仪秩序，“吃”恐怕是其中最重要的一个方面，孟老夫子就说过：“鸡豚狗彘之畜，无失其时，七十者可以食肉矣。”

我的家乡同祖同宗，关于吃的敬重和谦让方式也完全一样。

“山里鬼，山鸽鹏，杀只小公鸡，叫尽大大声。”这是从前都里人（今中心集镇）对我们乡下人的讥讽。逢年过节，家里杀鸡杀鸭，要在祭过祖宗之后享用。胸脯肉、大腿、小腿等从尊长分起，肉多而嫩的分给小孩，当家的夫妇只能吃点脚爪、翅尖和脖子等。但是年长的老人没有心安理得地独吃好肉，而是把胸脯或腿肉分成许多片，每个晚辈一人一片。吃猪肉也一样，主妇要有相当的刀工，尊重老人，先把最好的夹到老人碗里。主妇自己最后吃，以防个别淘气的孩子很快吃完一直看着老人，弄得老人心里不安。敬酒更不用说，每一次都要从老人开始，劝老人喝下后自己才能喝。昔时乡村没有罐装饮料，年节里就煮点颜色似酒的红菇、红苋菜或紫苏汤给小孩喝，既让小孩高兴又可以避免喝醉。

欢度年节时，除夕、初一、十五、端午、七夕等重要日子，餐桌上要多置放碗筷和酒杯，以示敬飨家神。入座后，待长辈举筷提议才能开餐。

家内之礼，最需要用吃来表示的是寿诞和出嫁。做寿就是做生日，俗话说："始于晬，终于百，一二三四可不睬。"意思就是周岁开始，百岁终止，其中十、二十、三十、四十可以不管。真正要做的就是周岁、五十、六十、七十、八十、九十、一百。杜甫说："人生七十古来稀。"去世之后逢十照做称为冥寿。要做就是要办酒席宴请宾客，"不睬"就是家庭内部杀只公鸡，买点猪肉，煮一大碗粉干和几个蛋，自家人喝点小酒，寿星吃鸡胸脯肉。五十岁以上，给寿星吃鸡肉不是一块，而是五块：胸脯、大腿、小腿、鸡头、鸡尾。装碗要把腿肉放在下面，上面放胸脯，鸡头放在前方，朝着寿星，鸡尾放在后面。寿星也要把胸脯肉撕成若干条，逐条分给晚辈，寿星吃过鸡冠后，大家才吃，这种吃法寓意长幼有序，大吉大利。出嫁女也是五块鸡肉，但她不像寿星那样条分缕析分给小孩子，而要表示自己离开父母伤心之至吃不下，待到母亲或嫂子拿到她的嘴边，反复劝过"快吃，好头好尾"之后，才象征性地吃一点。通常是鸡蛋、鸡冠、鸡尾肉各咬一小口，以示好头好尾，祖德永续。

女儿嫁到夫家之后，凡是祖父母、父母、哥哥前往看望，婆家都要杀鸡、置酒、做白粿宴请，鸡肉也是五块，并请堂亲作陪。长辈兄长回家还要送一份平安礼。嫁出去的女儿生孩子，娘家人要去吃鸡酒。招待娘家人也要杀鸡、置酒、做白粿宴请，鸡肉至少五块。娘家人送鸡、蛋、酒以及婴儿衣帽，女婿都要用钱回礼。"长者赐，不能辞。"但要回礼金致谢。

如果亲朋好友有红白喜事，老家的规矩是"不请不送，不送不请”。家逢喜事，要盛情邀请亲邻朋友，主人一定要提前当面邀请，但只说吃个白粿（便饭），不宜说请赴喜宴喝酒。喜事当天早上再邀请一次，恳请赏光。主人如果没有邀请，就不要送礼（旧时十个鸡蛋、两把粉干、一斤冰糖），也不必赴宴。这就是“不请不送”。当然至亲兄弟、堂兄弟要主动走近，帮忙布置餐厅，不能等主人邀请。生育孩子，见亲邻串门，要赏吃蛋酒（煎两个蛋再用酒煮一下），有身份的长辈还要加块鸡肉。吃过蛋酒的人要送份薄礼，大多是送上十个鸡蛋，条件好的还有送些桂圆干、目鱼等。而“不送不请”指的是办丧事，如果没有收到送礼（“金银”香烛和米），就不要请吃饭。作为亲邻以及平时有来往的朋友，丧事不仅要主动送礼，还要不请自到帮助做事。

古语说：“自奉必须俭约，宴客切勿流连。”自家平时生活勤俭节约，避免铺张浪费；宴请客人量力而行，适可而止。乡村农民虽然不会把这些话挂在嘴上，但是他们的行动就是有声的语言。每个家庭都有困难，但主妇却常常能在盐缸糟瓮里藏上一片猪肉，一个鸡（鸭）腿，预备给远来的稀客以表敬重之情。鸡鸭鱼肉虽少，但久而不坏，干而不硬，最显当家主妇的本事。

“吃”能承载这么多的家庭礼数，也能显示乡村平民永远都说不尽的情趣。

小孩子初次上学或请塾师开蒙，母亲给他煮两个鸡蛋，炒一合（半升）豆子，黄的黑的掺杂在一起，装在孩子的口袋里，一路慢慢走着咔嚓咔嚓吃着，一边唱着“乌豆落竹筒，肚子会通融”的村谣，那是童年中多少开心的事！抓一把分给小伙伴，还能得到意想不到的小玩具，如叶笛、弹弓等。

为了吃，放牛的小孩子也富有惊人的创造力。生吃的野果自不必说，如南酸枣、乌饭树果、肤盐木果、草莓、山莓、杨梅、野枇杷、地菍、桑葚等，吃饱了肚子，美味了嘴唇，还能带点回家孝敬大人；变换一下味道吧，家里的番薯、芋子、淮山，山中的榛子、椎子、板栗、竹笋等，样样都能放在篝火烤煨，吃起来齿啮芬芳，香气袭人；可是，他们不满足呢。他们还要仿效大人，煮几碗羹汤。他们三块石头垒个灶，没有锅，把家里的铁瓢拿来顶替，从家中带点茶油、红糟、盐巴，田里的螺、小鱼、泥鳅、黄鳝，山上的蕨菜、小笋、香菇，山溪里的小虾、棘胸蛙、丁鱼，就是他们的美味佳肴。饭菜“出锅上桌”，他们围在一起，还说说笑笑认起老公老婆和亲戚呢。

有的孩子讲话结巴，不但邻居孩子讥笑，有时大人也要逗他玩。他又羞又气，可是越急越结巴。父母想出一个办法，买条猪尾巴，整条煮了让他吃，等到快吃完时，趁其不备，把猪尾巴打落在地。他还想吃，父母说结巴的毛病丢了，他也不好意思地笑了。

乡间村妇不知道香君鸡、紫云汤、夜来汤、丝丝菜、燕窝银耳、女儿酒之类为何物，好比刘姥姥在大观园吃不出茄子的味道。但是，腌藏、浸渍、发酵各种小菜，酿制红酒，蒸制米烧，手艺何其了得！脆萝卜、生姜丝、辣椒酱，香辣刀豆、添醋谷粒豆、豇豆干、茄子片，酒糟腌藏，综合加料，摆出花样，绝不下红楼凤哥所炫的名菜。闻到这些小菜的味道，终日板着面孔的道学先生也会掀起长衫在女人堆中嘻嘻哈哈抢筷子吃。这也许不算什么，道学先生的面孔本来就是装出来的，但美味救人就难得了。那是“文化大革命”的第二年，大队跟风“破四旧”，指派“牛鬼蛇神”找神像。有些老人得知消息提前把神像藏在深山，这些“牛鬼蛇神”怎么也找不到，他们白天到祖祠、寺庙、深山石龛寻找，晚上接受审查、批判。不久，大队又成立了专政小组，负责押解、捆绑、吊打这些“牛鬼蛇神”。老人担心躲不过，把大部分神像送回原处。有个曾被抓到土匪营里做过饭的，负责找的神像始终没有着落，他被打得最多伤得最惨，几次想自杀结束一生。村中几个善良的女人不懂政治，劝他不要犯糊涂，先尝尝村里各家的咸菜说不定转危为安。这个没有妻子的“坏分子”不吃还好，吃了连舌头都咬破了。他吃了几家女人各抓一把米而煮成的平安饭和酸甜苦辣的百味咸菜，再听村妇一通劝解，他果真不死了。

说起平安饭，过去乡间不时有人煮。家里有人长时间生病，或者有些不吉利的事，主妇就会到村里兜一圈，向各家各户要一小把米，大致有了一升三合就回家，在屋檐下临时搭个三块石头的小灶，煮一锅稀饭，加点芋子番薯。稀饭出锅后，搬几把板凳就在露天吃，同时也招呼同一座房子的小孩一起吃，以求共享平安。要是小孩子闹病，甚或不慎摔断手脚，家里大多请道士过关，胸前挂符，背上盖四方大印，外婆也在她所在的村要来百家米、鸡蛋等煮成平安饭，送到外孙屋外两三百米处，坐在路上吃。这些大概可以看出农人贱者平安的思想意识。

别说乡下女人没文化，嫁女儿时，每个母亲都会送给亲家母一臼婆婆糍，要求女儿到婆家拿出来孝敬婆婆，“糍粑，黏住婆婆嘴巴”。婆婆让媳妇吃红枣，早生贵子。生了儿子就有儿媳妇，到时候不就也有人封你的嘴巴？

吃，本在果腹养身，可是慢慢地吃出了礼仪，吃出了许许多多的乐趣。这既是一门让人研究不尽的科学，也是一门吸引各式人等的艺术。

回味

在浙江台州执教的青年师友涂涂在微信上发了两张紫苏的图片，并感慨尤溪、台州等地的这种野菜都远远比不上湖北老家的味道好。她说："儿时，家门口的菜地里，一大片一大片满是的。母亲随便捋几把嫩叶，洗干净，撒进汤锅，扑鼻的香味。怀念啊！"

聪明的涂涂借紫苏感事，我想起家乡的紫苏来了。老屋子前，晒谷架下，木槿花旁，成片成片的紫苏，叶面初为紫红渐渐转绿（也有双面紫红或边沿紫红中间呈绿色的），边沿粗齿如锯，叶背深紫红艳，叶脉粗糙凸显，疏生灰白色毛，并有凹点状的腺鳞，远远可以闻到一股浓郁的香气，它是乡村餐桌上诱人的素汤用料和鱼汤、粉干、面条等的重要佐料之一。早在宋代，仁宗皇帝命翰林院制定消暑的汤饮，便"以紫苏熟水为第一"。元诗人吴莱吟道："向来暑殿评汤物，沉木紫苏闻第一。"李时珍也说："紫苏嫩时有叶，和蔬茹之，或盐及梅卤作菹食甚香，夏月做熟汤饮之。"同时，它也是民间常用的中药材之一，具有发寒解表、驱热镇静、抑菌消食等重要功能。少年时代，我们兄弟姐妹要是谁感冒了，没有条件看医生打针吃药。奶奶或妈妈总是捋几把紫苏嫩叶，捣一颗葱头，切几条生姜丝，加红菇一朵，煮一碗紫苏粉干汤，趁热吃下，睡一觉就好。紫苏的功用是多方面的，据《本草纲目》记载："除寒热，治一切冷气。补中益气，治心腹胀满，止霍乱转筋，开胃下食，止脚气，通大小肠。通心经，益脾胃，煮饮尤胜，与橘皮相宜。解饥发表，散风寒，行气宽中，消痰利肺，和血温中止痛，定喘安胎，解鱼蟹毒，治蛇犬伤。以叶生食作羹，杀（煞）一切鱼肉毒。”平常的野菜诱人口舌，还能治多种疾病，好不神奇！

仔细回想起来，如涂涂女士所说时下不如昔日家乡的东西实在不少。我出生在一个偏远乡村，在少年时代，我没有听过《一千零一夜》《伊索寓言》以及《圣经》的美丽故事，连白蛇传、牛郎织女、梁山伯和祝英台等民间传说也不知道，更不用说背诵《千家诗》《唐诗三百首》和蒙训《幼学琼林故事》那样的雅事了。村里的成年人几乎目不识丁，孩子也只能成天跟着滚一身泥巴。在那缺乏现代文明的边村，上山采野果和下河戏水才是我童年的至乐。南酸枣、乌饭树果、杨梅、草莓、茅莓、猴欢喜、米椎、榛子等，哪一种不是我们山里孩子喜欢的。近年县里开发旅游项目，高山景区都全程修了二级公路。在乡镇工作的友人邀约登高，于是立冬上倒排岩采乌饭树果，当年吹掉叶子就大把大把塞进嘴里的情景历历如昨，可是不但没有昔日那种欢快咀嚼的美味，而且觉得还有一种苦涩。观音成道日上蓬莱山采白杨梅，从前在山上吃到肚子饱胀、牙齿酸软，回家翻出口袋，倒进盘子冲洗一下，撒上几粒细盐，还不停往嘴里丢，那真是齿啮芬芳啊。有时回忆起来仍十分美好，若有品尝四季野果之福，何妨长做乡野人？可是，真的采食到昔日的白杨梅了，那种咂嘴的口福之感却完全没有了。

野菜也好，野果也罢，昔日多少人边吃边咂嘴称赞，直至远离乡村多年仍难以忘怀。可是回到山中采食却怎么也找不到当年的味道，为什么呢？紫苏依旧，杨梅没变，变的是什么呢？茅檐下的芋老人早已说得十分清楚。关了微信，我毫无睡意。吃不出野菜野果当年的味道，我想并不一定是坏事，而对生活中像野菜野果那样原汁原味的事，迷迷糊糊，失去感觉，麻木不知，那就值得我们每一个人深深回味了。

当你和高朋胜友或未婚妻在城里大街散步时，一个土里土气的乡下老人走到你的跟前向你问路，你给予回答了，可他还是不明白怎么走，你还能保留原来在老家时跟老农说话的那种亲和的口气吗？也许你觉得，我不是都说了嘛。可是在乡下老人听起来，跟他旧时在城里问路时听到的回答完全不同，丝毫没有过去的那种亲切感。芋老人没有告诉你，让你到陌生的大城市问路时慢慢回味。

当你结束一天繁忙的工作准备就寝的时候，老迈的父母或多年不见的师长打来电话，你还会觉得这是长辈的关怀吗？如果觉得这种问候纯属多余，你自然躺在床上有口无心地答复着，甚至担心对方向你索要什么，等待着对方早点挂机。那就更是问一句答一句了。也许你觉得没什么，可在对方听起来完全失去原有的交流味道了。芋老人没有告诉你，让你给高高在上的领导打请示电话时慢慢回味。

在职场上经历了二十年甚至更长时间之后，你多多少少会有长进或者取得相当不错的成绩。从普通公务员到科长再到处长甚或厅长时，你的职场经验比刚入仕时丰富多了，工作环境条件也优越得多，可是，下属工作人员或来办事的外人走进你的宽敞的办公室，你的感觉如何？还有初入职场时那样的新鲜感觉吗？还会认为能够为别人办事是一种幸福吗？讲话的口气语调还跟过去一样吗？如果在自己的职权范围内无法解决，还会像当初那样耐心向对方解释清楚吗？你所管辖的单位员工碰到困难时，你还会牵挂在心设法解决吗？为集体谋利益为群众解决困难还有职场的成就感吗？或者你是一位医生，当你成为闻名遐迩的主任医师时，还会不会像刚刚从医时那样，关切地温和地询问病人的症状，认真谨慎地开具处方，并不时微笑地安慰病人几句？你还会不会把解除病人的痛苦作为自己的追求呢？看到病人高高兴兴地出院，你还会不会感到一种职业的幸福感呢？如果你选择了执教，当你成为受学生尊敬的教师时，你还像过去初为人师时那样好学不厌吗？你还满腔热情、变换不同角度解答学生的种种疑惑吗？当学生豁然开朗带着感激的目光注视你时，你是否还会报之以微笑？学生一批批走向高校深造，你的内心还会有职业的幸福感吗？北方有位特级教师临终嘱咐念高中的女儿，不管考上什么大学，将来千万不要当老师。你是否也有跟她一样的心理？

二十年或三十年的时间并不长，可是当我们回首职场回首人生好像已经隔了一座高山，过去的灿烂笑容明媚景象再也难以见到，又仿佛无形的流光长年浸泡浣洗，过去的可口美味扑鼻香气再也感受不到了。“相逢若是初相识，到老终无怨恨心。”古人垂训的人生交情如此，其实处事待物哪一样不是这样？

悬崖上的野花

大凡凭着天性生长的东西都颇具顽强的生命力。它富有一种天然的野趣，能够恰到好处地展示自身的美丽姿态。山石溪涧、树木藤蔓、飞禽走兽，概莫能外。在花，我更是一直忘不掉那片摇曳在悬崖峭壁上的野花。

那片悬崖在我村的南面不远，虽然山回路转，层层叠叠，直线距离应该不会超过五公里。祖祖辈辈住在山里的人少不了上山采菇、捡椎、引水、采仙人茶，有的青壮年还到溪涧捉棘胸蛙，网小鱼，大多屡屡远望过那片悬崖峭壁，赞叹过那片美丽的野花，可是，攀崖观赏野花捉蝴蝶的人就很少了，即使那几个比较善于攀崖的人，甚至那个能凭两把镰刀攀爬过二十多米高的大树烧野蜂的人，也说从来没有上去过。而少年的我，说来可笑，跟村中几个年龄相近的伙伴有个不大不小的志向，就是攀爬家乡附近所有的悬崖，畅游村前河流所有的深潭。

一个春天的上午，我们几个小伙伴每人携带一根超过自己身长的钩状拐杖，从悬崖的低处开始攀爬，一会儿高，一会儿低，手脚并用，用拐杖向下顶撑，向上拉勾，每到一棵花树前就采几朵放在口袋。趴在花前，仔细观察黄、白、黑和彩色蝴蝶。有个伙伴不小心，弄断了一只蝴蝶的触须。

口干了，就从崖上拔几根草茎放到嘴里咀嚼。攀缘到一半左右，发现一条由上而下的浅流水痕，宽一米左右，裸露着凹凸不平的石壁，大概是雨季山水长年冲刷而成。我们顺着这条水沟的两边继续向上攀登，手抓紧了，脚缩一步，有时一只手抓住小树，另一只手去拉伙伴；有时两个手同时抓紧一棵小树，伸长着脚让伙伴拉。在悬崖上攀缘附壁，手攀脚移，远看大概就像几只大猴子吧。

我们几个小伙伴用了整整半天的时间攀上了崖顶，真是高兴极了，仿佛一支初上战场的军队打了一个大胜仗。我们站在那里俯视溪涧，看不到水里的鱼虾，也看不到水中美丽的小石子，只看到大红的花朵随着弯弯曲曲的流水潺潺而去，溪中石头旁边不时溅起了水花。我们看着崖顶的山很平缓，还有一片小竹林，小笋穿着花衣服开始破土而出。我们把拐杖扔下溪涧，看谁的拐杖在空中飞舞得更好看，并拉钩相约三天后一起来采小笋，不得告诉外人，包括家中的其他人。

在小学毕业前，我们几个小伙伴实现了那个不大不小的志向，攀缘完村庄附近所有的悬崖峭壁，畅游完村前河流的所有深潭。后来，几个伙伴各奔东西，有的当学徒学习谋生，有的在家务农，有的过继给外村人做儿子，而我独自到三十多里外上初中。那时候的偏僻小乡村，不通电话不通信，小伙伴玩在一起胜一家，一旦分开流落似天涯。后来，几次听说家乡河里淹死了人，我首先为那几个童年伙伴捏一把汗，心里嘀咕着：应该不会是他们吧？我们曾经共同征服了那些深潭啊。一次传闻山上摔伤了一个中年妇女，幸好只是皮肉损伤，没有大碍。但我禁不住回想当年，几个无知的伙伴如初生之犊，攀缘一座座悬崖，击水一个个深潭，颇有些后怕。直至离开家乡已久，那悬崖上的野花仍然还在脑海里美丽地摇曳着，红的似火，白的如星，黄的如刚刚孵出的小鸭子。

多年以后，我到省内部分林业院校的园林和省级自然保护区参观，从林学教授和园区讲解员那里了解到一些花木知识，原来家乡那片悬崖上的野花在我的脑海里一下复活了，它们又在峭壁高处轻轻摇曳着，我和小伙伴们拿着钩状的拐杖，在悬崖峭壁上手脚并用攀缘，那深红的东南茶花、洁白的栀子花、大朵的百合花、细微的水棠花、红白相间的杜鹃、映山红、凤凰花、猴欢喜花、椎科杂花、野菊花、红白檵木花等，伴着崖外清风飘来缕缕香郁之气。讲解员还介绍了一部分花的习性、观赏价值和药用价值，可是我的脑海里一直轻轻摇曳着的还是从前看到的悬崖上的野花。这不知是否应验了“花不知名分外娇”的古语？

那片悬崖上的野花，没人播撒种子也没人培土、浇水，它们从哪里来？那么多的不同花种共处艰难环境无怨无悔，不争不斗，是奉行怎样的生存哲学？没人收取，也没人分类、保藏，它们是一个长期共荣又多么和睦的兴旺大家族。低位不掘高者根须，高位不遮下位雨露，风餐露宿，处险不惊，共同高擎着生命永续的旗帜！

几年前，一位投资商看上了这片悬崖。刚刚酝酿的时候，老乡大多觉得好奇，几位老人暗暗替他惋惜：难道他的钱多得用不完，也找不到地方扔吗？有年轻人提醒道，开发旅游项目吸引外地游客呢。老人家还是不解，千年万年屹立不变的悬崖上几朵野花还能吸引外人花钱看？乡民的担心丝毫没有影响投资商的步伐，悬崖旅游项目紧张而又有序地施工。

景区很快建成并投入经营。上下两条栈道时上时下，时而掘进壁崖深处，时而穿壁而出飞舞，时而两道相交，时而高低分离，夜晚彩灯耀眼，有如飞崖附壁的两条巨龙；更吸引人的是，栈道前端高处还有一个美丽的亭子，彩灯垂挂飘动，大小不一，有如即将腾起万里云空的龙头；中间一处栈道悬空，呈弧形的高架桥。在它和壁崖分离处外引一股水瀑急剧而下，有如玉龙下山，直探深涧。走在栈道上，年轻人成双成对，迎着彩灯迷境瀑布飞珠，飘飘欲仙；年长者直道不敢走，说是稍有不慎，无异于乡间伧夫读封神榜开窗驾祥云而去，除非借个胆子，蒙起眼睛。这时候，从前悬崖上的野花变成了路边的野花，香气扑鼻，触手可得。虽然花树悬着名称，还多处悬挂着“路边的野花不要采”的提示牌，可是牵花观赏、扶花照相的比比皆是，丢掉新开花瓣和翠叶也就不可避免。筑上钢筋水泥的栈道，挂上喷漆油亮的招牌，野花的生存处境变了，便失去了原有的天然野性，更少了摇曳高空的迷人姿态。连同它的崖壁虽多了一道光环，一分热闹，却失去了先前的伟岸、正直和肃静！

在那灯光闪烁、水花瓢虹的栈道上，行走着花花绿绿形形色色的游客，还有打着各种旗号的团队，他们头上戴着分色帽子，胸前别着闪光的牌子，导游举着扩音器声嘶力竭地张扬着他们的身份。如果离开这些，我不知道他们

还能不能自己到深山里走一程？像我童年的小伙伴那样，自己攀缘崖壁，闯出一条自己的路，摇曳自己最鲜丽的生活姿态。

历雨记

晚上散步回家，刚在书房坐下，窗外就风助雨势哗啦作响，接着一股凉气卷进室内。先贤听雨诗文在脑际一闪而过，我的眼前就浮现了昔日乡间无数漫天大雨的景象。

我的家乡坐西朝东，面前有像雁翅一般渐远渐高的九层十八座山峦，尤溪河就在这层层山麓下环绕东去。童年时代，不知多少次看过暴风骤雨，那雨先是在东边的远山形成迷蒙灰白渐而全白的一片雾气，那白雾上涌下垂形成连天雨幕，溯河奔涌西来。到了第二层山麓的西面，雨幕很快在两条河道的汇合口分开，然后继续向两条河流西上，待两边的雨幕到村南村北远远相对时，雷声轰隆震响，西边的雨哗哗啦啦从上而下，弥漫整个村庄。这时，连绵的山，摇曳的树，都消失在密集的雨幕中，只剩下屋顶的雨声和檐间的飞瀑。小鸟早已躲进窝里，探出脑袋看雨的动静；母鸡咯咯叫着，仿佛在训示小鸡别淋着大雨；只有小花狗在大雨中疯跑一阵，慢慢走到屋里，耸身一摇，将水点洒到板墙上和地上，不时遭到主人的呵斥甚或青年人的飞脚。

到了上学年龄，农家孩子不管是否上学，在家闲看檐间飞瀑的机会都很少，而在野外遭遇暴雨袭击的时候却多多。一次生产队驭牛耕田，8岁的我在前面牵牛，三十余岁的堂哥在后扶犁。大约下午四点，一场暴雨从天空弥漫而下，然后又从四面八方席卷而来。那田在比周围的田高出大约三米的一个大山墩上，靠高架竹管引水。雨天里四面受风，那风一会儿从侧面吹，一会儿从顶上吹，一会儿从下往上吹，挟着雨珠打在身上，灌进怀里、裤管里，让人全身凉个透彻。雨越下越大，风越刮越猛，我们穿着棕衣喷嚏连连，不怕寒冷的牛驾着犁铧也被吹得发抖。突然，呼嘭一声，高架引水竹管倒掉了，正在耕犁的田崩裂了一块，田埂就像老树脱皮一般塌了一段，本来一大坵满满的水集中向一个方向急流，把决口越冲越大，泥浆随着猛冲，下面几坵接二连三崩了，那崩裂的声音一坵比一坵大，泥浪一坵比一坵溅得高远，直至第六坵很大的田才把上面冲下去的泥块包容下来，浊水继续向外漫流。那险象，那气势，不但是我从来没有见过的，也是堂哥从来没有见过的。他赶快解下犁铧，一手牵着我，一手牵着牛绳，从比较平缓的田边下来，转到山麓的一片枫树下。和牛对视一阵以后，堂哥拿出柴刀，劈下一支枫树枝，接着轻轻绕小枝条割一圈，大约隔两寸长的地方再割一圈，然后两个手指捏紧枝条一转，就把这一小截树皮脱了下来。他把枫树皮管的一头含在嘴里，轻轻松松吹出了动听的乡间调子。他吹了好久，停下来，再割一小截树皮让我吹，可是我怎么也吹不起来，好不容易响了，也是单音。后来他也不吹了，看看还在下雨的天空，高声唱了起来："但愿天公会作好，日间天晴晚间落；但愿天公会作圣，晚间下雨日间晴。"他唱得既动情又随意，既慷慨又悲凉。我第一次听到一个农夫这么动情地唱山歌。

后来上中学，我独自一人走五十多里的山路。一次初夏的星期六下午回家，天气极为闷热。我翻过十多座山梁到了横山峡，再走十多里路就到家了。此处是个坡陡林深的高峡，是旧时匪贼的老窝。1950 年，解放军剿匪侦察班战士在此牺牲多人。民间传说此处常闹鬼神邪魔。就在林中小径惊心攀缘时，闪电犁树，惊雷摩天，仿佛要把整个天地劈成两半。接着大雨来了，雨珠开始像石子，很快像密箭穿过树叶，把地上的枯叶打得唰唰作响，后来就像大瓢泼洒，继而大桶倾倒，树上的枯枝纷纷落下。当我正准备走下山峡时，眼前一阵龙卷风迅猛翻峡而过，山脊下的松树林随风呼啦啦拦腰折断一条六米宽的通道来，就像被一个战神双手挥舞巨斧劈过去，巨斧所到之处，松木一棵不留。我赶快蹲在附近一棵老树头的凹陷处，看得惊呆了。我回家告诉家人和邻居，他们都异口同声地感叹："你命大！你命大！"几十年过去了，说起山雨飓风的强势，听到"人定胜天"的壮语，我都会禁不住想起那次横山峡的遭遇，想起那次飓风横扫松林的无边险象。

高中毕业后，高校仍然没有恢复招生，我受聘担任中学民办教师，最早接手的是一个初中毕业班。当时国家提倡勤工俭学，学校创办分校劳动基地，规定师生每学期到分校劳动一周。我带领学生到分校种茯苓（一种药材）。一天午后天气异常炎热，一丝半缕的风也没有，我和学生一起在山上挖畦整地，汗作水出。有些男生"呼呼"大叫着，说是从长辈那儿学来的"招风"法，可是那风却是千呼万唤不肯来。不久，天空飘来一片乌云，接着越聚越多，越变越黑，如墨潮翻滚，大有黑云压山山欲倒之势。正当各组趁乌云遮阴开展劳动竞赛之时，山前电光一闪，天上霹雳震响，白雨掷珠，风卷枯叶，让人辨不清东南西北。我赶快组织收工，要求学生按小组集中一起回驻地。下山跌跌撞撞，摔倒好几个人。到了山下，那山涧已经洪水滚滚，浪卷枯枝。我让班长和劳动委员割长藤，一头绑在溪岸的树上，一头绑在一个强壮学生的腰身上，让这学生拄着手杖过河，可是水流太急，怎么也无法过河。一些小个子男生和女同学看着山洪皱眉伸舌头。我又叫班委砍大毛竹，让毛竹横倒在小河上，并用藤把倒下的竹子绑在树头上，然后一些胆大的学生顺着毛竹牵手攀缘过河。已经过河的学生把竹尾巴拽住，其余学生按序过河。

转眼几十年过去了。前年的 4 月 12 日中午。我午睡醒来往墙上一瞥：两点五分！我赶快穿衣下楼，骑车赶路。到学校门口才发现不像已经上课的情景，拿出手机方醒悟刚才不是两点五分，而是一点十分，暗中自笑老糊涂了。慢慢走上教学大楼，打开电风扇消热，顺手翻翻《世界汉诗》杂志。突然哐啷一声，我还以为是电风扇掉下来了，赶紧起身。外面起风了，刚才的响声是附近一座民房屋顶的铁皮飞落水泥地。过了一会儿，马路边的树顶上飘起了红红白白的塑料袋，风卷尘沙枯叶像迷雾，像浪涛，校门口很多人奔跑而入。西南方的天空集聚着乌云，南面的山顶笼着白色的雨幕。窗上玻璃咔咔急剧作响，办公室里跳进一个个像鹌鹑蛋一般大的冰雹。我赶紧关好门窗。透过窗玻璃往外看，冰雹停了，狂风暴雨来了，路上很快成了河流。城东居民区的楼顶上临时搭盖的塑料瓦、白铁皮横空飞舞。接着，学校教学楼背后山体滑坡，黄泥遍地横流，几丛绿竹被冲到了田径场，整座山上的松树成片齐腰折断，吱呀有声。一个小时之后，水沟堵了，到处是泥浆树枝枯叶，路边的自行车、摩托车全部倒地，有的还被行道树的断枝覆压着。许多小商贩站在路边叹气。

“黑云翻墨未遮山，白雨跳珠乱入船。卷地风来忽吹散，望湖楼下水如天。”这雨来得快，去得也快，诗人观雨的心也快哉！“梧桐更兼细雨，到黄昏点点滴滴。”这雨下得久，声音也细，词人听雨的心也滴得破碎。独自一人在深山野外多次遭遇过狂风暴雨的袭击，再读那歌楼酒馆软榻绮窗听雨的诗文，总觉得那雨落地轻轻，滋味也淡。

天上溪谷

假日的一个夜晚，难得闲着，我再次翻阅《世界文化与自然遗产》，欣赏着大自然的杰作——伊瓜苏河、维多利亚大瀑布和科罗拉多大峡谷的美景。看着那彩图上飞腾漫天的水雾和蜿蜒曲折的叠岩曲线，我的心不禁飞到了久别的家乡溪谷。

我的家乡，福建的中南部，尤溪和大田两县交界的一个偏僻山村。这交界处有一座绵延几十里的大山，叫作横山。它虽然没有“阴阳割昏晓”般隐天蔽日的气势，却也令方圆百里之内的乡野人家望而生畏、过而破胆。明代行政区划分都域，把我的家乡分到二十八都，而把山的那一边村庄分到四十八都。两村接头路就从这座大山最低的一个峡口经过。那里不时有虎狼出没，鬼祸频仍。一年初夏，生产队在横山之麓耕地，由于那片田地离村庄很远，路上多为石崖沟坎，收工时，队里就把牛关在简易工具房里过夜。第二天早上大家惊得目瞪口呆，十几头大牛全部果了虎腹。林中山路阴森，行人经过常常听到山顶好像有滚滑竹木的可怕巨响。20 世纪 70 年代中期，我路过那里，还看到昔日土匪挂在树上吊人的棕绳还没有腐烂，不禁毛骨悚然。有个百里闻名的算命先生从大田过来，横尸山峡路口，真是算得了命，算不了行。

家乡溪谷的流水就从横山的最高峰飞泻而下。秋冬久旱潺潺湲湲，一路低吟浅唱；春夏多雨飞石滚雷，势若山崩地裂。它深藏在偏僻的山野一隅，全长十公里，不用说不像《世界文化与自然遗产》书上那些瀑布峡谷那样闻名遐迩，就是方圆百里之内知道的人也不多。我童年在家乡时，不知多少次远望它那高挂云天的神奇瀑布，早晚飞花溅玉，如烟似雾，好比一条巨大的紫色轻纱弥漫着两岸的树林；在阳光下它的烟雾变幻着无穷的色彩，又好像千万个顽童吹着赤橙黄绿青蓝紫的气泡，一会儿在林空轻轻飘荡，一会儿连成无数艳丽的轻柔长带，看着看着，那些连天的彩带仿佛随着阳光在旋转呢。不知多少次听着它的巨大轰鸣，仿佛它是世上唯一的声音。它在距村几里之外，纵情歌唱、咆哮、怒喊，村里的人，讲话都要提高嗓门，久而久之，我们村的男女老少讲话都如吵架一般。一次有位相面的人到了我们村说，这个村庄尽出贵人，“声洪为贵”嘛。如果不便高声言说的话，就要贴近耳边细语，可是声音照样扩散，只是这个习惯不时让人误以为在说旁人的坏话。

我深深地喜欢家乡的溪谷。我不仅爱它艳丽迷人的景色，更爱它一直轻拥着喂养我那世世代代贫穷的乡亲的宽厚深情。

小溪谷又在我的眼前飘荡了。它从耸入云端的横山顶来，十里溪谷蜿蜒跳荡，多是石壁曲曲折折地对峙着。不管是瀑崖上的飞花溅玉还是沟谷中的缓缓清流，总是水石俱澄澈。不用说水中游鱼细石历历可数，就是石头上的花纹也清晰可辨，水中还有透明的水晶石呢。过去，乡村孩子没有玩具，就经常到溪谷中捡各种颜色的小石头。我童年时常跟小伙伴去溪谷玩耍，任你多少人嬉戏，一个小石潭的水始终是清澈见底的。溪谷中除了小鱼虾外，还有名贵的棘胸蛙，这种蛙俗称水鸡。雄的胸口长有一片如棘粗粒，如果触摸它，它就会迅速用两个前脚紧紧地抱住你的手指不放。它白天大多潜伏在洞里，但生性十分灵活，可以捕食水中鱼虾螃蟹和在水面盘旋的各种虫子，甚至是飞翔空中的鸟类。它张开四脚，仰卧在溪岸的树枝上假寐，鸟儿还没有啄到它胸口上的棘状粗粒，早就被它飞快抱住跃入水中。有时候，棘胸蛙也会仰卧在大石上诱引小鸟，小孩子抓它，它还抱住不放，结果聪明反被聪明误。常抓棘胸蛙的人知道了，就会讲些让人心惊肉跳的故事。他们说：水鸡就是蓬头长牙露舌的河鬼养的鸡。他们还说某个确切日子的夜晚，到溪谷抓水鸡，就发现石头上奇怪的脚印。这就是遇到鬼了。这时如果继续抓水鸡，就会丧命河中。于是，他就抽出随身而带的柴刀，用尖利的刀尾一路不停地砍斫，直凿到那脚印出血为止。听了他们的讲述，我们不敢再迷恋溪谷，更不敢去抓水鸡了。

一位大嫂听了我们的转述，她笑了：鬼精得很，哪会老待在一条清冷的溪谷里呢？鬼并不可怕，它处处都让着人，时时都躲着人，只要人多的地方就没有鬼啊。她悄悄跟我们说：家乡的这条溪谷是她年轻时的梦想，很多人都说她眼界很高，可是她二话没说就答应我们村的提亲。她嫁过来后，曾经和年轻姐妹一起经常到溪谷，唱歌、洗澡、摸螺、捉小鱼，也抓过水鸡。她说，每年农历六月初六，她必定邀群结伴到溪谷玩耍，盼望着这天突降大雨拾到一顶鬼帽子。上一辈的人都说，农历六月初六，鬼必定大洗衣帽，大雨骤至，往往会落下一两个帽子。要是捡到鬼帽子，戴起来可以隐身。我问她捡过鬼帽子没有，她没有直接回答，扮着鬼脸反问我：“你看到过哪位婶婶嫂子下雨时丢了衣服帽子没有收回来吗？”

像那位大嫂一样，我们又迷恋溪谷，徜徉溪谷。虽然有时父母略有不悦，但是丝毫没有减少我们的游趣。我们玩水、生吃小虾，绕过深潭、瀑布，几乎游历了溪谷的全程。我们吃遍了溪谷岸边的杨梅、南酸枣、榛子、椎子、乌饭树果、猴欢喜、山柿子等野果，也从来没有忘记给家里带回蕨菜、苦菜、各种竹笋、菇类以及野鸭椿、女贞子等。特别是夏天，杂菇满山，我们每天可以采到几十斤，吃不完，晒起来留作日后做菜，甚至常入酒宴之桌。在快乐玩耍中，我们又有了快意的发现——仙人的足迹。最早在尤溪前往大田横跨这条溪谷的路边看到几个深浅不一的脚印，深的三十厘米左右，浅的三到十厘米不等，内壁非常光滑，好像常人踩在瓷土里一般。到过的人谁都要用自己的脚试一试，但是从来没有听说过谁的脚和那深深的脚印吻合。更让我们惊奇的是这种脚印竟然印在百米高瀑的崖壁上！一个深秋的中午，我们几个小伙伴在树上采野果。我分明看到陡峭的崖壁上有脚印，一个、两个、三个……有全脚印迹，有侧脚印迹，也有只嵌着几个脚趾的。我们往崖壁一步步靠近，竟然发现还有脚底朝左、朝右甚或还有朝上的印迹！我们不知道那脚印有多深，只惊奇于能够倒着走还能留下深深足迹的仙人。

这条溪谷幽美、神奇、浪漫，更养育着我们的村庄。过去我的乡亲外出的人很少，常住的有三百多号人，除了两口小泉，全村的人都是饮用这条小溪的清水。他们种植的几百亩水稻、杂粮、蔬菜，他们饲养的鸡鸭猪狗牛羊，同样没有一天能离开这条溪谷。啊，我的故乡溪谷，它不但是家乡世世代代的生命源泉，同时也是许许多多的人观念情感的浴场。不久前的一次老乡聚会我少不了问到这条溪谷，一位叔辈深情地说：“它滋养了一代又一代的乡人，也滋润孕育了一代又一代的新人。”他说的新人中就有当年那位美丽活泼的大嫂。

啊，我那艳丽迷人的家乡溪谷，高高地挂在天上，历经千年百年，俗世的人知道的也不多。

爱情没有密码

几天前的一个早晨，我在河滨公园碰到几个晨练的大姐，她们正聚在一起兴致勃勃地谈论对爱情的看法。她们说：有个 50 岁左右的女人，每天早上都挽着一个戴草帽的七八十岁的男人的手散步，不论春夏秋冬，不论阴晴雨雪。他们不是夫妻，可是比真正的夫妻还亲密。同一对恋人，她们几个有着迥然不同的看法。一个说："那个女人肯定贪钱，不然不会跟那么老的人。"一个说："不是的，那个女人比老男人还富呢。"一个说："不离不弃，才是真正的爱情。"一个说："哪有什么真正的爱情，即使是夫妻也是假的，人与人只不过是互相利用罢了。"高个子女人转过头对着我："老师你说呢？""这恐怕只有他们自己清楚。"我是真的说不清，不是故意敷衍她们。我继续独自散步，脑子里却不禁浮现了一些跟爱情有关的往事片段。

过去，我那偏僻的家乡几乎没有什么娱乐活动，就是弹棉被、驭牛耕田都有人围观半天，要是斗牛、嫁女、上梁、迎神赛会更是全村人的重大活动了。记得小时候，我曾跟随姐姐看过一个女子在祖祠举行的出嫁仪式。她虽是文盲，可是哭嫁歌不知唱了多少曲也不重复，她先后拉着爸爸、哥哥、弟弟、妹妹，动情地哭着一道道吩咐久久不松手，使得观看的人眼睛都红了；她又拉着舅舅、姑丈、表伯、表叔，深情哭着致谢，使得围观的人泪水在眼里打转，有的女人跟她一道哭；她还拉过伯母、婶婶以及众乡亲哭，一手一个："大大小小你多谢，经过我厝当回家。肯到门头吃碗饭，有心疼我吃杯茶。""来来去去人没到，上上下下人不歇。上辈怪我不像样，朋友讲我做人差。"客厅里哭声一片，泪飞如雨。可是，出嫁女还是不踩米斗不上轿，送嫁娘及好命的女人都挽着她的手臂劝她："早去早生子，快上轿。"村里虽有俗谚："父不送子入学，母不送女出嫁。"可是，她一定要跟母亲道别。她的母亲早已哭成泪人，被搀扶着到了轿前，母女抱着一阵大哭。

此后，村里的女人自然议论了很久很久，有夸那女子聪明伶俐的，有夸那女子孝心十足的，有的还责怪自己已经出嫁的女儿当时哭得不够伤心，有的吩咐还没出阁的女儿要多学好样，多学几曲哭嫁歌，弄得女儿红着脸赶快跑开。

那女子出嫁后带着丈夫回娘家，大家看了都满意。女人说，丈夫待她很好。生了孩子后，丈夫每天一回家就抱着孩子逗，给孩子洗澡，换衣服。双方家庭长辈无话。可是好景不长，那女子的脸晴转多云了，丈夫叫她提意见，说出来马上改，她说没有意见就是烦，晚上不喜欢跟丈夫靠近。经过观察，女子有外遇了，那男人就在同一个村里。丈夫跟她说，按说男女之间"发乎情，止乎礼"，不能有越轨行为，但只要你跟外面的人分手，回心转意，既往不咎。可她说什么也不行。双方家庭、亲戚朋友劝，她说：以前不懂事听大人的，现在自己亲身经历后的选择决不会错，一口咬定要离婚，其他什么都不要。她的母亲表示断绝母女关系，气得昏倒在地也丝毫不起作用。她吃在情人家，住在情人家，离婚手续和再婚手续同一天办理。她不再像过去那样让丈夫做家务，看到丈夫回家就端水递毛巾，不时还帮助丈夫洗脸，羞得婆婆不敢看。可是不知鬼使神差，不到一年时间两个却打起来了。那女人身上经常青一块紫一块的，归宁时母亲责备她，说她完全是自作自受，她说："夫妻怎能不磕磕碰碰，爸爸不也多次打过你，你不也过来了？”母亲叹气：“‘前岭不知后岭峭，后岭再峭手当脚。’祖上的话原来说的就是你啊！”

于是村里人强调说：不听老人言，吃亏在眼前。其实，不用说一般老人，就是那些颇有些受人尊敬的老人说的话准吗？流行的合婚说法是相差四岁百年好合，相差六岁终身不和。我们知道，萧军出生于1907年，萧红出生于1911年，他们相差就是4岁。可是他们的婚姻怎样？我们老家两对大六岁的夫妻一直不错，有人问原因，他们说：“家庭那点小事互相容忍一下就是了。你越是想深究越有问题，也不必整天问个不休，你为什么爱我？你爱我哪里？这种问题，不要说对方难以回答，就是回答了会可靠吗？”

我们附近一位小学女教师身材高大，言谈举止像个男人，脾气坏得远近出名，认识她的人都说，谁做她丈夫谁倒霉，算命先生也说他们命相不合。可谁曾想，她对丈夫异常地好。她不但家务不要丈夫插手，两个孩子也教育得很好。一次，有个女人悄悄说了一句她丈夫的闲话，她恰好听到马上追问：“我们夫妻每天晚上都有，你凭什么背后咬舌头？难道跟你啦？我回去问他一下，就讲是你说的。”夫妻俩终生相安无事，白头偕老。你说怪也不怪？

有一对情人男的肖虎，女的肖龙，男大女十四岁，是典型的“龙虎斗”命相。男的早已结婚并有了两个孩子，女的刚刚和男方订婚却乐意跟他。组织上知道后，把男的调到一百多里外的地方，下车还要再走二十多里的山路。可是，他们没有因为路远不通车而放弃，女的背着孩子，手提大公鸡一路高叫着去找男的相聚。几年后，男方与妻子离婚，孩子以及家里值钱的全让妻子带走；女方维持婚姻，但在夫家的时间少，在情人家的时间多，仿佛丈夫是地下的情人，情人是公开的丈夫，他们两人直至终老没有红过脸，更不要说像龙虎那样争斗，女的与丈夫、子女也相安无事。婚姻与家庭社会学家、上海交大人文社会科学院研究员程超泽在《婚外情这东西》书中援引了采访对象的话：“为什么出轨？没有特殊理由。”作者指出，这是当代中国最值得关注的社会现象之一。

近二十年来，网络评说爱情的文章多得不计其数，生活类、文学类的纸质书刊也不在少数，还有《百位作家学者谈二十一世纪的爱情》等。在网络上不时会看到这样的文字：女人是用来疼的，是用来爱的，男人不但要在物质金钱上满足女人，让女人处处体面风光，还要会变换各种方法哄女人开心，让女人每天有惊喜，青春不老。这种想法也许不坏，只是担心会成为《雷雨》中的繁漪。传说清朝有个地方官一次出行，在路边的一所民居歇脚，看到奉茶的民女很漂亮，心里顿生惋惜之情：“千里路头一枝花，今日烧茶给我食。为何不嫁读书子，可惜落入打田家。”女子听了，没有感激，更没有羡慕：“身穿龙袍头戴纱，有了天下忘了家。农夫打田同桌面，早上出门晚回家。”地方官暗示下属赏茶银，女子见了，当即婉拒：“井水一杯乡野茶，怎堪银子美言夸？平民自乐山间水，处处清流润百花。”几句山歌使得有权有钱的地方官始终找不到优越感。可以说，民间经验也好，艺术家学者预测也罢，他们谈的又何曾是生活中青年婚恋的“指南”？你阅读《红楼梦》时可以为宝黛的爱情悲剧洒一掬泪，但如果效仿他们的恋爱方式难免闹成天大的笑话。从《诗经》的《蒹葭》“所谓伊人，在水一方”开始，历代文学作品中的爱情都是望眼欲穿而不得实现，即使是现在的诗歌也还是“我的恋人在远方，在一个幽静的小村庄”。有智者说：爱情在悬崖上，你去追求她，她就羞辱你。我想，《聊斋》中的人鬼相恋的故事只是现实爱情的严重缺憾而产生的大胆想象罢了。如果生活中爱情美满，婚姻幸福，谁还会想象狐狸精三更半夜来幽会？

说到爱情，我不禁会想起一对师生恋而结婚的好夫妻。

在收集校史资料时，老校友都说：从外表看，当时的师生两人性格完全不合，老师长相极为普通，沉默寡言，整天一副苦脸，家庭经济也很拮据，而女的容貌俊俏，生性乐观，爽朗活泼。学校教师会上虽然没有点名，但每一个教师都能听出批评谁。政教处主任多次找那位女生做思想工作，可那位女生始终平心静气，说自己没有跟老师恋爱，只是普通的师生关系罢了。班主任、好朋友都苦心相劝，老师也好，学生也好，仍然从从容容，许多好心人替他们担忧。后来结婚了，老师还是沉默寡言，只是多了笑脸，学生不管什么场合，照旧叫丈夫老师，照旧爽朗活泼，只是变得更加漂亮了。有人等着看他们闹翻分手，可是这事一直没有发生。十年、二十年、五十年过去了，还是没有发生。他们是亲密的夫妻，又一直保持着师生时代的尊重和爱护之心。他们不知让多少人羡慕，那些等着看他们热闹的人从自信、失望转为对他们的敬佩。

林清玄在《理由》中引了几句深刻的话，那是一对幸福夫妻的感受："其实，我们两人都是不完美的，由于生死不渝的爱，使我们有勇气去追寻彼此的完美。但是在途中我们发觉更多的不完美，所以我们一直追寻下去。"陈丹燕在《被爱改变》中也说："你喜欢的人，不可以嫁。""你不喜欢的人，也不可以嫁。""什么人可以嫁，完完全全是一个谜，一直到你结了婚了，许多年过去，才知道你嫁了一个对的人，还是一个错的人。"世事难料，爱情没有密码。要是以预言家或婚恋专家自居，常常示人以指南经验，看看婚姻家庭实际之后，你马上就会哑口失笑。

"不爱那么多，只爱一点点。别人的爱情似海深，我的爱情浅。"少一点索取，多一点包容，即使对方困窘、尴尬，也为之守口如瓶不道破。喜欢一张普普通通的脸，看过千遍万遍，"只似当初初望时"。

蓬莱山走笔

一

专车把我们送到吾园峡，我们就开始了盘山石径的攀登。顺着石阶登蓬莱，好比上云梯。这是一种享受，也是一种登山毅力的考验。

绕过小水电站，跨过清清的小溪流，迎面一架大山，笔直矗立着，目光攀上悬崖，轻轻跳到天宇，几片白云费力地从山顶和天宇的夹缝中挤过去，一缕阳光从山顶上直射下来，但只照到山体的一小截，好比一个孩童拿着手电筒站错位置一样，再怎样努力也照不到山谷。我们沿着山谷小路，踩着带有露珠的石阶，听着小溪的潺潺欢唱，转过一个山冈，很快就上了半山腰。

这里原来是一个小村庄。一片山梯田，几座破瓦房，隐藏在深山林中，走到面前才看到。这就是“吾园头”。新中国成立后，村里人带着村名通通搬到山脚下，从此把这里叫作“上吾园”。他们回忆在这里的生活，曾编过这样的顺口溜：“吾园头，吾园头，听鸟叫，看水流。一天到晚看云走，终年四季吃竹头。老虎来到厨房走，白雾罩到床铺头。”后来有人在后面又加了两句：“与其嫁女吾园头，不如抛却水中流。”同行一个年轻人说：“这里山清水秀，长住一定长寿。”可他能知道这里原始的凄凉吗？

我们在清纯透亮的小溪旁擦了一把汗，又继续上路。

一行人在望不到边际的毛竹林里盘旋而上。石径旁边的竹子伤痕累累，镂刻着一些小团体或个人“到此一游”之类的字迹。我看着这些亭亭玉立带着伤痕的毛竹，眼前仿佛浮现一群旧社会里带着伤痛挂着泪花为主人服务的清秀使女。我不禁站下来，去抚摸一株刀伤不轻的秀竹。

巍巍的蓬莱主峰在招引我们。仰望山巅，壁立千丈。山道越来越陡，石阶越来越高，路边越来越险。抬头看，到处岩石突出，好像一有风吹草动就会滚雪球似的崩塌下来。我们每走不到50米就要坐下歇息一次。坐下就要放好脚，一动就会踩到后面的人的头顶上，要是谁喝饮料不小心打个喷嚏将会洒遍同行每一个人。我们走走歇歇，歇歇走走，山顶几百米路程，就走了一个多小时。路边的树越来越矮小，视野渐渐开阔起来，紧走几步，便到了旧山寨的残垣边了。翻过山门，一阵凉风扑面而来，使我们觉得置身于另一个世界似的。

向前走200米，就到了普济寺招待所。我们径自到食堂，工友端来了凉茶。过了一会儿，住持法慧和尚从楼上下来，见了我们很高兴。他搂了搂我的肩膀，我不好意思：“汗还没擦呢。”他说：“难得，难得！”他跑回楼上，拿来好茶、冰糖，给我们换了茶水。我们一行人都感到温暖，擦了脸，稍事休息，炒粉干和几盘素菜已经上桌，住持陪我们吃饭。几个年轻人登山饿了，一上桌就吃。我等住持，见他上桌，端坐，合掌，嘴唇微动，好像默念着什么。他做这些，动作很快，以至同行的其他几位都没有发现。

二

午后，山下骄阳似火，暑气逼人，而蓬莱山上却微风徐徐，凉气宜人。我们继续攀登天盘顶。

绕过普济寺，五分钟就到山脊石径。俯视山下，上山的路已看不见，只见青翠的毛竹林随风起伏。路旁石块背面有两句话：“悟境豁来翠竹舞，禅心静处白云闲。”刻字端庄有力，只是嫌小了些，缺乏气势。登上更高一段山脊，走道旁怪石壁立。回顾蓬莱山脉，从南到北转个弧形，山脊一峰一峰，逐渐高起，好似一条飞舞的翠绿色巨龙，前面的天盘顶就是高高昂起的龙头。路的右边石壁上又有两句诗：“性相悉归不动海，人我同融大觉天。”“不动海”写出了人们在这里的观感。

扶着石栏，小心翼翼地登上天盘顶。天盘顶上一块平地，中间一个一米多高的小神龛，内有一尊观音立像。站在天盘顶，放眼环眺四面青山，一层比一层高耸，一层比一层细腻，一层比一层含蓄，直至远处和天融成一片。俯视山下的河流、公路就像一条青黄驳杂的带子盘绕其间。站在天盘顶的周边，两脚不免有些发颤。这时候，无论男女尊卑，都会感到天地之浩瀚，人生之匆促。人们在生活中只有热爱自然、热爱生命才对。

雷声隐隐，像一副耕犁慢慢从头顶上犁过去，三回两趟之后，无形的犁铧耕回过来已是轰轰隆隆，把一大片一大片的乌云翻下来，压倒在山顶，压倒在我们头上。不一会儿，飓风夹着箭似的雨点横空穿击，我们赶快跑回到招待所。

次日清晨四点半，我从睡梦中醒来，隐隐约约地听到寺里飘来的木鱼声。我赶紧披衣下床，走出房间，呼吸一口清凉的空气。我立即向天盘顶走去。眼前白茫茫的雾海，身前身后都只能看到几步远。我好奇地数了路上的台阶，向上十六，向后十二，再远就看不清了。越向上走雾越浓，到了山脊“悟境”刻字处，浓雾不再是静静地笼罩着。这时好像整个天空在翻滚，从西到东，一阵阵雾浪扑过来，扑过来。我赶快抱住一块高耸的尖石，任由雾浪风潮推搡，一会儿手臂冰凉，全身感到寒冷。我想，远古宇宙混沌如鸡子，此时此刻，我莫不是误入了盘古的领地吧？还有那石刻“不动海”的人也太粗心了。雾海一阵阵翻涌，渐渐地看出疏密变化，有如夹风的过山雨一般，一阵猛烈的扑打过后，有一个极为短暂的停歇。我仍然抱着尖石，小心环顾着。高空渐渐地亮了，雾成了阵雨，间歇延长。一阵浓雾迅疾涌过，突然散了，远处的天边很快地从南到北划过了一道粉红的粗线。这是哪个淘气的小姑娘这么早起来画画？第二道线还不见画成，白雾又一次聚拢过来，弥漫了我的视线。白雾忽聚忽散，变稀疏了。我抓着石扶栏，以最快的速度走上石梯，登上了天盘顶。

我凝望着东方，晨风从背后吹来，向东吹去。东方的天边出现三条不平整的彩线，很快三条彩线连成一片，向周围扩散。啊，是太阳出来了！刚刚露出红红的一条抛物线，它的上方就有了细细的金线，下面不知是气是浪在摇荡。太阳像是一个红球被按在水里一般，在努力向上滚动。它一小截一小截地向上移动，最后一下跳了出来，射出了一束束耀眼的光线。那线上缀满了红的、黄的、蓝的、紫的、绿的，还有橙的大大小小的彩球。它实在太美了！我过去在轮船上看海上日出，有如此阔大的场面，却没有这般高出云层的险远。更没有这般绚丽迷人的灵动。

天空明朗，可眼下的雾依然十分迷人。它不再那样横空猛扑，而汇成蓬莱山脉上由西向东的百里巨瀑。西边的雾海到了蓬莱山脉，化作瀑布缓缓俯冲。水瀑是跌落，表现出一种跳崖的壮烈和无奈；雾瀑是流动，表现出一种行空的雄壮和灵气。它没有流到山谷，在半山腰就化成轻烟而消失在远处。朱自清说，梅雨潭的水花像杨花。我说，蓬莱山的雾瀑是千千万万的花仙子，不知她从哪里来，也不知她到哪里去。

三

蓬莱山路险、雾幻，更有一个个美丽的传说故事。普济寺的住持法慧和尚和他的小弟子手持拂尘，带领我们绕着山寨残垣走，给我们讲述历代传诵不衰的神仙故事。在唐朝尤溪建县以前，这里就有规模不小的营寨。一次，有人发现天盘顶上有美人，就想上来看看，可是还没有到山顶，那美人就不见了。其实，那时上天盘顶谈何容易！天盘顶是圆柱体石岩，周围全是悬崖，被称为“天盘蜡烛”。直到近代，国民党五十二师师长卢兴邦才筹资修建了上山的石路，在天盘蜡烛上凿壁设栏。那人回到寨里，看到天盘顶上美人再现，他更加感到好奇，一数有九个。有个美人还对着他笑呢。这个“观音现世”的传说，使蓬莱山又有了“九仙山”的别名。

一年大旱，山下一老农引水灌田，由于水源不足，稻田常是干的，高山的田经常干裂，稻苗枯黄。不知为什么，他独自登上了蓬莱山。山寨早已残毁，山脊处两个姑娘在下弹棋。他站在一旁，很感兴趣地看着那些黑白棋子随着纤纤玉手上下跳跃。就在这时候，一只低飞的鸟儿叫了一声，嘴里的杨梅掉在老农面前的石头上，老农弯腰拾起杨梅，对着杨梅吹一口气，就放进嘴里，回头已不见那两位弈棋女子。不一会儿，雷声隆隆，乌云翻滚，瓢泼大雨倾盆而下，山上山下水声哗哗啦啦。老农赶紧下山，到了村里，农人已经开镰，收成很好。老农惊奇怎么村里都是陌生人，问起自己同辈人，陌生人告诉他那些都是好多代以前的老祖宗啦。

在那块棋盘石下面的悬崖有个神奇的石洞。洞门神秘，开时黄气轻扬，闭时天衣无缝。洞中有炼丹灶，香气馥郁。过去，许多人上山避瘟疫，吃了那仙丹，个个化险为夷，却病延年。

弈棋兴农，炼丹除病，这是给人民造福的神仙。我过去曾在几个地方看过石壁脚印，有人告诉我说，那是仙人的足迹。蓬莱山有仙活动，石壁又多，我问和尚是否发现神仙的足迹。和尚说，这里的仙姑行空有道，踏地无声，来去都是飞行，不曾留下踪迹。每年农历六月十八晚上万人上山，就是要探寻观音现世奇观。我想了解得具体些。小弟子抢先说，旧社会许多有情人难成眷属，又都无可奈何。仙姑站在天盘顶，拿着拂尘轻轻一舞，山崖下翠竹成林。后来男女青年登山都到紫竹林谈情说缘，以求百年好合。法慧和尚双手合掌，念道："阿弥陀佛。"路上有石刻云："诸恶勿做，众善奉行。"和尚说："这是仙姑对人世的训诲。"我们走着走着，就到了普济寺的前面。

到了房间，我独自思索良久，然后在笔记本上写下三个字：险、幻、善。蓬莱山的石径悬梯，不能说不险；蓬莱山的云雾变化，不能说不幻；那传说中的神仙成人全，成人美，不能说不善。呵，人生的道路上虽然有坎坷曲折，急流险滩，前途吉凶也难以预卜先知，但无论何时何地，我们也不能忘了对"善"的奉行和对美的追求。

闽湖美感

一

湖差不多各地都有，但又实在无多，多了怎能引起那么多人的好奇。有人说，湖是森林的镜子；有人说，湖是大地的眼睛；又有人说湖是游鱼飞鸟的共乐园，这些比喻当然都有美感，但是用来形容闽湖似乎都不恰当。我想，闽湖是上帝的泪泉，它的美深沉而又丰富，清丽而又悲凉，非有一定阅历和文化情怀的人体味不到。

站在大坝向库区眺望，那青绿碧蓝的水域呈一个巨大的英文Y字形。巨形字的脚顶着大坝，两个衔着高低错落山峰的枝丫伸向远处与天相接，几缕白中带紫的云丝在轻轻飘游，不知是从水上浮起，还是从山间溜出，抑或是帝阙烟雾幻化撒落而下。坐上黄色帷幔的游轩船一路打牌，伴以觥筹，偶尔瞥一眼轩外景色，碧水青山是陌生的过客。船在漫游，碧水无声，远山无语，渐渐后退而去。上岸了，只知道湖上船迎风走，人凭轩望，或东或西，鹭飞画角。

随渔民的铁皮船观光闽湖，前后左右通透，无遮无拦，自有身在画中之感。只是柴油机的声音吵了点。亲近闽湖，首选轻舟一叶，尤溪人称它为老鼠船，击浆悠游。从客运站点走下湖边，跳上老鼠船，一人划桨，一人掌舵，在碧玉琼浆一般的湖水上逍遥，那别说忧愁烦恼随风而去，简直就是凌波仙子，水天为雅室，万象为宾客了。小船快行，碧蓝的湖水是浣洗的万丈玉帛，船舷的几点水花是跳荡在玉帛上的星华；坐在船头仔细看，深绿的玉帛仿佛是透明的，蓝天深邃，白云悠悠，苍山随波摇树，村舍倒影俨然。看山看得久了，好像船是静止的，而山才是相依相伴向远处离去，“舟移城入树，岸阔水浮村”。小船慢了，那湖是一泓静水，而船便是那泓水里的一片褐色的树叶了。看看湖水深处，大鱼列队牵拽着云丝，大概还有慷慨激昂的歌声呢。小鱼穿梭其间，不知是在助阵，还是嬉戏之游。干脆把小船停下，任其自由漂游，那湖水纯粹是玉液琼浆了，微波荡漾，被小船吻得汩汩有声。小船轻轻地动荡，人蹲在船边，手探出船舷，放到微波里浣洗，不料随船悠游的小鱼群竞来摩挲，用手拍水激起浪花，鱼群很快四处散开，可不一会儿，它们又聚拢过来，在小船边来回悠游。抬头一看，不远处一个中年人正在网箱养鱼，他手下的鱼全部挤到水面争抢食料。一网内外，夐然有别。静坐一想，我们自己何尝不是生活在这个大湖甚至网箱里的一条小鱼？

小船向字母的两个枝丫间划去。最近的山峰出水不高，峰巅平滑，左斜右直，仿佛是一头正在涉水的大象。绕过大象，背后是一座塔形的巨大屏障，苍翠挺拔，横天蔽日。绕到屏障后面，苍山林立，高高低低，密密匝匝，小船在其间穿行，伸手可以采到山花野果，不走不动，屏声静气，松鼠还会跳到小船上来。这是龙王有意隔绝山尖，以防隐患；还是山神特意植峰深水，似断如连？若是月暗星辉，遇宿鸟惊飞无异于海底历险；若是月明星稀，看山花临水更甚于海上仙山；唯有日在中天，随小船徘徊转眼过万水千山。“花带镶云水澄澈，轻舟采玉月朦胧。”若继续向前游湖，溯流而上二十多公里，一路青山映水，野花浪漫；林间村舍，袅袅炊烟，直至湖美、华兴、梅山、桃源，直至均溪之源。

二

站在大坝，放眼湖外青山。近坝西边一条如龙探谷的深涧，俗称翡翠谷，通往沧州、高士。两岸山崖对峙，山形皱褶多变。旭日东升，十里山峰生紫烟，烟中有火；暴风骤雨，千寻雨幕涌天堑，堑底奔龙。放眼坝下，对峙悬崖高三四百米，河面宽不到五十米，激流滚滚滔滔，似蛟龙腾涧，如惊雷穿山。通公路之前，尤溪到大田、德化等地的官道就从右岸悬崖上蜿蜒而过。离坝址不远处有个突兀的大石崖，石崖下有个神奇的石窟，官道就从那个石窟穿过。石窟外悬崖百仞，下临深水碧潭；从下游岸道上石窟，要攀爬五十多米高的如梯石阶，到达石窟外沿转过一块直立的大石头，凉风呼呼，好像打开石窟的天然大门。这里白云缠绕山崖，野猴啸于深谷。这个石窟当地人称为“石眠床”。石眠床道旁的崖壁上有百字石刻。这一百个字内容并不连贯，千百年来，也没有一个过路人能够全部读出来。后来，终于来了一位苦读多年的书生，他除了刻苦读书，其他什么事也没做。他途经石眠床，恭恭敬敬地站在百字石刻的崖壁下，仰着头，睁大着眼睛，有板有眼地读出声来，其他的行人很快围在他的身旁，对他毕恭毕敬。他无暇顾及旁人的神态，只顾自己摇头晃脑朗读崖壁上的刻字。他读得音正腔圆，声音洪亮。当他只剩下三个字没有念完的时候，崖壁间突然有了像开锁的启盖子的声音。他一边认真观察崖壁响声之处，一边继续读下去，剩两个字时，壁崖间露出了灿灿夺目的金扁担。只剩一个字还没读完时，金扁担出来一半有余，不知是那位先生过于急躁，还是真的读不出最后一个字，他一个箭步冲了上去，用尽全力去拔金扁担。可是，那条金光发亮的金扁担不但没有被拔出来，反而渐渐地缩回去，一声脆响崖壁上恢复了原状。这个因一字之差而失去金扁担的故事，不知有多少人为之叹惋。

石眠床地势险要，旧时常有一些蒙面之人在此剪径。谁要是不肯留下买路钱，只能一命呜呼，葬身崖下深潭。民国时期，有位富商肩背一袋白银路过，刚在石窟坐下，几个蒙面人就围上来。他不紧不慢地说："别急。有福共享嘛，我会平分给你们的。你们用双手捧住银子，等我全部分完，看是不是一样多。"既然赠送银两，就扯下蒙布。待到分完，那些人面面相觑，才发现自己的手已经缩不回来。富商笑着说："刚才抢得那么急，现在给你怎么不收啦？你们真要客气，那我就收回了。"说着收回银子飘然而去。石窟上游路段，忽高忽低，蜿蜒曲折，惊鸟一声，路人也要吓出一身冷汗！

石窟下碧波荡漾，有"自非亭午夜分，不见曦月"之深幽，当地人称之为"七里潭"。七里潭被地方文化人誉为"小三峡"，不仅在自然景观上具体而微，同样，这里还流传着许多神奇而美丽的故事。七里潭河段水下地表结构复杂，有漩涡，有暗礁，因此，别看夹岸深潭，微波荡漾，行船稍有不慎，就有葬身鱼腹的危险。传说，七里潭里有五条巨龙，从前的樵夫不知是龙，以为是水中妖怪，搬石头投击，顿时，两岸悬崖石落树飞，潭面惊涛拍岸，河谷狂风大作。樵夫惊恐万分，坠崖落水而亡。据民国十六年（1927）《尤溪县志》记载："潭上有二孔，俗呼盐米仓。视孔中沙涌多少，验盐米之贵贱。"旧社会科学落后，生产力低下，入不敷出。七里潭水流的急缓，水位的高低，成了当地老百姓预测当年盐米价贵贱的根据。四十年前，地质专家测出，七里潭河段有地下河。

三

闽湖是人工湖，是全省唯一具有多年调节性能的大型人工湖，库容量达十八亿多立方米。它作为龙头电站水库，对系统和下游的梯级电站、水口电站都有很好的补偿效益，在电网中发挥突出的补偿调峰作用。可是，由于上游进水量不大，本级电站装机容量只有三十万千瓦，发电效益不显著（差不多与此同时建设的永定棉花滩电站，库容量二十亿立方米，装机容量六十万千瓦）。特别是经济体制的转轨，项目报批和业主变换都经历了一番周折。建设时间比原计划推迟五年多，库区搬迁补偿价格发生了重大变化。在历史转折关头，五年能使“奴隶变将军”，更何况是万人大移民？

大约在20世纪70年代初期，街面电站就开始地质测量工作，几经酝酿计划于1997年动工建设，为了避免重复建设造成的浪费，闽湖淹没区街面、厚禄坪、永坑等村的基础设施一直得不到改善，电力严重不足，小电站不能扩容，公路不能拓宽，教学楼不能翻新改建，民房不能扩建，经济作物不能扩种等。街面芦柑被评为全省第一，世行许诺贷款一百万元，也因为建设电站在即取消了。村民年年等月月盼，盼望着街面电站早日动工建设，期望着昔日的失去能得到应有的补偿。

2002年12月26日，前期工程上坝公路和地下厂房工作全面开工。2003年9月7日，闽江工程局工程队开挖坝区漫水桥桥台和导流洞口。就在当天，厚禄坪村部分村民在导流洞施工现场劈山分界，静坐工地阻止施工。三明市委召开常委会，决定处理移民阻挠施工事件。尤溪县委召开常委扩大会，决定抽调县乡机关工作人员组成工作队。当七十多人组成的工作队进驻库区村，移民阻挠施工事件不但没有平息，而且他们给工作队进村设置路障，进而切断水源电线，掀翻车辆、殴打干部、扰乱会场、烧毁工棚，砸坏施工机械等。9月17日中午，移民提前冲进指挥部食堂吃光饭菜，然后向工作人员抛石子、掷木棍，县乡工作队不得不转道永坑德化撤出库区。十几年过去了，多少干部忘不掉林间休憩的无奈场面，忘不掉骑摩托劝诫他们“今天切不可回库区”的好心村民！

我几次到库区采访。移民局一位干部红着眼睛说：“库区移民是天下第一难事。不同的人有不同的需求，不同时间又有不同需求。稍不注意，就有可能发生意想不到的事。”他还说：“每天从早到晚为库区工作，竟有一块鸭蛋大的石头向我飞来，幸好砸到皮带头上。当天夜里，我泪流满面怎么也睡不着。”一位七十多岁的退职村干部，不但自己无条件带头拆房搬出库区，而且还不顾家中晚辈的反对，编唱山歌劝解村民。为此，他多次遭到邻居的围攻谩骂。

断断续续筹备几十年，为什么一旦施工就遭到众多移民的强烈反对呢？采访时，知情村干部认为村民闹事的主要原因是库区搬迁安置宣传工作不到位、补偿标准太低、工作方法欠妥。由于没有全方位宣传，移民没有看到电站建设的正式批文，街面村主任到了 2003 年 8 月 18 日送材料到县里，路遇老乡领导才听说电站获批建设的消息。9 月 15 日，街面逢圩日，指挥部贴出库区补偿公告，农家灶单口锅的补偿是 30 元，双口锅的是 60 元，厕所 30 元，立即引起群众一片骚乱。电站 2002 年底开工，补偿该按 199 年到 2001 年 3 年的平均值标准，如芦柑每棵平均产 100 斤，每斤收购价 1.2 元到 1.5 元，开工建设后，芦柑涨价到 2 元以上，而库区实际补偿仍按 1994 年到 1996 年的平均标准，每棵产 60 斤，每斤 0.5 元-0.6 元标准；稻田每亩均值 16700 多元，也按五年前的均值 10800 元补偿。谈到工作方法，他们说了三件事：一是一位村民运土与工程队发生严重冲突，指挥部协调赔偿 10 万元。二是工程施工断水，农民双抢期间挑水两个月。群众闹了，由开始的每户补偿 300 元提高到 600 元，再闹又提到 900 元。三是前期导流洞漫水桥施工征地，芦柑每亩赔偿 1300 元，移民一闹，提高到每亩 2600 元，个别移民不砍树不接电话，最后提高到每亩 3900 元。群众说："大哭的孩子喝奶多。我们三次战役都有收获。"

为什么不按实际开工时间的标准补偿呢？市里有关部门的领导告诉笔者：街面电站本身发电效益不显著，按照实际开工时间的标准补偿，这个电站就做不成。市里低标准包干库区移民经费，目的是便于引进项目工程业主。再说，我们的党和政府不会不管移民的安置困难，先做起来再向省里请示调整概算，提高补偿标准。这是领导的心里话，当时自然不能跟群众说，即使说了，群众能认可吗？

"吃一堑，长一智。"经过省市县的各级协调，街面库区移民都得到了妥善的安置。

去年 9 月 4 日，我再次到库区游览，采访时任库区村主干的几位同志。从实物补偿调查认定到工程建设，他们每天起早摸黑为库区工作，分别被评为三明市和尤溪县"优秀党员"、"优秀支部书记"、"三明市库区乡镇先进工作者"。后来因库区移民闹事，他们也被问责受到了重罚。是非功过，十多年后的今天也难以说清。两个小时的闲谈后，与他们告别，他们一致说："闽湖水美，街面人好，能让大多数人受益的事业都好。"

我在《闽湖铭》中曾写道："舟一叶，牌一副，春风秋雨等闲度。把酒叩舷歌一曲，不知此身为谁有，更莫道世间还有什么咸水湖、淡水湖！"写完这篇短文，我的眼前久久浮现着闽湖的清澈柔美及其周边的雄奇秀丽景象，浮现着那几个库区村主干感受闽湖美好时眼角的一丝悲凉。

张家界写意

早在十几年前就听长沙的诗友说过:“湘西天子一谋面,天下名山不用看。”当时我想,这或许是张家界天子山的旅游广告词吧,就像“五岳归来不看山,黄山归来不看岳”“桂林山水甲天下,不如武夷一小丘”一样。想虽是这样想,但当一脚踏进张家界“天下独绝”的奇山异水时,我还是不禁感叹:“此景本应天上有,何时转到世人间。”

金鞭溪

在老磨湾外,导游小葛就摇着小旗子说:“金鞭溪因金鞭岩得名,线路全长近 12 里,景点达 50 多个,著名景点有金鞭岩、紫草潭、千里相会、跳鱼潭、骆驼峰、水绕四门等。”沿溪而行,清澈透明的溪水时而哗哗啦啦,时而汩汩噜噜。小溪两岸密密麻麻的杂树随风摇摆,碧翠欲滴,藤蔓横柯,有如染上琼浆的十里古画。我想了解路边溪岸的树名,看到高高低低的树上成群的野猴跳来跳去,有的单臂垂枝,有的双臂倒挂、有的抱着幼猴、有的牵着情侣,一片其乐融融的景象。我用双脚夹住提包给一对正在嬉戏的猴子拍照,不料路边一只抱着幼婴的母猴悄悄跑到我的背后,紧紧抓住我的背包带子一阵狠拽。同行的诗友赶紧抛送几块饼干给它才松开,并告诉我衡阳一位诗友的手臂被猴子抓伤了。小葛说:“这里的植物多达五百余种,仅珍稀濒危植物就有 44 种,如银杏、红豆杉、洪桐王、映花楠、香榧等名贵树种，至今保留着国家二级以上的保护动物云豹、猕猴、穿山甲、背水鸡、金鸡等七十余种。”走在迷人的“绿府神宫”里，满眼是绿色的帘幕、翡翠的顶盖，微风过处，小桥上洒下斑斑点点的光圈和疏密相间的枝影，那可是绿地毯上的不尽动画！小溪旁的草地摇曳着无数的野菊花、蒲公英、龙虾花，流水中的芳草有的如一片碧玉，在漩涡中翻转不停；有的在水中铺开长幅，如浣洗中的碧裙翠带，给人以无限遐想。

仰望高空，那沐浴着阳光的金鞭岩好比一把巨剑直指天幕，是对天堂至尊之神的警示，还是向云空飞雨流霞的张扬，抑或是对熙熙攘攘的游客的一种暗示？古人说：“鸢飞戾天者，望峰息心；经纶世务者，窥谷忘反。”到此流连忘返的常有，望峰息心的难寻。而那千里相会的岩峰群好比神兵天将立谈云空，是久别重逢的相互问候，还是追求新知的热烈探讨，抑或是担忧金鞭岩的高耸威胁而召开诸葛亮会？书家马骏祥提议入亭稍歇，很快地，他示我《浣溪沙》词一阕：“奇石危峰两岸排，茂林翠壑画图开。鸟声花气畅诗怀。碧水盛情邀日月，金鞭高义镇狼豺。寰球驰誉不须猜！”我略作思考，依韵而和：“满眼奇峰仙境排，穿云背对殿门开，如钩冷月入悲怀。树偃花摇拟画笔，猴飞鸟唱戏狼豺，清溪歌影惹人猜。”

黄石寨

“不到黄石寨，枉到张家界。”穿过标语牌，坐缆车顺着索道而上，山矮云低，微风徐徐，仿佛眨眼到了天际。小葛提示景点：“雾海金龟、仙女献花、天桥遗墩、前花园、五指峰、南天一柱、南天门、天书宝匣、龙头峰等。”在高处眺望，那一座座砂岩岩峰千奇百怪：有的像是从长江瞿塘峡切割成方的、圆的种种形状移到这里种植，峰柱上还带着一道道深深的江水波痕；有的像是从西陵峡的峰峦中切成片状、条状再连串而成，镶嵌在这个云雾缭绕的绿海中；有的像是当年女娲补天用的巨石堆叠而成，或下大上小如巍巍翠塔，或上大下小如撑天巨伞，或几经变化如穿云破雾的哑铃；更有的像是片状或方形之石以魔术般的神工鬼技布阵而成，似断又连，欲坠不坠。上有杂树，或倚崖似鸿，或枯枝如铁，或屹立峰巅，风来树动峰摇，峰动树啸。虽四季常青，但善飞之鸟不敢长栖。

那一眼望不到边际的砂岩峰林，是从天而降的神兵堆积的积木呢，还是共工与颛顼争帝撞损的天柱呢，抑或是深海中怪异猛兽长期咬啮的结果呢？造化的魔力为何如此垂青湘西这片美丽的土地？与此相比，曼代奥拉的奇石群犹如小人误入巨人国，那些修女断不敢做出到此登峰建造修道院的奢想！云南石林堪称喀斯特奇观，对此而言只不过是些许小盆景罢了。

在五指峰观景台，远望群峰方如巨舰，圆如天柱，尖如宝剑，长如列车，薄如鸡冠，群峰之间烟雾缭绕，如驼峰慢移，如河马涌动，游客争着在此留影。广东诗友乐文英女士为我拍了三张，并问我看群峰有什么感受。不知为什么，我突然想起美国克罗伯的感叹：“为什么天才总是成群地来！”是啊，砂岩岩峰为什么成群地来，天才为什么成群地来，我们一百多位诗友为什么也成群结队地来？难道三千砂岩岩峰怕被狂风摧折，古今天才怕孤独寂寞，不是天才的我们难道怕迷路？我想了好久好久，成诗一律，最后两句是：“临风把酒诗家醉，石笋千根到笔筒。”

天子山

“谁人识得天子面，归来不看天下山。天子山奇在何处？在云海石涛，在冬雪霞日。”在拥挤的隧道中，小葛又激发我们的游览兴致。我们乘百龙天梯直上峰顶，仿佛有天上人间的瞬息变化之感。到达峰顶，我当即用手机录入一时之感：“长闻月里有蟾宫，一上天梯梦寐中。山矮云低龙更远，无声环顾对秋风。”

站在天子山头，依旧碧绿湖海中千峰竞立，万翠摩云。我们虽然没有赶上云海天气，更没有看到冬雪奇观，但眺望远处石峰高低错落，此起彼伏，真像无边碧海上的石涛。弄潮儿敢向涛头立。问苍茫大地，几时沉浮？

我的眼前不禁浮现了四时幻景。春来云蒸霞蔚，风梳雨润，砂岩峰林伸展了一下懒腰，石峰顶上崖壁上石罅里所有的树木仿佛战士得到了指令一样，挺起了希望的胸膛，举手投足，出枪上马；夏天乌云翻滚，电闪雷鸣，天空要燃烧了吗？无数的长箭射穿云层，倾盆大雨像水柱，一会儿纵的一会儿横的，一会儿又连成雨幕涌过天际。轰隆隆，轰隆隆，是天塌了，还是石峰倒了，还是海龙王腾跃飞天？雨停了，太阳出来了，碧海没有升高，天堂没有塌陷，郁郁葱葱的砂岩石峰长高了。高天空阔，秋气净爽。一缕微云穿过石峰林，串起了许许多多大大小小的叶子，忽高忽低，一路翻转，那不就是各类鸟儿在秋游？这时，我的心随着那些叶子飞过悬崖，凌波碧海晴空。鸟儿飞到哪里去啦？一转身变成了漫天飞舞的雪花，簌簌忽忽，像杨花，像蝴蝶，忽如一夜春风来，千峰万树梨花白。万仞石峰成了银光闪闪的冰柱！赶快走，不然冻成观景石呢。

于是，驱车到西北部观光，后花园、迷魂台、神龟问天、五女出征、天下第一桥连成一线。在高处一看，此处峰更高，崖更陡，势更险，树更秀，花更艳。诗友留影摄像，作画吟诗，我也口占一绝：“擎天石柱郁葱葱，不挂金符不饰龙。何处相逢传好种？随风一撒夺神工。”走着走着，很快就到了天下第一桥。两座壁立岩峰像是两位亭亭而立的空中秀女牵起玉手，似牵非牵，欲放未放，上摩帝阙，下临无地。

一阵烟雾升腾，好似江河惊涛拍岸，卷起千堆雪。在这天地造化极致之处，多少人想借它的魔力增添自己的一丝幸福，像那无数的铜锁铁链禁得起霜风苦雨的磨洗。我深有感触，名山天堑，都有锁的寄寓。我没有买新锁，也不摸那些锈迹斑斑的旧锁，只在手机里录入歪诗一绝：“一室难逢笑语喧，石山挽手更摩肩。天桥好梦无须锁，秋月春风举酒先。”快步走过天桥，登上突岩角亭，没有庙堂江湖之思，只有人生淡然之感，放眼远山，心里不禁开阔许多。

沁园春·张家界

天下山河，指处迷人，众口许湘。瞰宝峰千顷，烟波浩渺；神针万丈，鸿雁惊惶。飞瀑鸣崖，奇峰竞秀，四季洋洋着丽装。狂风起，壁立虬龙树，姿态扬扬。香林幽径清凉。看百鸟群猴戏一场。叹礼仪御苑，风刀霜剑；书香巨室，陌路他乡。科学昌明，上天入地，难把浮心自丈量。天桥处，石山如挽手，意味深长。

与《世界汉诗》采风团同游武陵源

梦境幽情何处融？奇岩曲洞傍仙宫。
索溪流水天庭过，峡谷长廊帝苑通。
天子山前飞瀑静，宝峰湖上恋歌红。
临风把酒诗家醉，石笋千根到笔筒。

华山道中

早就听说华山脚下的西岳庙是五岳第一庙，而华山的奇秀风景更是闻名天下。忘了在哪里看到过这样一句话：“华山为轩辕黄帝会群仙之所，所以兴风雨，福苍生也。”我每每为它的奇秀风景和美丽传说所吸引。可是，当我真要游华山时，朋友就阻止说：“难道你不知道，华山以它的奇险冠天下？”因此，我每次欲游则止，一直到了 2002 年的夏天才实现游历华山的梦想。

我们从宾馆出来正准备上车，周围尽是卖白色纱织手套的女人。她们说：“登华山手脚并用，炎夏时节，铁链发烫，不能不戴副手套。”我的心不由一怔：难道华山真的险不可攀吗？下了缆车，有的急于赶到峰巅，只顾低头赶路；有的想留下登山纪念，一路忙于照相，有的却在琢磨景点，品味自己的人生。我的脑子里也一直在翻转着华山秀丽和奇险的无形照片。于是，转过两个山冈，大家就走散了。

不久，仿佛路到尽头。走近才发现一片石崖壁立，壁上寸草不长，只有比脚板更窄的石阶一列，歪歪斜斜的，在石阶两旁各有一条粗大的铁链被攀磨得有些发光。我们站在悬崖下，仰首一看，崖顶也站着几个游客，他们也在犹豫着怎么下来。有个人已经弯下身子，抓住索链，向下伸出一只脚，踩了一下，好像那小小的石阶容不下她的半只脚，她就很快缩回上去了。她站定之后，依旧红着脸，伸了伸舌头。“还是你们先上吧。”他们叫道，一颗很大的水珠砸在我的手臂上，散开之后，溅到崖下准备攀登的人身上。有人向上喊话："上面的人请提好水杯，以免掉下来。"我只顾紧紧抓住铁链，不敢他顾，一步一步向上攀登。到了崖顶，回首向下一看，两腿不免有些发颤。自己虽然如此，但不管是对正在攀崖的人，还是准备下山的人，都表现出一种自然轻松的姿态，予以热情的鼓励。我站在崖顶等了好久，默默地看着顺着锁链上下的人，谁都没有说话。崖中人手脚并用，聚精会神。准备攀崖的人正在蓄积精力，静静地观看别人的招数。已经攀上崖顶的人，或许惊魂未定，或许为正在攀登者捏一把汗。或许，每一个人的心都是对大自然的真诚崇敬，每一个眼神都是对同行者的默默祝祷，每一声问候都是对萍水相逢者的亲切激励。

山回路转，远处一幅惊险的画面映入我的眼帘：一座大山起于沟壑，上入云天。狭长的山脊有如刀劈斧削，又如一根靠在悬崖上的长形木条，又如隐在云中的巨象垂下的连天长鼻，无数的游人就在那长鼻上微微蠕动。山脊外的崖壁发着白光，有如雪后初晴的尖峰，又如垂挂云端不规则的巨型魔镜。那条山脊就是闻名天下的苍龙岭。走上苍龙岭，确切地说，是爬上苍龙岭，导游的话立刻浮现在我的脑海里："走路不看景，看景不走路。"手抓铁链，埋头看路。偶尔探出头，悄悄窥视一下山脊外的景色，自然双手紧抓不放，虽然不见深壑底部，但已是两股战战，心跳不已。上下的人也早已不再说笑，平时最受欢迎的色情段子，这时也被抛到九霄云外去了。这时，天上一片硕大的云块在迅速流动，云影从深深的沟壑中越过山脊，使得攀缘者大吃一惊。突然，我看到右边的石壁上有六个字："韩退之投书处"。传说韩愈在这好比是腾空而起的苍龙又从云里雾间跃入深渊的狭径上艰难地行走，一时心跳不止，头晕目眩，只好投书求救。这种传说的真实性当然未必可靠，但他一番惊惧之后却有诗留世："俄然神功就，峻拔在寥廓。灵迹露指爪，杀气见棱角。”是呀，在高山深谷的大自然面前，官大气粗者也好，钱多势重者也好，才高傲世者也好，甚或曼妙蛾眉、出身高贵骄人者也罢，都一时“望峰息心”，回到了人的本真上来。

上到苍龙口，我们才坐下来喝口水，喘口气，回望来路的山峰有如一条腾跃飞舞的巨龙。这时，游客中有人问导游：“这山是古诗中‘两家求合葬，合葬华山旁’的华山吗？”导游说：“可能是吧。”不知道导游是想不到游客会提出这样的问题，一时回答不上，还是有意为华山甚或为西安的旅游业增加一点山水文化气息，含糊地加以肯定。恰好山上有鸟声叽喳，我于是将错就错，借华山之名口占一绝：“苍龙岭外鸟啾啾，闻说焦刘恨不休。焦母若听冤鸟叫，不知教子更何求。”

山脊渐渐宽厚起来，路边也有了一些杂树，攀登虽然很费体力，但历险的紧张心情却完全没有啦。路上有个道观，上山的路就从道观中穿过。内有茶水、罐装饮料、食杂、汤面等供应，也出售华山风景光盘等文化用品，而最让我感兴趣的是道观柜台中陈列着大量的各种各样的锁。铜的、铁的，挂式的、链式的、马蹄形式的，用钥匙开的、用密码开的，大大小小一应俱有。自古华山一条路。山上不过住些僧侣女尼罢了，用得着经常买锁吗？这么多的锁需要多少人才能从山下挑上来啊！我记得佛道胜地不用太多的锁。“峰影不随流水去，鹤声犹带夕阳飞。古庙无灯凭月照，出门不锁赖云封。”“净地何须扫，空门不用关。”“云封天际路，烟锁梵宫楼。”我心里正想找个人询问一下，只见一个中年妇女匆匆走进柜台高声呼叫：“买锁啦，买锁啦！锁住你的财宝，锁住你的幸福！”她转过去对女游客喊道：“锁住你的爱情，锁住你的丈夫！”虽然没有明说，那锁的用途我已经明白。

向上走不多远，山路两旁的铁链上层层叠叠挂着不知有千百万副的各式各样的锁。这就是华山的“金锁关”，有的锁已经生锈，有的刚刚锁上。有的人上完锁，正向悬崖深处抛钥匙。还有的人正用结婚纪念日、生日等给自己的锁上密码。我不知道这么多的锁到底发生了多大作用，但我真心希望它们能发挥应有的作用，要是真的如此，那天底下就避免了夫妻反目现象的发生。我站在金锁关前，对着那千千万万的锁深思。我马上又对自己迂腐的希望作了否定。千百年来，中国的封建家庭就有无数大大小小的锁，谁敢跨锁一步，腰斩、五马分身、下油锅、活埋等，可是它并没有给家庭带来幸福，而是给更多的人造成说不尽的痛苦。爱情如此，财富也不例外。我曾经应邀参加过一个佛教协会举办的寺庙开光典礼。不少领导的家属争着烧第一炉香，第二、第三炉香，争着给寺庙捐款。她们不是热心佛教事业，而是要祈祷菩萨保佑她们的丈夫升官发财，占有天下财富，至于是否占有别人的妻子、女儿，她们装聋作哑。甚至为了丈夫更好的“前途”，她们中不知有多少人主动出击，为打通关节扑到多个官员的怀里。她们的丈夫也完全知道，有的甚至是丈夫暗示、支持或安排的。有的丈夫只恨妻子缺乏姿色，不能把更大的官拉到自己的怀里。这种祈祷我实在不希望她们如愿。在金锁关上加锁抛钥匙，决不会没有像炉前佛后那样用坏心思的人。于是，我不再看锁，加快了脚步，继续攀登。

到了南峰脚下，遇到了一个山西女孩，她一边学着猫叫，一边逗小猫的长须。我为她照了相就下山了。她问我：“你还没有到山顶，怎么就下山啦？”我说：“膝盖难受。”她说：“我送你到苍龙岭脚下吧。”我推辞。她说：“小心点。”我坐上缆车，忽然想起华山的一副对联：“云在山头登上山头云又远，月行水面拨开水面月更深。”这副对联在华山的一座古寺里，可惜我没有看到。

是啊，正像对联所说的那样。我对华山众所周知的方面了解还甚少，至于大家都很少知道的呢？一定多得无数。我想起华山上的美丽传说了。宋太祖赵匡胤跟陈抟老祖下棋，陈为神仙，赵自然输个精光，他输了马匹、宝刀后，又押上华山，他又输了。幸好他留了一手，押山没押树。当地有几句民谣：“山是道家山，树是皇家树。华山不纳粮，不得乱砍树。”这也许是道观中人编造的吧。我又想起了有关陈抟老祖的另一个传说。宋太宗要“凿山选玉”，特诏陈抟老祖赴玉泉院。可他却作了《答使者辞不赴诏》的诗：“无心享禄登台鼎，有意学仙到洞天。轩冕浮云绝念虑，三峰只乞睡千年。”他真正具有“天子呼来不上船”的仙气，大睡三十六载，小睡一十八春，越睡身价越高。最后，宋太宗赐“希夷先生”之号予他。所谓“希夷”，就是绝不受尘世的污染。古书上说：“视之不见名曰夷，听之不闻名曰希。”现在，玉泉院的石窟里塑有陈抟老祖的卧像。

我没有李白“五岳寻仙不辞远，一生好入名山游”的情调和豪气，但我更崇敬陈抟老祖“轩冕浮云”的傲骨与清高。如果能够无心享禄、拒绝浩荡皇恩，只求在高山上的小石窟“睡千年”，那么，人生中还会有什么痛苦和烦恼呢？

罗汉山梦境

小时候在家里纵目远眺，顺着层层叠叠渐远渐高的山峦，目光常常停留在下拥千山翠，上顶万里天的罗汉山巅。听村里人谈论夜宿罗汉神仙托梦的种种趣事，令童年的我好生羡慕。后来在书上看到关于罗汉山的记载："山高万丈，与蓬莱埒。顶有巨石屹立，状若莲花。谢道人隐栖于此。"又看到举人凌之鹏的诗："行行双履健，矗矗一峰奇。井里环山麓，培涪列水湄。眼从高处落，步向坦中移。独立宁遗世，春风满袖携。"心中自然更加向往，可是，由于种种原因，错过了一次又一次的攀登罗汉山的机会。

而今，我真的要登罗汉山了。车子开出不久，有人就问："你们可知道这里为什么叫古迹吗？"相传明朝永乐年间，官至三省御史的凌辉奉旨封龙，曾经到此一游。他从上游乘船而下到了这里的苦竹潭面上，想见到真龙，才肯奉旨封龙。开始龙尾上翘，露出水面，凌辉很不满意，一定要真龙现身。接着，龙腾水面，露出脊背，凌辉还是不满意，一定要真龙全身毕现。突然间，龙头一跃腾空而起，顿时，狂风大作，水波万丈，在风烟弥漫之际，龙身若隐若现，有如万马奔腾，呈倒海翻江之势。凌辉不禁惶恐不安，即令开船。龙见圣牌不给，潜回水中，随船紧追不舍，一直追到渔仓岩下，龙头突然探入船中，凌辉赶忙将封龙圣牌丢下。龙衔圣牌，悠悠游回龙潭。后来这里便有"龙潭是古迹，古迹是龙潭"的俗谚。由于这个古老而迷人的传说，这里的地名也叫古迹了。这自然是当地人的附会，比明代更早的县志就记载古迹口之名了，并有古迹潭的记载：“古迹潭，又名苦竹潭，有五龙潜其中，昔有人见之，不知为龙，投以石，顷刻间，雷霆风雨大作。”当然，县志里记载的传说也同样仅仅是传说罢了。

绕过古迹村，我们很快就进入峡谷地带。车子上了半山腰，玻璃窗映着如曼如缕的光束，窗外飘着如纱的微云，公路上面悬崖峭壁，那些顽强攀缘在石缝中的小树，曲干垂枝，有如正展翅欲飞的绿色群鸟，不知它们要飞向苍茫的天堂，还是俯冲溪谷深涧戏水。俯视溪谷，深不见底，偶尔可以隐隐约约听到潺潺的水声，想必那一定是大山的歌声了。乘车穿行于壁崖间的单车道上，童年时常听到的两句罗汉途中的歌谣不禁飘到脑际：“青坑湖美溪，厕所缆绳系。”几个人说说笑笑，很快就到了深山小村——青坑了。

我们在青坑的亭阁式古木桥上稍稍休息了一会儿，开始了徒步登山。上山的小路在茂密的林中蜿蜒延伸，密密麻麻的毛竹随风起舞，从叶隙间漏下的阳光斑斑点点，一会儿在地上跳来跳去，一会儿又消失得无影无踪。半山腰以上，一条山涧，时而嘀嘀咕咕，时而沙沙潺潺，那该是深山林海中一条透明的弦吧。它唱得委婉细腻，又生动感人。树上的小鸟听得入迷了，动情了，翩翩飞舞起来，也伴着清清的溪水欢唱。大山磔磔众禽鸣，此间不可无我音。我们中的两位女同志走着走着不禁也哼起了小调。我不知道她们在唱什么，大约是和眼前的山水有关的。就这样轻轻地走着，《诗经·卫风·考槃》的章句便飘然而至：

考槃在涧，硕人之宽。
独寐悟言，永矢弗谖。

考槃在阿，硕人之薖。
独寐悟歌，永矢弗过。

考槃在陆，硕人之轴。

独寐悟宿，永矢弗告。

啊，我寻求什么呢，在这一望无际莽莽苍苍的丛林？我抛下了什么，在那日思夜想童稚无邪的梦乡？撑起一片浓荫的树林中，各种树木千姿百态，有的耸立云天，有的扎根石罅，有的攀缘老树，有的盘旋屈曲，有的出土不高分为两个树干，看看不对又重新合抱起来。匍匐地上有许多奇珍异草，它们无须人们施肥浇水，生长在枯枝黄叶中，自得其乐。要是谁有一双慧眼，发现了它们，采摘了它们，那可是除病却痛的难得妙方。我就是要寻求深山的这些珍宝吗？这就是我多年来向往罗汉山的梦吗？我不寻求它们，可它们为什么又深深嵌入我的心府抹之不去呢？

一个转弯，突闻树上有小孩子的高声喊叫。循声望去，两个男孩子在树上边采野果边互相逗乐，极为开心。我们走了几十步，又闻树上歌声飘荡。于是，我当即凑成小词一阕："青青毛竹绕云山，群鸟最悠闲。花开夹路，溪流飞瀑，邂逅群鹇。一声惊叫林中荡，树上少年攀。杨梅一袋，牧歌一曲，如水潺潺。"（《秋波媚·罗汉山下》）

不知走过多少林中小径，也不知翻过多少青翠山冈。小路两旁的树渐渐地矮了，竹子也渐渐地小了，前面的路也越来越亮。走在前头的人喊一声：山顶到了！我们不禁加快了脚步，赶到山顶回视西南面的平地，满山遍野的碧绿中涂抹的艳丽的鲜红，那是一品红吗？它比一品红更浓烈、更艳丽、更富有山野的活力。还有高高昂首的百合花，点缀绿锦中的鸡冠花，真是花团锦簇了。白云悠悠，草木萋萋，一座格制和规模都略像明清时期山间民居的小庙，院墙外的门虚掩着，那还不是世外桃源吗？

我们转进小庙，刚刚跨进庙门，一位须髯飘飘的长者迎了出来。他带我们看了神仙托梦的卧榻后，就兴致勃勃地给我们讲了神仙托梦的美丽故事。

不知多少年前，一位出身农门的县官仕途坎坷，很不如意。他选了一个良辰吉日，带上随从，携带荤素酒菜到罗汉山寻梦来了。第一天晚上睡得很沉，可是没有做成好梦。第二天，他在山顶上徜徉，忘了官场失利的种种苦闷。他早早睡下，依旧没有成梦。清晨，他走出小庙院门，背着手，在石块铺就的小路上踱来踱去。突然，他站定了，望着远方，顺口吟道："千里来寻祈福地，谁知到此梦难成？"贴心随从劝他："老爷莫急，好歌三阕，好梦三天呢。"他懒懒地答道："只好再宿一夜了。"这天夜里，他真的进入梦乡了。一条清澈平缓的河流，水边长满碧青青的水草。他坐着一只木帆船缓缓前行，船上书童为他掌墨。河岸上一辆马车笃笃笃笃地奔走着，他看着远去的马车差点栽入水里，他又看看水边浣衣少妇，从容说笑，笑声漾起了河上的水花，可少妇没有注意到他。他不好意思开口，书童扶他坐下，很快，他吟成一首七言律诗。他长长舒了一口气，准备把新诗朗诵给别人听时，突然，河水猛涨，他就惊醒过来了。

长者顿了一下说道，求梦还要会解梦，如果不会解梦，那就辜负了神仙的美意，在求梦者自身来说，就是没有福气了。长者的话一下玄了起来，勾起了我对弗洛伊德《梦的解析》有关片段的回忆："我曾经不止一次地被迫承认，'的确，古代冥顽执拗的通俗看法竟比目前科学见解更接近真理'，因此，我必须坚持梦的确具有某种意义，而一个科学的释梦方法是有可能的。"是否真的这样，且听长者的下文：那位县官从梦中情境醒悟过来，人生也像坐船漂流，走水路不要痴迷岸上的马车，同理，赶马车也不能痴迷河里的小船。后来，他通达超脱，学问大有长进，受到上司的重用。

民国初年，有一位乡村甲长，他住的整座大房子里的人丁越来越稀少。换了正厅的梁，改了大门，还重新砌了台阶，都不见效。他携带酒菜果馔上了罗汉山。他游览了山顶四周花草树木，回到庙里躺下了。没有多久，鼾声阵阵。一大片碧绿的稻田映入他的眼底。他走到自己的大丘田一看，严重缺水，稻禾枯黄。看看下丘田，水溢出口，响声哗哗。他愣住了，隐隐约约听到一个沉浑的声音：上丘没水下丘耘。他醒来反复思考：这个梦到底暗示给我什么？他回到家里查看了自己所有的稻田，田里水润青苗，小鱼悠游。他想起少时年节长辈给他压岁钱时常说的一句话是买田盖房，田和房是连在一起的！于是，他在原住房的下方选址再盖一座新房，为了纪念罗汉山梦境的启发暗示，把新房子命名为下丘田。搬到新房子之后，果然人丁兴旺。

长者意犹未尽，又讲了一个少妇求梦的事。少妇邀了一段时期多病的胞姐一同上山，看能否在梦中与常年外出的夫君相会，问问他什么时候回来，一到山顶，花香扑鼻，鸟鸣叽喳。生性活泼的姐姐顺口咏出了一首仿金昌绪《春怨》诗：

打起众鸟儿，莫教今夜啼。
啼声惊妹梦，难聚小夫妻。

那天夜里，少妇没有梦到夫君，而是梦到她的姐姐死了。她放声大哭，拿起扇子为姐姐扇风，不料扇子脱柄，扇面飞到床下了。姐姐赶忙叫醒妹妹，妹妹却说没什么。直到回家，她让姐姐吃了两个太平蛋后才说出梦中的情境。很快，姐姐的身体康复，她的丈夫不久也回来了。释梦的人说：扇面是衣服的象征。“穿衣见父，脱衣迎夫。”

长者的故事还没讲完，也许三天三夜也讲不完。我想，梦是一种复杂的心理现象，有人认为它是未来前程的征兆，有人认为它是过去经验的再现。释梦的方式各有不同，梦的实质意义也只能由各人自己去心领神会了。从前有个进京赴考的书生，在旅店里所做的墙上种菜梦就是一个典型的例子。有人认为墙上不能种菜，所以那是白种；有人认为墙在高处，墙上种菜就是高种（高中）。同一个梦，意义竟然如此不同！但不管怎样，几百年来，形形色色的梦，为雄伟壮丽的罗汉山增加了一层绚丽迷人的色彩。

我在罗汉山巅寻找故乡的位置，山外薄雾飘飞着，看故乡就像童年望罗汉山一样，朦朦胧胧，又真真切切。早年听梦的故事还略略记得，今天登上罗汉山巅，那童年时许许多多的梦，我找到了吗？那高大的大石崖是我的心壁，仿佛也回响了一句：我找到了吗？

四边静·罗汉山寻梦堂

幽幽风住，百合花帆碧草湖。宿鸟咕咕，远客归来暮。柴扉石屋，梦境还如故。

秋波媚·仙人足迹

寂寂深山旷远亲，奇景引仙人。水分斗石，藤缠怨树，丽鸟衔春。缘溪触目千般美，叹足迹真真。闯无人路，执无名事，尧舜遗真。

黄山归来

“五岳归来不看山，黄山归来不看岳。”徐霞客这两句话，多少有点促使我的游览黄山的急切心情，但是，黄山归来我却又登了西岳华山，还有庐山、武夷山、冠豸山，更常常游览本地的蓬莱山、罗汉山、倒排岩等一些没有什么名气的山。

黄山脚下，晴空万里无云。但我们的车子刚从宾馆驶向门口，就有许多当地中年妇女围着我们兜售薄薄的塑料布，说是上山会下大雨。我们虽然都不相信，但出门在外，不能不未雨绸缪，况且只是花一张塑料布的小钱。经过长长的缆车，又攀登很长的曲曲弯弯的石阶，我们到了玉屏楼。玉屏楼背倚玉屏峰、莲花峰，面对天都峰，右边的石象，左边的迎客松，都深深地吸引了我。我和大家一样，在迎客松前照了相。迎客松的内侧有一块比树身还要高得多的大石头，仿佛要把松树往外推下悬崖，因此，所有的树枝都一律向外伸长。我走近一看，好险啊，迎客松完全长在石罅里，它连立身之地都没有呀。它的外侧是一眼望不到底的万丈悬崖。它那长长的树枝，好像是秀颀的玉臂，在向登山的游客招手致意。一阵疾风吹来，树身剧烈摇晃，好像它要离开悬崖随风而去。我被它深深感动了，好像心也要被它带走似的，一时忘记了登山的疲劳。迎客松立身悬崖，风霜雨雪，却在高崖上显示它的超然潇洒的姿态。可是，在现实生活中，多少人目光都只看着自己，讲起奉献，哪怕只有一丝一毫甚至完全没有也要夸耀不止；讲到收获，即使是化公为私也还是愤愤不平。站在迎客松的前面，他们不知将有何感想。

我们继续向莲花峰攀登。在悬崖峭壁的石道上，导游小姐一再强调“走路不看景，看景不走路”。她给我们讲了梦笔生花和莲花峰少女落崖的故事。梦笔生花是远处一个石柱上长着一棵小树，形似一支巨型的毛笔，据说那株小树早已干枯，现用塑料小树取代。不知有多少文人画家描绘过黄山，但都表达不尽他们热爱黄山、艺术再现黄山的深情。“梦笔难描风动海。龙宫，日月经行石柱中。”一路有说有笑，光明顶很快就在我们的视野中。光明顶是黄山观日出看云海的好地方。说时迟，那时快，山上的风翻峡一阵呼啸，紧接着把夹带起来的枯枝烂叶甩回给背后的山坡。天上翻滚的乌云立刻就化作瓢泼大雨而至，原来在山下买的薄薄的塑料布根本不顶用。不远的路旁有家餐馆，大家迅速跑去避雨。这时，狂风大作，暴雨如注。等了一个多小时，雨还是下个不停。我们只好冒着风雨赶路，许多人的塑料布都被大风卷走了。到达光明顶的时候，个个都成了落汤鸡。

在旅馆里，大家都想洗漱一下。可是，黄山严重缺水，室外倾盆大雨，室内却为用水犯难。洗菜水沉淀之后几经重复使用，宿舍里的被子更是长期没有洗刷。既散发着长久没洗的霉臭味，又像洗过没有晒干一般潮湿。大家一半借着体温，一半借着食堂的电磁炉，衣服烤得半干不干的就裹着那又潮又臭的被子，可是虽然疲劳却怎么也睡不着。炎夏七月的早晨，黄山冷雨敲窗，寒风嗖嗖，天不亮，大家就起床了。没有看到日出奇观，却看到了一个迷茫无垠的世界。这是我们从来没有见过的情景，大风裹着细雨，拽着浓雾，一边狂卷，一边呼啸。那浓雾一会儿好像从天上笼罩下来，一会儿好像从山下包抄上来，一会儿又好像在我们的脚下有一个无形的大袋子，不知不觉间就把我们套进大雾囊中。这种云雾奇境使我敬畏，当时真有些怀疑自己误入了盘古开天辟地的原始境地。

我们正准备下山，接着又是风狂雨骤，电闪雷鸣，缆车早已停了。我们听着烦闷的雷声，望着空中无休无止的斜雨，一个多小时的等待比一天还要长。在这时候，身边几个陌生的女同志同时向我提出了一个问题："你来黄山有什么感受？"我说："我怀着喜悦的心情来黄山，可是黄山却阴着脸，向我大泼冷水。感受都写在脸上了。可不，你的脸上也写着啊。""天气不好没的说，我们也没经验。黄山管理人员的态度真是少见。"她们愤愤不平。缆车还是不开，我们微笑告别。

下山途中，不时遇到了挑山夫。他们戴一顶斗笠，穿一条短裤，挑着一百多斤重的担子向上奋力攀登。每登上一个高高的石阶，他们身上的汗珠都和着雨珠滚落。同行的年轻人问他们挑一趟可得多少报酬，他们好像回答了，可是我一点都没有听到。我除了站在道旁给他们让路，就是静静地注视着他们侧着头，扁担深深地扣进肩里，颈中青筋暴涨；另一边肩膀的肌肉突起，背部雨水和汗水纵横。看着看着，我的眼睛湿润了。这些黄山挑夫并不陌生，他们让我想起过去挑征粮的父老乡亲。在那"备战备荒"的艰苦年代，我的乡亲也是这样戴着一顶斗笠、穿着一条短裤，挑着一百多斤重的粮食翻山越岭，早上天刚亮就从家里出发，近十二点才能赶到集镇的粮站。这时，粮站工作人员要煮菜，吃饭，还要午睡，没有空闲搭理这些远道挑粮而来的农民。他们两点半起床、洗脸，然后才慢慢开始按序收粮。我的又饥又困的乡亲，他们拖着沉重的脚步，到供销社挑化肥，直到夜里才能回到家里，他们把化肥放下肩，疲惫得话都说不出。几十年过去了，不知怎么的，每当看到挑夫我就会想起那种情景，眼睛里就会禁不住滚动着泪水。

黄山归来，我一直觉得黄山就像功名显赫的朝廷高官，它喜欢迎送势力相当的博带峨冠，或悦人耳目的曼妙蛾眉，它的奇松、云雾和挑夫都不能不让人敬畏。在电影电视上，我会觉得它的“天开图画”，奇雄幻险。但作为一介书生的我，可以遥想它“具有泰岱之雄伟，华山之险峻，衡岳之烟云，匡庐之飞瀑，雁荡之巧石，峨眉之清秀”，却实在难以亲近它。亲近黄山的尴尬绝对不亚于刘姥姥进大观园的窘迫。因此，黄山归来，我更喜欢游览那些无名的小山，走进山中，就好比走近童年朋友，或者同学，显得格外亲切而舒适，它不需要排场，不需要察言观色，更不需要跪拜叩首。正如女儿《林中行》所写的那样：“环视青山碧，长风浣绿衣。垂条扶醉客，日暮不知归。”一句话，“满目山河空念远”，真正可以经常休闲的山行之乐不是名冠天下的黄山，也不是三山五岳，而是村前村后近在城郊的普通小山。

记忆里的秋天

自古以来，悲秋者众，颂秋者少，而察秋之品性格调者更是寥寥。饮食秋味，沐浴秋光，衣染秋色的乡野人家，他们几乎是秋的形象写照，可要说秋好像在说他们自己，欲语口难开，淳朴的人有几个善于说自己呢？住在高层建筑水泥柜子里的城市文明人，望月亮模模糊糊，看星星隐隐约约，吃的全依赖外调，听的是铁匣子热闹，在阳台栽几盆花草，三天两头浇水、施肥、抚摸，隔三岔五呼朋唤友围观，遗憾的是始终见不到几缕生机。要感受秋的品格，那又谈何容易？

看赋秋的诗文以及绘画、摄影，深觉文字、线条、色彩表现力的有限。掩卷而立，家乡秋天的淡雅、清丽和丰实，一幕幕浮现在我的眼前，让我痴痴傻傻，欲说无言，欲罢不能，一时迈不开脚步。

秋天是春的期盼，夏的等待。期盼什么，等待什么，就是遍地满满当当的稻麦果蓏。村南村北的山，下抵山溪流水，上摩奔云飞霞，整座山围嵌着一层层梯田，“一地蛙声云外落，几弯犁镜月边耕”。春天是无数不规则的镜子，夏天却又铺上了锦缎玉璧，从春叫到夏的蛙声，渐渐送走了青绿，迎来了满山的金黄。那黄不是平面的画，而是随风翻滚的金涛。看着微微摆动的稻穗，老农含着长烟管，眯着笑眼：“土地公公将进酒，我收稻子秋光走；一把镰刀一谷斗，一座金山搬进楼。”在这样的秋风秋色中，少数没有田地的女子也梳着高高的发髻，到田野来拾稻穗了。她坐等收割完一丘才下田捡拾，但丢失在地的稻穗十分有限，一天能拾多少呢？她带来糍粑茶水，给收割稻子的老哥递茶送糍粑，“割禾辛苦心快花，傻女无田漫烧茶。吃个糍粑喝口水，回家欢喜做阿爷”。割禾的吃完糍粑，高兴地在袋子里装上十斤八斤谷子，女子接过道谢一番，高高兴兴走了。

金黄的稻田外，秋天的山野一片灿烂。远望山林，板栗、猴欢喜、南酸枣、金柑、橘子、柚子、榛子、米椎、野杧果、山柿子、乌饭树果、油茶、女贞子、野鸦椿等，哪一种不是朝迎金风，夕餐玉露，闪耀着赤橙黄绿紫？球形果的板栗，刺毛从青绿转为橙色，壳斗裂开，一排果子深红入紫，掰开硬皮薄膜，里面的果实黄灿灿的，营养极为丰富，不但有“果中王”之美誉，还有很高的药用价值。猴欢喜也有球形壳斗刺毛果，刺毛从青绿转橙黄到金红，壳斗裂开内有红色果实。南酸枣和金柑果子都是椭圆的，金柑深黄，连皮带肉可食，酸中带甜，气味强烈；南酸枣橙黄，食时去皮去内核，清润甜美。橘子、柚子是常见水果，前者橘黄，后者青黄。旺季在秋，余波初冬。榛子、米椎、苦椎都是有刺毛的壳斗野果，果壳乌黑，果肉银白，生食代替瓜子，煮食可作盘餐，苦椎果磨浆制成干片，还是祛热解毒、止咳化痰的良药。野杧果青黄驳杂、山柿子金红耀眼、乌饭树果乌黑发亮，生食晒干皆可。昔时山野孩子一天到晚没有回家，绝不会饿着，秋山处处有野果。油茶有多种，果子青底红晕，红色黄色都有，我的家乡主要有软枝油茶、大果油茶、鸡心子小果茶以及少数红花油茶等。茶油的营养价值和药用价值已被广泛认可，茶饼的美容美发价值也逐渐被了解。女贞子灰褐色、野鸦椿艳红，都是重要的中药材，山中秋果何止万千，以上这些不过是开门随处可见的几种。

可吃的果腹，可观的饱眼。红豆，主干笔直，很少开枝，灰白色的树皮映着青天白云。在秋风中，红豆飘飘洒洒，落地窸窸窣窣，如霞之舞，如丹之华。棕树的果实一串串微黄灿烂，好不迷人。即使是漆树、红枫、水棠花等，哪一样不是丛林中的彩画？房前屋后的山茱萸、臭丸等枝叶虽然平常，但治疗消化不良和胃痛有特效。

山腰溪岸，绿藤缠绕，瓜果遍地。秋天的南瓜，卧地的像弦月，一边一种颜色，靠地的白，朝外的黄；悬架的整个由青转黄，圆形的长形的各自打着秋千，争奇斗巧呢。那攀爬高枝的刀豆青绿发亮，真如无数把绿刀悬在你的面前晃，心里不免跳出“今日把示君，谁有不平事”的句子来。巧手农妇把刀豆采来沸水一捞，撕开去籽晒干，浸在酒糟里，加少量食盐辣椒，密封一个月，味道极美，可佐餐，可宴客。谷粒豆也是爬藤豆科，因长得像谷穗一般多而得名。皮和籽可分别作多种菜食和小吃。秋天，晴和的秋天，天高云淡，随便走进一家农户，门前房侧，晒着萝卜、豆子、菜条、笋干、椎粉，五色杂陈，更有许许多多的红菇、梨菇等，红得耀眼；番薯、木薯、葛根、蕨根挖了，磨浆晒粉，一匾匾银白如玉。

秋天如果仅仅是丰实，也就没有什么可说的。更为可贵的是，它知道自己的成长，自己的富足，但从不以富足炫人骄人。它几乎没有大红大紫的渲染，没有震天动地的吼叫，脱下春天那种铺天盖地万紫千红的艳妆，停止夏天那种疾风暴雨雷霆万钧的震撼。它追求淡雅朴实，疏朗空阔。天上密集的云少了，天空开阔了；丛林的果实多了，繁茂的树叶少了；河道里的水少了，河床敞开了；地里的庄稼收成了，田野空旷了。如果说春天是少年，展望未来的富足，夏天是青年，集聚有形无形的财富，那么秋天就是成熟的中年，事业有成的中年，它积累了原来没有的东西，照亮了世间需要温暖的地方，但同时它也清楚地知道，成功之后需要转身，集聚之后需要隐退，不做渔夫家中贪婪不知足的老太婆。秋天是淡雅高洁的文人达士，是清醒轻松的豁达大度，是自由洒脱的放飞飘逸。这值得我们人世间多少达官贵人、豪门巨富深思呀。

忙完秋收，乡村农人有了闲暇。晚秋的温暖太阳照在疏朗的村落，照在宽阔的场院，老人慢慢地说着闲话。农妇串门谋划一家人过年的衣裤了。她们聚在一起，时而爽朗大笑，时而侧脸瞋目。客人也许带着鞋底，钻一针，拉一线，主人早已端出各种小吃，姜丝、萝卜干、刀豆、豆豉、酸辣豆酱，还有咸菜、笋条等。这时，妇女们早已放下手中的活，像是自家人一般，一盘一盘地品味着议论着，像是欢聚盛宴，又像是隆重典礼，又富足热烈又自由清淡，好不自在。

富足而不淡雅的也许庸俗，淡雅而不富足的也有缺憾，只有富足殷实之后能淡雅能放弃才是清奇美丽。天高云淡，雁字横空，那“一”字“人”字岂不是万里云空的动画？这清，诗人屡屡遣之笔端，“草枯鹰眼疾，雪尽马蹄轻”。“晴空一鹤排云上，便引诗情到碧霄。”即使是“独自怎生得黑”而泪眼婆娑的易安也认得“旧时相识”之雁。秋天，在山村看夜空，那深邃而碧蓝的宇宙，数不清的星星像白玉、像明珠、像眼睛，它不是平面的排列，而是立体的，一颗一颗高低远近分明易辨。万山丛中，“无边落木萧萧下”，飞鸟之影，鸣虫之声，眼前耳际，终日不忘。看看碧溪深潭，回清倒影，游鱼细石历历可数，色彩清晰，一只棘胸蛙从潭里飞跃树枝，带出的水珠在秋光中红黄蓝绿，如一串巨大的彩珠。山清水清云空皆清，这样的秋光秋色，谁能不深深记在心里而历久不忘？

山路一百零八弯

记得土家族有支歌唱道：这里的山路十八弯，这里的水路九连环。对于深山里的人来说，十八弯九连环的弯弯环环，环环弯弯，一点也不稀奇。我少时出门必走的山路不是十八弯，也不是二十八弯，而是与天相接云里雾中的一百零八弯。

在我老家，外出的路（官道或接轨官道）主要有三条：一条是北面通向集镇中心坂面、县城直至南平、福州方向，一是条南面通向二十九都、街面直至德化永春泉州方向，还有一条是西面通向四十八都、大田连接永安、连城方向。此外，还有许许多多到林场、农田或溪流做工的山路。不管哪一种路，都要翻过一座座高山，穿过一片片幽林，转过一道道溪涧。旧时死在山路上的人，远比淹死在河里的人多。老一辈的人常说“活着驽，一辈子也走不出足迹窟”。“足迹窟”极言我那故乡的偏僻和狭小。这是毫无夸张的实话，在我那上一辈的乡人中，一直到我略为懂事时的“文革”为止，全村到过县城的也就那么三两个。

老家到县城一百华里山路，是尤溪通往大田的北段官道，一天可以走个单程。那为什么绝大部分的人一辈子不会去一趟县城呢？其中一个重要原因就在于路。离村五里的路上穿过一片树林，那一段山路常有华南虎出没。我上学路过那里，每当看到路边那个长方形的大虎笼（村里人叫“老虎橱”）就有点惊心。民间传说毛竹是老虎的舅舅。那大虎笼除门用木板以外都用大毛竹制成，大竹笼分成一大一小两格，小格关好一只羊或一条狗，内置食物，外部上锁以防被盗。大格空着，内挂活性索套，外置自动厚门板，老虎听到羊或狗的叫声，匆匆闯进大竹笼里去，脖子上立即就被套绳套住，同时厚板门从背后哐啷一声自动落下，老虎就被关在大竹笼里了。那时候没有保护野生动物的意识，猎手每次抓住老虎就剥皮，分成虎骨、虎胶、虎鞭、虎肉等类，还拎着带毛的虎爪沿村叫卖。一个去集镇买地瓜藤苗的人回家经过那个路段，被一头大老虎不远不近地跟踪到村边，直到村人看见成群挥棒赶来相救才脱离虎口。距离那地方不远，还有一个一丈多深的陷阱，井底插有尖尖的竹片，用来诱捕野猪。捕获野猪的机会要比捕获老虎多，几乎每个月都有猎获，有时甚至一次会捕获两头，一豭一母。因此，除非特别重要的事情，一般人不会破费去冒险闲逛县城。

南向通往大田更是深山幽林相连，悬崖峭壁不断，一条崎岖山路就从黑魆魆的林间穿过，就在陡峭的石壁上蜿蜒。出村十多里无人烟，转过第一个山弯，地名叫作摔死牛。我们村旧时养的牛都是黄牛，身轻善走，还不时在陡峭的路上摔死摔伤。再转一个弯，叫作石罐坑。那路从不规则的石缝中穿过，牛刮肚皮，人碰膝盖。转过几百米的一个大弯，绕回到六米宽的对岸，下临无底天堑。这个深沟险壑直至20世纪70年代初才架上木桥。岭兜崖路段全在石壁上，下临瀑布深潭，十分危险。徒手还需慎走，挑担、抬轿、赶牛以及办大事的一律绕道十多里野径翻越一座大山，那其中的苦楚可想而知。走下那峭壁大岭，一片平缓石壁小心地躺在两条小溪交汇之处，北面的小溪有仙人足迹两行，岸上有一棵高大的南酸枣树，每当盛夏时节，金黄的南酸枣会掉到清澈的溪水里。树下有一泓汩汩而流的泉水。旧时每年都有行人成了那里永远的过客，或许是太疲乏，或许是中暑，一坐下去再也没有起来。攀上那峭壁大岭头，沿着小溪南岸忽上忽下，不远就是叫作石臼窟的地方。石臼窟是一片荒山野岭，岭下有山坳如大石臼，春夏时节积水成潭，风吹有咕咕之声，如咳如唾。一座大山横亘在前，山南松树茂密，山北翠竹如海，有野生石竹、花竹、篙竹、绿竹、观音竹、方竹、黄竹、甜竹等10多种。从春到夏，几十里的山野小笋争先恐后，展示着各自的风采。间或有一两棵山柿树，成了冬天竹林上的小灯笼。

就在这碧绿如海的竹林里，常年活跃着华南虎、豹子、野猪、穿山甲等野生动物。穿山甲是山野中的胆怯之辈，大喊一声它就把自己的身子卷成一团，任人捕捉。野猪成群出没，伤人毁物成性。被誉为“百兽之王”的老虎很少结群，“一山不容二虎，除非一公一母”，但这里的老虎绝不是独来独往之辈，而是几只甚或一大群。大约是1964年的春末夏初，一个生产队在横山脚下突击耕田，为了减少来回路上消耗的时间，收工后就把十几头耕牛关在工具房里过夜。第二天早上，社员早早赶到田里准备耕地，一看耕牛全部果了虎腹，个个目瞪口呆，痛心之余捡回几只牛角和脚蹄。

攀登到尤溪和大田交界的峡顶，山风卷地而起，呼啸声如兽怒吼叫，卷枯叶如万燕过江。路边多古树古墓，路上多盘根枯枝，横走无平地，纵走无台阶。树下老根多错节，树上野猴多悲声。一人独行背后飒飒有声似有人跟踪，结伴同行林中呼呼而泣如鬼神办案。我上高中时，路边树上还垂挂着一根粗大的半朽绳子，据说那是土匪吊人拷打之遗物。我每次经过那里，都会自觉不自觉地抬头看看，想想一老者说的“村里人历来‘吃不像饭菜，睡不像铺盖’，不可能出什么读书人”的话，在这荒山野岭上冒险，不禁有几分惶恐。过一个小村庄，接着上青州岭，一面上一面下，曲曲弯弯如牛轭、如羊肠、如山中攀树过河千回百转的藤蔓。昔日长途荷担的人不时晕倒甚至累死在路上，后有青壮者在此有偿顶替挑夫，让长途挑担者喘一口气。有歌谣流传："五十都哥挑粉干，挑到半路爱抽烟。火柴未点口水涎，肚肠叽咕叫半天。""青州岭上挑大缸，人人脚扭腰脊伤。十个挑夫九个残，百年不忍看肩膀。"看过挑夫情状，想想歌谣，我至今在黄山、泰山看到挑夫都会油然而生一种格外敬重之心，不仅是早早给他们让路，还要格外注意言谈，不敢有丝毫妨碍他们。

这里的山路一百零八弯，给我的父老乡亲造成了无数的伤痛和悲苦，但也是它们造就了我的父老乡亲勇于面对艰难环境，面对无数灾难的硬骨头和坚强不屈的倔强精神。

我们村的稻田除了房前屋后那几丘，几乎都在五里远至十里外的山坡上。从锄田到收割，每天都走陡峭的山路，翻高山越溪涧，从不间断。土中刨食的农民，锄田挑粪，收成挑谷，汗洒崎岖一路。他们挑断了扁担顶腿，挑破了土箕麻袋，磨破了脚皮，磨破了肩膀。他们的手指粗短多皲裂，如常年经风沐雨的松树皮；肩上红肿硬皮一块，由于经常换肩挑担，项背还突起一个肉疙瘩。直至20世纪70年代，早上出去送征粮，下午回来挑化肥，双程日行上百里。累了在石阶上坐一会儿，口渴了喝点山泉水，忍着饥肠响如鼓继续上路。家里养头毛猪，也是穿根大竹竿绳子一绑，抬到五十里外的供销社廉价出售。

村里人都住木屋，上梁立柱直至每一根檩子每一块椽板都要到深山砍杉树，一根正梁木七八百斤是常事。按照农村惯例，从砍伐到架上屋顶，都不能落地，翻山过岭，其中要经过多少铁一样的肩膀的担当啊。榨取茶籽油用的巨松长6米，直径一米有余，重不下万斤。也是几根木棍，几条绳索，几个钉扣，一路哼哟嘿哟，硬是用肩膀从深山中拉到榨油坊。在十里外的石场开掘厅堂走廊铺的石板条，大多一丈多长，甚至两丈多，40厘米宽，30厘米厚，打个大理石春臼也是两三千斤，全靠几个亲邻用肩膀从崎岖山路抬回来。山中拉辘、架桥、放木、装运直至水库挑塘都是重活。因此，别看农村的人个子矮小，差不多个个能挑二三百斤，20世纪70年代初，村里建设小型水库，从停工多年的坑槽下清淤，挑着泥石走上简易木梯，随便一担二百多斤，男劳力自然个个都下去，女工也有半数下去，挑运速度男女一样。旧时书上说："夫贵妻荣。"在偏僻乡村，不也是"夫壮妻强"吗？山路上的女人倔强不服输，要跟男人一比高低呢。

山路弯弯曲曲，盘旋几回肠，走了半天，走回刚才头顶上的地方。走在这样的山路上，我曾误以为是随老杜北征，"坡陀望鄜畤，岩谷互出没。我行已水滨，我仆犹木末"。那情景跟现在都市中的售票窗口分隔铁栅栏一样，如上海世博会的进口路线弯度相似，只是山路的弯极陡峭，更富变化。岁岁年年，年年岁岁，一百零八弯的山路培养了山里人的耐性和韧劲。不急不气，近乎凝固，这是乡村农民的韧性，也是中国农民的韧性。它集结所有的力量，从古代走到现代，从乡村走向城市，牵扯不断，厮磨不朽，蕴蓄了滚滚的大江大河，奔向风雷激荡的大海，把所有的山峦河流网在怀里，静静地牵扯着，拉拽着，形成一个亘古不变的特有的结。

游双峡溪

距福州一百余公里的水口库区移民新镇——西滨北侧有一片蔚然翠秀的连云山峰。两座主峰之间飞泻着一条如雪如玉的蜿蜒小溪，它就是双峡溪。那峡谷清奇、幽静，而又充满着南方山水的勃勃生机。三个月前，我随两校五十多名师生游历双峡溪回来，虽然整天忙忙碌碌，可是眼前仍然时时飘荡着那山那树那水的影子。

11 月 28 日早晨，天空飘着细雨，开始如线如缕，渐渐地有了些许声势，淅淅沥沥，又滴滴答答。熟悉双峡溪的基地组老师看出了我们的心思，说："纵使晴明无雨色，入云深处也沾衣。没事，我们准备出发吧。"穿街转过高索桥，从三连村北面，沿着一条潺潺的小溪流逆行，很快到了峡谷口。溪水时而汩汩，时而哗哗，进山的小径一直淹没在密林翠绿中。麻竹、榛树、大叶栎、美椎树，沙沙作响；卢竹、花竹、石竹、芦苇，时而随风起伏，时而摇曳婆娑；那静静地站在小溪边的野鸭椿树，擎着七八米高的红中带翠巨伞，风雨中不卑不亢，别有一番潇洒闲适的姿态。树上结满一朵朵冠状的小红花，沁着雨珠，点缀在深山绿林、映衬在清澈小溪，显得格外艳丽迷人。野鸭椿花不仅好看，而且是治疗月经不调等多种妇科病的天然妙药，具有很重要的药用价值。那青翠欲滴的观音莲座蕨，溪边、树下、石缝，处处可以安身，烈日、风霜、雨雪，时时泰然自若。我第一次看到它的真实模样，禁不住走得这么近。它那像莲花又有些像猪肝的根部，严重自然灾害时期曾经救过我的众乡亲啊。我站在它的面前好久好久，对它肃然起敬，口占一绝：“长闻父老话灾年，分得贫民几缕烟。今日深山初见面，百花陪我拜君前。”（《观音莲座蕨》）走了很远，我还不禁几次回望，仿佛告别一个深情美丽的姑娘。走走停停，停停走走，瞻顾俯仰之间，几根直径十几厘米粗的尼藤岩画横空垂挂下来，它们从东岸突出的岩罅中破壁而出，纵身一跃，还没有落地就跨过急湍而流的小溪，在溪流上空斗折蛇行，仿佛是牵手一同跳跃而过似的。到了西岸的树上并没有顺势攀缘，而是绕过树身一挽，匆匆跨回小溪，把东岸的树一拢，两岸就有许许多多的树手牵手甚或头碰头似的连在了一起。那藤的尾端伸到哪里去了呢？也许探到云里雾中，也许跨过大江大河，也许正在悄悄横渡那一湾浅浅的海峡。

正当我们惊讶于尼藤岩画的空中舞时，溪流随山势转了一个弯。刚刚听到哗哗的水声，一挂瀑布就高高挂在了我们的眼前，我们加快了脚步，悬崖上一阵阵向我们挥洒着冰凉的雨雾，好像是给初来乍到的我们以洗礼似的。这便是一得瀑。它有三叠，我们从西到东，又从东到西，在三叠的瀑布中走了个英文字母S形的线路。在一得瀑潭水前，逆水仰望飞花溅玉的高崖瀑布，好像来自云空，又像来自树上；顺水鸟瞰郁郁苍苍的无数横柯，一串串挂在悬崖上，像要从云际高崖翻身跳跃而下，又像凌空欲飞，乘云而去。俯视脚下欢快跳跃的流水，不知它从哪里来，也不知它到哪里去，抬头一看，碧蓝的天空比脚下的瀑布潭实在大不了多少！“自非亭午夜分，不见曦月。”郦道元这句话，我真怀疑他不是注《水经》，而是站在这个深山小潭边上说的。我们紧紧拽着绳子，登上壁崖鸟道，在前方迎接我们的是珍珠瀑和神游瀑。珍珠瀑，崖上水帘烟雨幕，潭前荡影叠仙田。神游瀑，藤缠老树，倒影沉潭，鱼衔云彩，穿梭树间。小树藤蔓依依不舍地拉住我们，大树俯首与我们立谈；瀑潭玉镜更是轻歌曼曲，情思荡漾，把我们的梦魂长留在青山绿水之间。

穿过一片原始山林，到了背对枕头山的山脊。山脊有如一条万丈飞龙，尾巴还在云层深处，龙头已汲深谷巨壑。横空飞舞的脊背上，岩石有的如雄狮假寐，有的如乳虎长啸。福建青冈不慌不忙，挤在石丛之中，如久经沙场的驯兽师。在福建青冈挤不过去的一块大石上摇曳着一棵盘曲的松树，上挂“白岩松韵”的牌子。我攀上崖面一看，心头不禁一震：那石罅几乎容不下一个手指，而那松树的干竟有十几厘米粗！几个年轻人提议合影，一阵山雾涌了上来。相片虽不清晰，可是那棵探须巨石的松树已经深深地印在我的心中。

我曾经随团游历过泰山、黄山、华山、武夷山和长江、黄河、洞庭湖等名山胜水，来去匆匆，好像集体拜访名人，没有说上几句话似的。而游览双峡溪却不同，仿佛遇到心仪已久的朋友，不管立谈还是散步，两人的手都紧紧地握在一起。

走进九阜山

天下山水，对于人类的哺育是永恒的。九阜山不仅仅哺育着尤溪人，更处处显示着自然的性情之美和生命之美。我出生在“千峰叠翠”“双水怀柔”的秀美乡村，成年以后，也走访过不少名山胜水，可是当我走进九阜山，还是抑制不住心里的感动。

这里的美，蕴蓄、勃发着无穷的自然生命力。你看，那山、那树、那飞禽走兽，任何时候都青春洋溢，姿态万千。过三悠桥，沿着小溪边走不到一百步，就有棵苦楝子树长在一块不规则圆形的大石头上，那姿态就像俏皮的猴子表演球艺一般，顺着溪谷岸边，无声地滚动着硕大的石球。树的枝叶在五米高的空中迎风摇曳，哗啦有声；根须像巨鹰钢爪一样有力，把石球紧紧抓住。我在它的面前曾经浮想，苦楝子树什么时候干更粗枝更壮，会不会像巨鹰那样翱翔直上，顺便把那块大石头携上云天呢？

不管是沿九阜溪逆行而上十多里，直到悬挂天边的高瀑下，还是顺通天谷栈道攀登直达山顶的新兴宝殿，映入视野的杂树藤蔓都是绿的，充满着勃勃生机。那高处的椤木石楠、檫树、闽楠、枫香、米椎都高达十几二十米，有的更高，树干两个人甚至三四个人还抱不过去，但一律蓊蓊郁郁，翠盖如伞，找不到一个枯干的旁枝。那悬崖上的猴欢喜，树形美观，四季长青，尤其蒴果（果实），远望好像板栗的具刺壳斗，外部又密又长的刺毛，初生如叶子一样碧绿，然后变成紫红，成熟完全变红，颜色鲜艳，当果实开裂后，就露出具有黄色假种皮的种子，更增添了青春色彩美。

小溪岸边的南酸枣，枝叶疏朗，夏日里树上挂满椭圆形的果子，金黄金黄的，掉到地上，果皮完好无损，果肉滑润酸甜，要是捡几个尝尝，虽不敢说“三月不知肉味”，但让你三天三夜忘不了绝非虚夸。更有甚者，常吃南酸枣，消炎解毒，止痛止血，有助于疗伤。野鸦椿，也叫酒药花。果实外观红艳，灿烂迷人；药用更有祛风散寒，行气止痛的效果，是过去乡村治疗妇女月经不调的一种特效药；根有解毒，清热，利湿之效，可治疗感冒头痛，痢疾，肠炎等。我曾以一首绝句记录它：“长在深山野谷旁，红花浸透水花香。青春血气潮低落，两盏三杯又启航。”(《野鸦椿》)

那路边石罅中的黄枝润楠别有一番姿态，它沉勇冷静、坚强不屈，在石罅中挤出一条血路，石崖把它挤扁了，它还是倔强地往上长，一年一年，它把石缝越钻越大，一钻出石头树干就恢复圆形，迎风摇曳，沙沙有声。黄枝润楠俗称白楠，生长很快，板材有虎斑花纹，光洁亮丽，不翘不裂，还有香味，是豪华建筑、高档家具的优选木材。它就像纤夫，自己踩着荆棘碎石，却给别人坐船的逍遥。

九阜山的树，挺拔得如壮士摩云，大而不老；弯曲的如舞女弓腰，偃而不弱。大树下，石缝中，一棵小草，一株小竹，丝毫没有悲怜躬腰之态。毛鳞省藤，远看叶子好像巨型的野姜，独生，丛生，成片生长，低的不足一米，高的三米多。近看茎叶都有许多尖刺，花果成穗状形，外有浅色白条花纹，十分秀气。

九阜山的藤更是千奇百怪，盘缠多姿。香藤、当归藤、香花崖豆藤、龙须藤、飞龙掌血、羊角藤、葛藤、尼藤岩画、三叶扁藤、藤茶等，恕我无知，实在认不出更多的藤类。但见：有的顺着近旁的树攀爬，不离不弃；有的直立林中，本身就是树一般的雄姿；有的匍匐满地，然后拢住一片树林；有的悬挂高枝，显露一身尖刺；有的如抛入云空的钢丝，横过山涧，垂下百米悬崖。怪不得有人说，九阜山是藤的世界。在那直立的巨藤前，我写下一首《立藤》的绝句："直立林中一气求，不攀大树假风流。虽无巨擘云天耸，自有春华自有秋。"

不管是站在曲水潺湲的小溪边，还是摩云娑月的山顶上，也不管是暖春炎夏，还是肃秋寒冬，九阜山始终是起伏如海涛连天的锦缎，上面点缀着各色各样的花叶果实。白的米椎、橡皮树、广玉兰，如夏夜里的星星；红的枫香、山杜英、野鸦椿、山乌桕、野漆树、东南茶花；黄的金橘、南酸枣；乳白的米椎、大叶栎、椤木石楠、木荷，更有紫薇、木芙蓉、紫树、猴欢喜、畦畔杜鹃、福建山樱，多姿多彩，艳丽迷人。清明时节，金灿灿的松花粉随风飘撒，是潇潇洒洒走访万象的花仙子，又丝毫没有天上仙女的寂寞。深山的树，高高低低，错错落落，如浪激荡，如潮翻滚，如玉涌泉，如云游走，可再大的风吹不倒它，再大的雪压不断它。在山阴道上徜徉，我这一介文弱书生也显得充满活力，顿时觉得泰山松黄山松太困窘，华山的树营养不良，金鞭溪的树太单调，而附近三明格氏栲又显得太苍老。

九阜山这样充满生命活力，还处处显示着它独有的性情格调。

山上的树高的不霸，矮的不卑，直的自挺，斜的有致，一千零九十多种植物密密匝匝，相安无事。这里没有"树王"，没有"竹后"，没有"藤太子"，也没有"花公主"。鸳鸯树、一本多株、盘根板根十分常见。毛栲侧伏路旁，摇影深潭；羊舌树横在路上，舞枝临风；梅花六角丹与龙须藤盘缠一片，垂网吊环路上；飞龙掌血，满身带刺，有如崖上抛钢丝。喜树、枫香、黄杨等树，散发着有益人体健康的气味。野鸦椿、深绿卷柏、三叶青等直接入药，能医治多种疾病。许多树木可作各种建筑、家具、工业用材等，可是深藏不露，没有一定眼力不能辨识。这好比世间的人大智若愚，真人不露相啊。

九阜山风景区内共有野生动物1147种，其中有大蟒蛇、白颈长尾雉和虎纹蛙、猕猴、穿山甲等39种国家一二级保护动物。走过五指潭，我们还在谈论照片中的水面石头类似什么动物，突然发现对岸的白鹇、山鸡等成群结队在林中闲游。同行的相机、手机一时繁忙起来，有的不满于镜头前的横枝垂蔓，还走下溪边，跟踪追拍。可是，对岸的“林中仕女”没有高兴弄姿作态，也没有紧张逃离而去，仍旧不紧不慢，树下纤纤作细步，偶尔回眸镜头，也是淡淡地莞尔一笑。

路上的小鸟叽叽喳喳，近者不避，远者不来。有只长尾雉站在枝上侧头翻脸摆弄一只挣扎的绿虫。头每每摆动，长长的尾巴也跟着摇曳，像激流上的小船舞动的长舵，不停地逗弄着波浪。潭中小鱼，悠游自在，仿佛空游无所依。有人站到水里，它依旧朝着既定方向，不回头不转向，悠然而来，倏然而去。

在洞天桥外，我们看到几只猴子在高大的黄枝润楠树上嬉戏，有的倒挂横柯，有的上蹿下跳，一只还在摇撼寄生的野芭蕉。我们一行久久仰望，拍照谈笑，可它们依旧专注表演着自己的空中舞。两只跳到旁边的椤木石楠树上，再攀上近邻的檫树，翻身做个单臂体操，又骨碌碌滑下原来的檫树，一纵身跳回黄枝润楠上相聚。看着它们娴熟的跳跃翻枝之技，油然而生敬意，它们看着我们总在路上缓行，不知做何感想。很快到了山顶宝殿下的林中简易公路，我们坐车转过一个山岗，路外三十米处有一群五六十只的猴子，它们不像普通山猴见人就惊叫逃窜，也不像某些风景区的猴子，见游人就套近乎，甚至拉包要零食，好像要拉客投保一般。九阜山的猴子不卑不亢，自得其乐。它们有的搔首抓脸，有的勾肩搭背，有的抱着幼孩，有的翘着尾巴露着红屁股，更有两只不顾我们围观，竟然当众捏弄生殖器！是远古的生殖崇拜，还是蔑视烦琐礼仪的无所谓？

到了九阜山，我更认识了“五岳归来不看山，黄山归来不看岳”的谬崇，同时也发现自己的浅陋。我一直深深赞叹图书馆的博大精深，其实九阜山何曾不是一座天然博物馆？

匆匆冠豸行

两千年的日历刚刚翻过几页，我们尤溪一中高中毕业班的几位老师就长驱五百里，前往龙岩部分示范中学商讨复习迎考的问题了。正当我们准备转道永安时，连城一中的老师劝我们："到了连城，不能不看看冠豸山。"

冠豸山的美丽景致，早已听说。现在，我们到了连城，怎能不心驰神往呢？汽车开出城郊，大片的田野刚刚抛向身后，迷人的石门湖就展现在我们的眼前。"映波云影添诗意，山色湖光入画图。"默默读着这对亭联，轻轻跳上游船，我们便置身于冠豸山的图画之中了。

太阳还没有出，石门湖的绿波迎着山风轻轻荡漾着。游船开动，立刻打破了石门湖的寂静。船头不远处，一群群毛茸茸的水鸭游得逍遥自在，直到游船驶近，才扑棱棱飞起，船道的浪花还没有消失，它们又落到水面，欢欣地跳跃着。我们在曲曲折折的水巷里前行，看着野鸭群自由自在地嬉戏，听着导游讲述观音掉鞋的传说，不知不觉已到了"阴柔天下无双"的"生命之门"景点。说"天下无双"自然有夸张之处，其实在距此不远的江西鹰潭的龙虎山就有一座被中外游客誉为"天下第一绝景"的羞女岩，它的对岸还有一座金枪岩，被称为阴阳双奇。大家说说笑笑，游船已经停靠在香阑亭前。

上山的路在湖边的峰谷中延伸，壁崖上"三叠潭"几个字赫然在目，但三叠潭的实景实在难以引人注意。再向前走，一条崎岖石径，一片檵木林，虽然没有任何提示，我却被它那顽强的生活方式吸引住了。檵木没有高大挺拔的树干，没有随风飘荡的柔枝，也没有香郁袭人的花瓣。它那不高的枝干弯弯曲曲，好像一组奋力抗争昂首苍穹的浮雕。看看它的根须吧，时而在崖壁上匍匐，时而绕过尖石，时而揽进枯叶尘土，然后一头扎入不易察觉的石罅中。

穿过香桃榔，攀上鲤鱼背，到了“人长寿”石刻下，个个气喘吁吁。回头一看，那高耸挺拔的“生命之根”就在身后。大家自然又是一阵兴奋，前面看“生命之门”在游船上一晃而过，这时就把它们合在一起评议了。“阳刚天下第一，阴柔举世无双。”“阴阳山水价连城。”一边说笑，一边合影，似乎游冠豸之趣全在这上面。“牧云，来一张，就差你还没照了。”老潘一声叫喊，我的思绪立刻从意大利那不勒斯附近的庞贝古城区回到冠豸山来。在人类文化发展史上，人们曾经畏惧自然，崇拜生殖，差不多同时产生了早期的神话和生殖文化。在这一点上，地球上的不同地区、不同民族，是不约而同的。庞贝人“崇拜男根，相信可以给人好运气”。我想，要是谁相信这句话，那最好走下山去，抱住那耸立云天的生命之根留影、祈祷。

太阳出来了。长寿亭下的桥头摆出了各种纪念品。不知是谁边买纪念品边说了句笑话，整个冠豸山就这么一个小姐。那销售员也乐了：“我都老太婆了，还小姐呢。要说小姐，前面的灵芝庵倒有许多年轻尼姑。你们可别忘了看个新鲜。”谁也没有去灵芝庵，一路小跑很快就到了上游第一观。这里极目远眺，真是“千峰历落双眸下，九曲萦回一掌中”。正当大家忙着轮流留影之际，我先赶到了竹安寨，轻轻摇动那厚厚的古寨板门，我仿佛打开了连城历史的一道门缝，先前的混乱岁月。冠豸山还是连城人的生命家园。

下得山来，连城人很高兴地告诉我：冠豸山已经被批准为国家级风景区了。我是一个没有级别的平民，对于什么级也毫无兴趣。在一个半小时的匆匆游览中，我的心上只印着石门湖那群自由自在的野水鸭和在悬崖峭壁上探寻生命历程的树林……

冠豸檵

天外飞来一碧鸿，倚崖展翅傲苍穹。
雷鸣电闪无惊色，檵木翻悬峭壁中。

立　藤

直立林中一气求，不攀大树假风流。
虽无巨擘云天耸，自有春华自有秋。

观　水

莫笑山溪低处流，回清倒影不时休。
请君放眼长空画，谁在描春又酿秋?

春　兴

风来雨往燕归门，山野湖滨日日昏。
长恨春晖无觅处，谁知化作百花魂。

尤溪带走小村庄

站在蓬莱山顶，鸟瞰四周村落，我不禁为那些袅袅炊烟、盘山稻浪和流连云里雾中的牛羊的消失而怅惘。昔日众多的村庄哪里去啦？它们不是自古以来一直都像镶嵌在大山壁上的钉铆吗？一阵山风吹来，老奶奶在我上中学时的吩咐又飘然而至：“你出外读书，识字明理，不要跟随他人下河游泳，那大河什么都能流走。”上初中时，我在教室的走廊上多次看到过尤溪河滚滚波涛中裹挟着猪羊、木头、桥梁、房子的情景，可没想到现在竟然带走了许许多多和我那祖祖辈辈一直走不出的家园一样的村庄。

尤溪河最早带走的是乡村的原始农业社会文明。唐宋以来，尤溪乡村都是用土砻、脚碓、竹筛、簸箕、风车等加工粮食，夜晚都是用竹篾火把照明。千百年来，一直没有什么大的变化，那些在乡间穿梭跳跃的竹篾火把，从前不仅用作普通的照明，它还能迎神宣示，驱邪赶鬼，凡是重要活动如农历除夕通宵点火，那意味着除旧迎新，从上一年顺利走向新的一年。宋朝以后改用茶油点灯。可是，随着尤溪河及其支流电力资源的不断开发，那些火把、灯火都化作山野中的萤火，隐隐约约，忽明忽灭，直至消失。而那些欸乃有声的土砻、脚碓、风车就像被打入冷宫的美女一般，先是静静地站在一隅，随后就无奈地被雨打风吹去，消失得无影无踪了。现在，老人不再介绍“在蓬莱山顶，可以看到福州女人筛米”的神话，幼儿园的小朋友都能说：“还没到山顶，我就摸到天啦。”

从《尤溪县志》《尤商发展史》等有关史料得知，尤溪农村的农民一直穿着自家纺织的衣服。用料最早是麻，后来是苎，家庭妇女几乎都能自纺自织自裁自缝，只是精细程度略有不同罢了。这种家庭自织自缝的衣服通风性能极好，易洗易干，穿了会皱，洗了就直。只是保暖较差。新中国成立后，年轻人换穿机织棉布服装，有些女青年传唱山歌："要选老公插钢笔，不要老公戴破笠；要选老公好模样，不要老公粗麻装。"当年唱山歌的姑娘早已做了奶奶，那旧时的葛衣麻装更是随着纺车而销声匿迹了。

20世纪六七十年代，尤溪的乡村文化就像飘落在石缝中的草木种子，虽有阳光雨露，却仍然一直难以发芽，即使挤出了一点牙粒也难以长出苗子。旧有的山歌不能唱，阿哥阿妹，你情我意，脱不了"资产阶级"的思想情调。语录歌、样板戏，难以激起娱乐之情。当时就有人说："唱歌像吵架，跳舞像斗殴。"少数年轻人以打扑克为乐，也被指为游手好闲不务正业。有点年纪的人，男的可以默默抽烟，看着烟雾呛着女人孩子傻笑；女人更累，她们与男人一同出工，回家还要包揽家务，她们的乐趣只有啃糟菜头，要是几个女人偶尔能够一聚，端几盘干菜，喝一碗茶，那已经是她们最大的享受了。要是说些健康方面的话题，一定要回避男人，尤其是高龄男人。男人跟女人闲谈，更免不了有挑逗引诱贫下中农妇女之嫌。这种恶习在乡村常见，在单位也不例外。手中稍有点权力的人厚颜无耻地往女人堆中挤，看到别人说话就训斥，旧时"只许官家放火，不许百姓点灯"的俗谚，转用在这里也颇为合适。

年轻人可不同，一场电影就可以把他们平静的心潭激活十天半个月。虽然总是《地道战》《地雷战》《南征北战》《铁道游击队》之类，但丝毫不影响他们的观看乐趣。自己村里放映自不必说早早到场，第二天、第三天外村放映，成群结队赶去看第二、第三遍的机会，也决不肯错过。

看到影片里某个喜欢的演员，就用她的艺名来给自己命名，那种发现和乐趣绝不亚于诗人作家给自己取笔名和斋号。其实，这只不过是当时乡村青年看电影的表面乐趣罢了，深层的快乐是能打破长年死一般的枯燥乏味的沉寂生活，可以跟异性相偎着看电影，来回路上无拘无束地打情骂俏。

也许只有斗斗嘴，牵牵手，胆大点的还带着心跳偷偷拥抱一下，摸一摸爱的敏感之处，在那被爱情遗忘的年代里，已经是酣畅淋漓的神仙梦了。渐渐地圩集多了，可以买卖的土特产品多了，年轻人可以用自己的劳动所得到集市上换取需要的东西，跟喜欢的异性一起看录像、吃饭、互赠礼品。大姑娘穿起裙子回家，有的也给姐妹、母亲捎上一条，中年母亲开始有点扭捏，穿着穿着就叫凉快了。老年人脸上虽有一丝不悦，可是已经失去指责的威力了。这时，电影对农村青年完全没有吸引力了，它已经随着尤溪河的波涛远远流逝了。

跟许多地方一样，尤溪的农民向来有乡土情结。什么“金窝银窝不如自己的茅草窝”“两间茅屋何所值？父母之乡去不得”等。守望列祖列宗，坚守故土，成了一生走不出乡村的男人的最后的骄傲资本，轻薄的男人骂女孩便是祖宗背在背上，鞋底尘土无缘。不管父母有多大的资产，也没有女儿的一丝一毫。男人外出，叶落归根。“千里为官，为了吃穿。”最后都要回到生养的故土。否则，即使多少风光也逃脱不了“半路死”的恶名。

于是，尤溪农村的长辈对小孩子有一种最原始的祝福和期望，送“衣食头”。这“衣食头”具体什么时候开始并流行开来，现在已经无从查考。《中国古代礼仪文明》等书都不见记载。但在民间一直流行不衰。早期是稻谷、黄豆、黑豆、茶叶各一小把，黑线一团、苎丝一片，把这些裹扎在一起，外封一张红纸条。明末清初以后，谷子、豆子、茶叶也有改为碎银的，民国以后或用纸币代替，并加一条小毛巾。小孩子得到“衣食头”，自是高兴，但虽有“长者赐，不能辞”的礼训，为从小学会礼节俗语，受礼时要反复推辞说：“谢谢。不要，不要。”直到送“衣食头”的长辈说：“这是一点衣食头，你拿了，一世平安，买田盖房。”小孩才高高兴兴收下这份既简单又厚重的礼物，然后交给自家大人收藏。

“买田盖房”看似简简单单的一句话，实是农业文明社会中人的终身理想。除了胸怀远大而又壮志难酬的诗人，一呼“富贵非吾愿”“求田问舍，怕应羞见刘郎才气”之外，连皇帝老爷劝学也是“读读读，书中自有千钟粟；读读读，书中自有黄金屋；读读读，书中自有颜如玉”。从前，“买田”就是立业，种田的人一般都买不起田，买田的人一般不种田。买田出租，收租积累，放高利贷，再买田，再出租放利，循环往复，以至成为地主富翁上等人。“盖房”就是兴家。家大业大，房子不能小，妻妾成群，儿孙满堂。因此，田边渠圳，争一缕清水；屋角院外，抢一寸土地。轻者翻脸半年三个月，重者构怨一生几代人。在这样的人世间，“千里来书只为墙，让他几尺又何妨。万里长城今犹在，不见当年秦始皇”的诗句，有着不朽的训诫意义。现在，那成片的肥沃田地早已长出茂盛的草木，成为野兽出没的山林；经营几世几代的房屋也空锁闲置，甚至门窗脱落，成为鸟雀筑巢嬉戏的梦幻天堂。

俗话说：“三十年河东，三十年河西。”转眼间，尤溪河带走了两岸，带走了那深山中无数的小村庄。尤溪河滚滚向前，流向闽江，流向大海。山里人随着大河，走出大山，走出世世代代生活的村庄。小村庄被尤溪河裹挟着，翻滚着，漂落到尤溪河岸、闽江畔。我也被时代的潮流裹挟着，无奈挣扎着，重重摔落到远离故乡的悬崖上。在这冷僻的悬崖上寻求什么，忙忙碌碌？在那遥远的故乡抛下什么，日思梦想？年年月月，有如婴儿连着母亲的脐带。

我无缘接受现代都市文化，也无法融合乡村文化，我只能久久地站在悬崖的一角，静静地观望着河水日夜东流，一去不复返，做一个美丽的乡村梦，为那遥远的可爱家乡，为尤溪河两岸无数美丽的小村庄的消失深深地怅惘。

闽湖之夜

地标静守闽心中，万顷湖光映太空。
花带镶云水澄澈，轻舟采玉月朦胧。
谁家星岛楼台望，何处边城梦境逢。
多少闲愁多少恨，天仙龙女也相同。

夜宿桃花岛

浮光漾玉仙舟撒？疏雨飞珠暮色茫。
戏水鸳鸯交颈项，衔泥双燕傍厅堂。
醒来又赴山河探，梦去犹思兴味长。
最恨太阳收夜幕，欢情随鸟入云乡。

隔河相望的奇树

尤溪县城不大，却有一种自然美的野趣。南面滚滚而来的尤溪河与西面穿城而过的青印溪在城东汇合。与别处汇流不同的是，尤溪河先蕴蓄一个碧绿的深潭——互流溪潭，从这个深潭到青印溪有一段三百多米长的平坦河床，两条河水可以对流。如果其中一条河的上游降雨，这段河水就一半绿一半黄，它们共同环抱一座半月形的沙洲岛之后，向着东南滚滚而去。

“相看两不厌”的古老奇树就长在这环流如玉、沙洲如毯的大河两岸。

南岸的奇树是一往情深、紧紧相拥的野生榕樟。樟树居北，榕树居南，两树主干紧紧贴在一起，樟树的一个分枝向河边探去，像是一个含羞扭头的女子，榕树就用粗大的根须把樟树层层环抱在自己的怀里。树枝纵横，冠盖如伞，“枝枝相覆盖，叶叶相交通”。树上不时丽鸟成群，其鸣嘤嘤。从树头看，樟的树龄估计更长些，榕树至少会迟生几十年，不知道它们是否有“君恨我生迟，我恨君生早”的缺憾，只见它们长年翠绿，摩云萋萋。关于榕树的来历有种种传说，其中流传最广的有两种：其一，互流溪潭是城区到水东的渡津口，一年农历七月十五晚上，过渡的人看到月光下龙女现身，并且有一只美丽的翠鸟相送。这棵榕树就是那只丽鸟衔来的种子而长的。其二，距树五米有座福明宫，这树就是观音播种的，榕谐荣，蕴福不枯；樟谐彰，显明不晦。这树是神力的自然张扬。

相距600米的北岸，有一棵三百多年的奇异老枫杨与此深情相望。离地面50厘米处，枫杨树齐刷刷长出九个粗细相近的分支，成为全省乃至全国校园内唯一的一棵“一本九株”的老树。《福建树木奇观》中树干分株最多的是连城的杉木七姐妹（福建科学技术出版社1999年9月版，第122页）。这棵老枫杨树上还有一种寄生小植物，青绿葱郁，头部还有花瓣状粗大环片，叫团叶槲蕨。这种小植物不但美观，而且还有药用价值，有舒筋活络、补肾益精、补虚消疳的效果，可用于治疗跌打损伤、骨折、肾虚耳鸣、小儿疳积等症。这棵老树所在的地方，清朝是县里的演武场，现在是尤溪一中的文化体育广场。枫杨树不仅树形奇特，而且见证了清代、民国演武驯马，尤溪和平解放以及民兵训练、实弹演习，小型运动会等多种场面，更是关怀过无数尤溪学子的学习成长。20世纪80年代的炎夏，不同高中学校的带队老师年年都在它的树荫下进行考前辅导，让一批批学子充满信心地走上高考考场。

后来，老师不再在树荫下上辅导课了。可是许多学生却自己在树下玩着各种欢乐的游戏、唱校歌。仅仅是“一”和“九”的数字就让他们充满好奇：一言九鼎，九九归一，九牛一毛，九天一雁以及“一灯愁里梦，九陌病中春”等。每年学生毕业、校友聚会都要在树前留影。

如果仔细观察一下还会发现，南岸紧紧相拥的榕樟树微微向北倾斜，北岸“一本九株”的枫杨树微微向南倾斜。上下三百年，南北六百米，它们深情相望的身姿不改，挥洒自如的绿意不变。这不能不让习惯于“三十年河东，三十年河西”的人感慨不已。

大潼潭

离别家乡多年，乡情乡思不断。每当想起那并不算遥远的家乡，与人谈起少年时代玩过的山水美景或尝过的山中野生果实，我的心绪就禁不住飞到了那神奇的大潼潭。

大潼潭是个瀑布潭。它不像其他瀑布那样高挂山前，一条界破青山色。它从大山脚下徐徐而来，到了漈口，飞崖跳壁十几丈，煮一鼎翡翠，留下迷人的绿意，然后悠悠而去。走到漈口，站在崖顶上，只听得轰隆隆的震响，好像地动山摇一般，探头俯视脚下，一泓深潭，轻烟微起，简直是天然的碧玉琼浆。走回岸上大道，找到下河的壁崖小路，用竹竿做手杖，探着步子，踩稳一脚，移动一步，慢慢摸到了河边。然后逆水上行，扶着岸石，手攀脚移，脚定手探，贴身挲崖，一步步走近大潼潭边。

坐在潭外的磐石上，两岸高处树荫覆盖，潭的三面壁崖陡直，前瞻高瀑直挂，后顾碧水长流，好像置身于一个巨大的深绿隧道里。透过树荫洒下的斑斑点点的阳光，照在潭里，映在抱潭的峭壁上。潭水激荡翻滚，光影也不停地闪动着，波光相映，那是一幅迷人的动画。瀑布冲潭，有如银龙下涧，激起千堆风卷雪。但雪很快又融在那深不见底的荡漾的翠绿里，龙在雪上，永远消融不尽。那碧波吱吱啪啪，轻轻松松，富有节奏地拍打着脚下的磐石。看着看着，我的心也不禁为之荡漾起来：满山的绿，莫非都是春风从这里裁去描绘！这里有着千山万水横空流动的浓情，岁岁年年历久不衰的画意！

大潼潭传说是龙潭。龙在何处，不得而知，可“龙洞”确实不假。在瀑布崖后面有个很大的洞窟，小小的入口源瀑头，深深的洞室通潭底。现在，入口斜竖着一段半朽木头，洞内也填满了杂物。这个阔大幽深的石洞，家乡人称之为“大潼喉”。石窟空敞时，河水分作两股，大股冲入深潭，轰轰隆隆；小股斟入洞窟，哗哗啦啦，奇妙无比。更为奇妙的是这个石窟跟北面“奶头山”下的六角崎亭地洞相通，山上洞里倒下谷壳冲水，一顿饭工夫就到了大潼潭。

对着这神奇的天地造化，我只有静静观赏，唯恐喧闹破坏它的神韵，走动影响它的纯净。离别它时，我不禁频频回首，看不够那碧波荡漾的涟漪，听不够那水石相吻的轻响！

神奇的七里潭

七里潭位于闽江支流尤溪河中段偏上的正山到街面之间，因潭水平面长七里有余而得名。七里潭两岸高山连绵十多里，悬崖连着峭壁，素有“福建小三峡”之誉。走水路过七里潭，人们不禁想起郦道元“两岸连山，略无阙处，自非亭午夜分，不见曦月”的三峡名注。

七里潭清波碧水，澎湃有声。船在云上走，月在船头行。十几里水路前不着村后不着店，两岸跳跃的猿猴，凄叫的鹧鸪，让你更加感到行程的孤寂。为了抵御匪徒拦船劫货，昔日船家常常要结伴而行。七里潭水下地表结构复杂，有漩涡，有暗礁，因此，别看夹岸深潭，微波荡漾，行船如不谨慎，就有葬身鱼腹之险。传说，七里潭里有五条黑色的巨龙，从前的樵夫不知是龙，以为是水中妖怪，就拿石头狠狠投击。顿时，两岸石落树飞，潭面惊涛拍岸，河谷狂风大作。樵人惊恐万分，落水而亡。

自古以来，七里潭承载着尤溪河两岸人民的运输任务。不管是秋冬时的静静碧波，还是春夏时的滚滚洪涛，上下游的人们都离不开它，它是尤溪儿女的母亲河！民国十六年《尤溪县志》载：“潭上有二孔，俗呼‘盐米仓’。视孔中沙涌多少，验盐米之贵贱。”旧社会科学落后，生产力十分低下，年成不好，入不敷出。七里潭水流的急缓，水位的高低成了老百姓预测当年盐米价贵贱的根据。

七里潭水域河床窄，河床地质条件好，特别是上游宽阔蓄水量大，适合于建设大型水电站，七里潭的下端是拦水坝址的理想选择。新中国成立后，国家水电部华东水电勘测设计院经过实地勘测论证，发现七里潭河段有地下河，因此水电站坝址上移。2004 年 7 月，那蓄积十八亿多立方的大型水库碧波万顷，水天相接，绵延到大田、德化各地，又岂止是七里呢？

水高两岸阔，帆正白云飘。那些发生在壁崖石径的故事将越来越清晰地流传下去。七里潭右岸上的石眠床是个崖窟凉亭，是尤溪坂面通往街面、大田、永春的必经之路。这里白云摩挲山顶，下视万丈深渊，行人路过需格外小心。街面、永春一带地方生意人多，新中国成立前路过这里常常银两被劫。

做生意的人多了，时间长了，到各地经商增长了见识，他们不再满足于仅仅积累一些钱财，而把目光看得更远，他们渴求文化学识，盼望出现学界高人，以才求财。石眠床就有一个有关这类的传说。石眠床道旁崖壁上有一百个字的石刻，这一百个字内容并不连贯，多少年来，也没有一个过路人能够完整读下来。到了明末清初，终于来了一位苦学多年的老先生，他一辈子除了读书，实在没有做其他的什么事。他走到百字的石刻下，恭恭敬敬站住，有板有眼地读出声来，其他行人都屏息站立在他的身后，对他毕恭毕敬。他摇头晃脑，音正腔圆，声音洪亮。当他只剩下三个字没有念完的时候，崖壁间突然有了像开锁的启盖子的声音。他一边观察崖壁的响声之处，一边继续读了下去，剩下两个字的时候，崖壁上出现了金扁担的一小截；剩下一个字的时候，金灿灿的金扁担出来一半有余，不知是先生过于急躁，还是真的读不出最后一个字，他一个箭步冲了上去，用尽全力去拔金扁担。可是，金扁担不但没有被他拔出来，反而渐渐地缩了回去。最后，一声脆响崖壁上恢复了原状。

传说中的那位先生因为一字之差失去了灿灿夺目的金

扁担。可见昔日的山区要造就一位文化人极为不易，人生有涯，精力有限，穷读诗书几十年，仍然不能实现自己的美好愿望。我们为那位书生在百字石刻前的遗憾而深深惋惜，同时，我们也从中得到了其他方面的启示，学海无涯，贵在有恒，切不可急于功利而荒废了学业。

石眠床不但有这样历经沧桑的沉重传说，而且也同样有着风和日丽下的真实而浪漫的故事。特别是新中国成立以后，附近几个村庄的姑娘较早冲破家长包办婚姻的樊篱，石眠床成了演绎她们可歌可泣的爱情故事的大舞台。更有甚者，有的少妇对自己的婚姻不满，在石眠床牵着自己喜欢的有妇之夫倾诉，一来二往，两人走到了一起。有一位出嫁六年的少妇，身材端庄匀称，面容姣好，口角伶俐，微笑中轻锁着眉眼。过来人见了，知道她的人生一定有难言之苦。她的村里全是同姓人家，于是她每逢赶圩就早早回来坐在石眠床崖窟凉亭，留意过路男人，看能不能碰到一个意中人，哪怕是交一个肝胆相照的异性朋友也好。

干旱久了自会逢雨，内心孤寂的她也盼来了同病相怜的人。只要目光相会，就探测到彼此心灵的无限风光。他们坐在一起，互问姓名，交流家境，说着说着，就说到夜晚，说到了月亮，说到了渴望，说到了无奈。下一个圩日他们邀约同行了，他们真正认识到了什么叫难舍难分，真正明白了什么叫相濡以沫，双双回家提出协议离婚没有遇到不可逾越的鸿沟，便很快牵起手来，走到了一起。

不久前，一位乡间“百事通”特意告诉我，说历代相传石眠床悬崖峭壁间的那条金扁担确实不虚，已被电站上坝公路开挖人员掘走，现已流落到成都城郊。那个开挖工连剩余的工钱都不要，一去不复返了。说得有眉有眼，不禁令人暗自好笑。这就跟历代的帝王一样，他们的出生往往惊天动地，连宋儒朱熹的出生都天降喜火。试想，即使确有一条金扁担深藏在石眠床的悬崖峭壁间，哪是一个普通工人夜里私自拿把小锄头就可以挖走的？

沉重也罢，浪漫也好，都过去了。那么，就让石眠床的悬崖飞树去记忆，让七里潭的碧波去滋润，让那些不老的青春故事与青山绿水同在吧。

石眠床

十里悬崖画一痕，仙人乘月水云村。
朝朝对镜观花带，夜夜随风拾鸟魂。
商贾经行思壮胆，骚人俯仰盼开门。
传言百字无人晓，两米金条异地存。

尤溪河

南来一脉尤溪水，历尽千弯百折流。
两岸连山闻虎啸，三滩卷石看鱼遒。
水中丽女歌龙府，桥上飞车跨帝州。
昔日纤夫何处去？云间翡翠有高楼。

尤溪河上沙洲美

从长沙回来我一直忘不掉橘子洲，近年湘江大桥还改名橘子洲大桥了；从无锡回来我久久忘不了鼋头渚，眼前一直抹不掉那神龟昂首的形象；从厦门回来我也总是忘不掉鼓浪屿，那海蚀洞里的如鼓浪潮一直在耳畔回响。鼓浪屿原名圆沙洲，明代人闻浪打如鼓才将它改为今名。尤溪的最美之处在哪里？毫无疑问就是那片美丽的沙洲。

沙洲又称尤溪洲。它的美，在洲，洲有花草树木；在水，水有兰舟翠袖；更有那亦真亦幻的美丽传说，让人追思不尽。

沙洲的南侧是源自德化溪和大田溪合流的尤溪河，水路上尽是街面一带的小货船，从上游顺水而下的船只很轻快，不时飘荡着闽南方言的山歌。逆行的船只沉重，纤夫在岸上踩出一条条血路。北侧是穿城而过的青印溪，福州门码头宾主相送，好不热闹，有些贵客还要在这里稍作逗留，或小饮受礼，或执手红巾，直至兰舟催发，泪眼婆娑，衣袖添香，方恋恋不舍而别。沙洲头有一条全国各地少有的三百多米长的两河对流河道，即互流溪。尤溪河的水可以平流到青印溪，青印溪的水也可以流到尤溪河，要是某一条河流的上游下雨，互流溪的水就一半黄一半绿。山麓水岸绿竹婆娑，在互流溪上随风追逐着轻舟，轻舟上的红巾翠袖不时一边唱歌一边拉紧竹梢，待船走开，突然放手，竹梢有力回弹弧影，在水中狂拂流云飞鸟。有时还要拔出几根绿竹心摩挲一阵。过去，互流溪外洲头沙土少，洪水期两溪大水漫流，成为一片汪洋。互流溪的南端是一个深潭——互流溪潭。长期以来，一直被不知地方内情的人以谐音乌豆泗潭取代。这里流传许多故事：红鲤送客、月夜结亲、老龟报恩、仙女出潭等。互流溪一头连着深深的碧潭，一头连着高高的县衙。有人说："衙门深似海。"知县是"四书"通，他坚信"半部《论语》治天下"之语，脑际响起老夫子"修己以安人""修己以安百姓"之训，于是在县衙外大门挂出了一副述志短联："道先正己，志在安人。"宋明期间，互流溪船队如流。特别是逢年过节时，不但本地歌女日夜欢歌，连福州、南平、永泰等地的外籍女子也来卖唱。互流溪上既有本地方言《哥妹对骂》《哥妹对歌》之类的粗朴短歌，也有听不清歌词内容的洋歌曲。

沙洲圆头束腰，尾部南长北短，从高处看，仿佛一只巨大的左脚印。堪舆学家说，这是尤溪人迈出稳健的第一步。昔时，沙洲头有朝阳寺，与北岸集善坊的万寿宫（明末迁到宣化坊，今县政府大院东侧）、保安寺（明末迁到城东，今一中食堂前通道外）及南岸登俊坊的福明宫隔水相对，早时就有景点"二水澄清"，明中叶改为"二水明霞"。朝阳寺诗联很多，遗失也多，《尤溪县志》收有明田濡的诗："双溪错锦绣，疑泛武陵船。举头望白云，晴霞遥在天。"崇祯时知县邓一鼒也有一诗："澄潭苍树波声遏，天际孤霞横一抹。欲将明锦问天孙，深入双津不可脱。"福明宫是道观，今存楹联十多副，内容多与二水明霞及《西游记》有关。有的疑为后人托补。堂前阶下有一棵榕樟合抱的葱郁奇树，据说树龄达三百余年。洲尾有双层望水亭。昔邑人有诗曰："二水合流东注，清风波底浮来。佳景悠然无际，何如弱水蓬莱。"

沙洲上的花草树木遍地都是。树有枫、松、樟、榕、盐肤木、南酸枣、乌柏树、乌饭树、猴欢喜等多种，经1924年和1960年两次百年一遇洪水淘洗，留存不多。洲中那片红枫树上，经常跳跃着棕色的小松鼠，游人驻足树下，小松鼠就晃着脑袋，轻舞尾巴，咕咕咕咕叫个不停，十分有趣。怪不得国外一些作家喜欢把自己心爱的女子叫作小松鼠。斑鸠、燕子、长尾雉、麻雀成群结队在树间飞翔。彩蝶翩翩，蜜蜂嗡嗡，更是花间派的两门弟子。炎夏夜里，忽高忽低飞行的萤火虫行列与天上的星星相映衬，几里之外历历可见。“萤火虫，挂灯笼；飞到西，飞到东。一闪一闪挂夜空……”看到这种情景，多少窗口都会飘出清脆的童谣。住在沙洲，“蟋蟀在堂”“七月在野，八月在宇，九月在户，十月蟋蟀入我床下”便不仅是诗，而更是生活的画。寒冬雪季，红黄翠绿各种小鸟聚到沙洲，那情景可不是鸟类奥运会？2004 年采写百年实小校史时，一位老中医告诉我：清末民初，尤溪书生大都在沙洲的朝阳寺和城内的崇文阁聚会。在艰难的生活中，他们也像小孩子一样，乐于采摘乌饭树果，捡拾南酸枣吃。一群黑嘴唇的书生，放声朗诵《论语》《孟子》章句，那情景是何等的有趣！竹有抱团聚集的绿竹、黄竹，也有独生独长的篙竹等。炎夏季节，书生也跟小孩子们一同生吃绿笋，钻进黄竹丛捉鸣蝉、掏鸟窝，其乐融融。花草更是多得不可胜数。常见的有百合花、黄花菜、蒲公英、半边莲、水蜈蚣、鱼腥草、紫苏、车前草、白刺苋、旱莲草、一点红、鬼针草、珍珠草、乳蓟、苦菜、尖叶苦菜、马齿苋、千里光、牛筋草等。缺医少药的封建时代，尤溪贫民主要靠草药治病。譬如，水蜈蚣治干咳，车前草退烧，比今天的注射吊瓶还灵验。苦菜、马齿苋，既可作普通菜食，又有药用效果。就是平常之至的紫苏，既可作鱼腥、面粉之类的佐料，也可作驱寒除湿的药疗食物。

在沙洲远望四周，风景独好。东望三龟头峰岩几次拦腰挡住尤溪河，那是一幅幅巨大的天然屏障。尤溪河弯弯曲曲东去，暗合旧时尤溪人不喜出门的心理。南望缘溪，与牛岭耕烟隔河相向。牛岭耕烟东麓在尤溪河岸突起几个山峰，海拔一百五十米左右，山头平缓又有起伏，水东电站人工湖蓄水后，两个大的峰头开辟为桃花岛和莲花岛景区。桃花岛度假景区一度游客如云，歌舞厅、棋牌室客满为患。两个景区之间画船悠悠，好不浪漫。有《桃花岛三绝》为记：

一

忽经细雨景尤新，灼灼桃花自有神。莫待枝头红褪尽，迟迟再遣惜花人。

二

板屋檐前双鸟飞，水中花艳鳜鱼肥。湖滨小道长牵手，日暮寻船伴月归。

三

平生何处最销魂？人道桃花度假村。长忆轻舟飞笑语，秋波流盼读书轩。

远客要是留宿桃花岛，结伴划船追月，那就更富有浪漫气息了。请看十四行诗《那一夜》：

那晚我的小轩船驶出湖面
小鸟在繁花枝头叽叽喳喳
晚风吹动着岸上的桃树林
回首船后追随着无数的桃花

船在月光下的湖面飘摇
桃花在微波中说着听不清的梦话
你变换姿势牵着我的手
我看到了沙漠的幼林在迅速发芽

不知什么时候小船一阵晃动

你喘着气发问龙府的水兵也打架

风平浪静船依旧小岛依旧
你娇羞轻语戏水的鸳鸯快长大

月在山头小轩船悄悄地靠了岸
我的心却在船的晃动时倏然落下

西望城区，日落灯红，酒阑歌尽。清晨，石板路上丽人穿梭，风姿婷婷袅袅；健妇挑水，扁担欸欸乃乃。军阀时代，小道奇洋车来往飞蹿，才煞了这道风景。

北望翠帷山，青峰徐徐而下，映衬双峰挂日。山麓演武场杀声阵阵，马鸣萧萧。抗战期间，县立中学迁到这里，一边读书学习，一边生产自救。那宣传抗日的歌声响彻云霄，那艰苦自救的书声落地铿锵。在校园东侧福星岩作恶多端的匪徒，最后也在那里接受人民的审判。像巨人脚印一般的沙洲见证了尤溪的历史，见证了尤溪人民的苦难和欢乐。

城市讲等级秩序，最忌脏乱；洲屿求清幽静美，最忌热闹。特别是城镇附近的洲屿应该是扰扰市民消愁解闷的港湾，如果建设得跟闹市一样，那就完全失去了它的自身意义。鼓浪屿曾经设置过区，一个有识见的领导当即指示撤销合并到思明。希腊特里卡拉色州的曼代奥拉修道院群原来交通十分不便，可是石崖道路一旦修通，空中修道院的那些僧侣却几乎全跑了。沙洲近年改名，夜夜灯明如昼，摩天轮、海盗船、过山车，整日哐当哐当，哗哗啦啦。可爱的小松鼠、小燕子和各色美丽的小鸟，还有蜜蜂、蝴蝶、萤火虫，何时才能回到沙洲来？“竹深树密虫鸣处，时有微凉不是风。”“雨中山果落，灯下草虫鸣。”这种人与自然和谐的美还能回到我们的生活中来吗？

迷人的多来坑亭

通公路之前，尤溪到大田的官道上有一座迷人的路亭——多来坑亭。

多来坑亭在坂面镇境内，距尤溪县城38公里，距大田县城78公里。它倚山横踞，一条石路就从亭中南北穿过。山亭四面土墙、杉木横梁纵板，上盖瓦片，内壁用石块砌就环形坐台，无诗无联无神龛，十分简朴。从前修建山亭，多为乡间人的行善纳福之举，多来坑亭大概不会例外。这样的路亭有什么迷人的呢？

坐在亭里，向前看，一条大道分成一个Y字，随着林间铺着稀疏树叶的层层石阶，直通天际，看着看着，阳光从树缝间射下来，顿觉登天有路，怎么不给你无限的希望？向后看，一条看不到尽头的林荫石阶路在翠林延伸，铺着红红绿绿各色的新旧叶子。一个人行走其间，仿佛背后有人跟踪，回头一看什么也没有，心里不免有些紧张。可坐在亭里回头一看，那简直就是一幅多彩的画。亭的四周环绕着百年老树，有福建青冈、大叶栎、米椎、山柿、杨梅、南酸枣、乌饭树等。一年四季，行人在亭间歇脚，可以恢复体力，还可以得到山中丰富的野果充饥，岂不快哉？

距亭十米处，有一泓流量丰盈的清泉，冬暖夏凉。泉从山石间汩汩流出，欢快奔跳，出口处有两个相连的浅石井，如盘如碟，一深一浅，一动一静。行人可以用泉边的斜口竹筒盛水慢慢地喝，也可以直接站在路上撑着手趴在那里一阵猛喝。山泉之清之净之甜，恐怕没有什么饮料可以比拟。

不管是学生，还是挑夫；也不管是山区教师，还是过境官员，或百工能匠，刚歇下时要喝，临走时还要再喝，以喝到上路时肚子里嘭嘭直响为满足。喝过这口泉水的人说，不管在哪里，口渴时就会感到这里的泉水格外甜。

野果好吃，清水好喝，还有林间珍禽异兽的不时歌舞。你刚刚在这边的门口好奇地看着松鼠在树枝上跳，那边门口的树上早聚集了几只松鼠在看着你叫；你还没有走到那边门口，它们早就跑到刚才的位置探头探脑地俯视你。你要是喊叫，它就丢给你一颗野果。不知是笑你笨拙，还是逗你开心。向远处看，不时有拖着长尾巴的漂亮山鸡、斯文洁净的白鹇、浑身长刺的豪猪、奔奔跳跳的山麂。这些珍禽异兽从容娴雅地在你面前走来走去，要是你想去追逐，抓它一只，等你逼近它的身边，它才迅速溜开，你紧赶快追摔了一跤，抬起头来一看，它又停在不远处瞧你，好像在问你摔痛了没有，又好像鼓励你勇敢点赶快爬起来。这时，你只有拍拍衣服，摇摇头，直叹自己好笑。自我解嘲吧，没关系，就采点杨梅、山柿，捡些南酸枣，带着路上吃。你回头看看，它们也在看你呢。

但更为迷人的是在亭中歇脚的过客。不知为什么，不管是本地的还是外地的，男的女的，老的少的，都会像久别重逢一样，攀谈起来。问姓名年庚，问住地家庭，问职业爱好。问着问着，就成了好朋友。有一个长髯的百岁老人说：路上捡到东西，亭里赶上必定还给物主。有什么吩咐不管是认识不认识，都可以托付传个口信。赶集路过的青年男女有的在此一见钟情，有的长辈看到俊秀的后生，主动帮助介绍对象，大方活泼的女青年还会自诩自荐呢。据说，在这亭里介绍认识的夫妻婚后都相敬如宾，不离不弃，后来，经常有人竟特地从远处赶到这座路亭定终身，为此，乡人把亭名叫作多来坑亭。

啊，迷人的多来坑亭！

尤溪赋（外一篇）

盛世开元，人和政通；尤溪置县，位居闽中。伏狮春晓，晴雨云拥。据福明之要津，快心东道；集山水之清秀，满眼神工。八方商旅要员，重游会意；南北诗家墨客，词奇画工。能造者其必诗，敢往者无不赋；歌我尤溪，命笔横空。

梦回石板古街，风吹珠雨；走进瓦房深院，扣问群翁。千古尤溪，几日华枝春满；百年村落，何时叶翠花红？遥想晚唐争战，频繁割据；怎堪军阀洗劫，十室九空。轻徭薄敛，与民休息；三十有年，一境葱茏。剑州易路，洪武命府；里巷外坊，环城星拱。道先正己，安人有志；五十都域，灿若星空。县治城墙高筑，逶迤十里；区间市场繁盛，商贾双隆。崇文尚武，进士频频登榜；筑路浚河，府城渐渐交通。战时乱世，广纳都城佳丽；岁月流年，招徕百业精工。民国经年，兵匪交加；城门紧闭，倦怠艄公。征银派饷，百事落空；满堂衙吏，似鸟惊弓。惊回首，山水皆朦胧；问苍天，何去又何从？

长夜尽，翠帷秀；雄鸡叫，日升空。牛岭耕烟，双峰衔月；笔架倚天，豪气挟风。金鱼织井，仙舞云中。万里鸣蛙犁镜，蓬莱日出；一袭镶珠翠锦，罗汉云松。碧龙出壑并游，绕城二水；长虹饮涧竞舟，桥拱百弓。歌隐隐，画蒙蒙，十年梦寐长来去；船欸乃，车萧萧，千里行程尽西东。谢坑娘子军，营林建大功。争道南溪子，何言太匆匆？开发尤溪河，千秋德与功；乐成与虑始，何日可相通？

更追忆砍树拦河大造田，摘果收粮两手空！

新时代，东风爽，一方山水一方丰。月下小桥流水，果牧副农；凌波画阁茶楼，胜似仙宫。居家吃有鱼虾，出有车舟；入室电脑为文，上城招工。工业企业振兴，文化相融；纺织纺纱启动，制造化工；矿藏勘查采掘，直探地宫。高山让出通道，人潮如织；民居拔地摩云，城市增容。群鸥踏浪飞天，朝霞伴舞；车队过桥穿梭，水陆飘红。喜看莘莘学子，折桂蟾宫。不忘明伦和顺，日月新功！城乡无所似，幸福可相通。

哎！昔人常以事后之悔悟，破临事之痴迷；予观千古之兴替，得一言寄大风：求发展而知环保，做决策而民心同。

闽湖赋

去岁仲秋，风轻云淡；同人相邀，赏景游船。于是，我们一行驱车前往福建省唯一具有多年调节性能的大型人工湖——闽湖景区游览。

闽中胜状，山高林暗；半山雾岚，几缕炊烟。茶香月桂，酒气云寰。日浮东山，光探西隅峰黛；风行峡谷，声追东去飞船。黄叶敲窗，瞬间翻舞崖外；苦蝉啼树，顿时拨动心弦。

下车登上游船，众人笑语歌喧。唯我不谙棋牌，独自徘徊船舷：长天丽日，可是万象之主？秋声秋色，尽在一湖之间。湖衔远山，帆摩日月；云舒云卷，鸥鸟流连。连山翠竹，荡漾宫廷碧玉；寄情红叶，随风雁翼彩笺。谁人扫雪，千顷碧湖耕浪；渔家对唱，歌声尽意绵延。凝望前方，渔夫篙起网落；回观舱内，牌战喧哗正酣。

忽而小友拍肩：“独处船舷，沉醉何等景观？说来与我解馋。”

我一时无语，强以旧句抛碧潭：“百里春花，镶嵌成曲江通幽的三县花园；千峰秀木，映照出碧波万顷的水域奇观；鱼米果蔬，装满了通往城乡的大小车辆；横空飞雪，筑就了玉龙戏水的晶体巨潭。更有湖外悬崖，隐天蔽日，仿佛长江三峡走东南。崖底七里深渊，五龙腾跃；崖窟鸣凤，预兆丰年；识得高崖百字璇玑，石壁飞出金扁担。仙姑下凡招才郎，乐居高崖‘石眠床’……”口里轻诵着旧文片段，眼前仿佛又浮现出几年前的库区搬迁场面。

机械进入坝区，移民静坐；省地视察车辆，受阻被拦。继而焚烧工棚，驱赶干部；翻车下河，停水停电；秘密开会，围坐机关。昔日干群相交如鱼水，为何今日脸儿翻？库区籍干部回家乡，入户调查双照不宣。几家锅灶冷热，何人剖心肝胆？察看地基，细画图纸，延请工匠，排除解难。一车家具一车谷，一家琐事众人担。老人看病有车送，孩子转学就近选。邻里纠纷司法解，反目亲人笑开颜。新村建设环境美，千家日子喜事连。

小友奇问：“库区事件撼心魄，怎看移民干部泪涟涟？”

时过境迁，取譬立谈：“暴风骤雨过后，彩虹在天；人与事，法与理，人感时变，情随事迁。今日船行水上，轻歌满山，何必再问此水淡、那水咸？”因成诗一律，题为《闽湖之夜》：“地标静守闽心中，万顷湖光映太空。花带镶云水澄澈，轻舟采玉月朦胧。谁家星岛楼台望，何处边城梦境逢？多少闲愁多少恨，天仙龙女也相同。”游船近岸，遂与小友相视一笑，击掌连连。

回乡（外十章）

三十多年前，糊涂踏上自以为可以改变人生的求学路，我离开了不通班车的偏僻家乡，一直渐行渐远。

堂亲操办红白喜事，我不得不请假回家。辞别时，嘱咐之声有如雨点：“不管多忙，逢年过节都要回来啊。”我一次次回答“要的，要的”，可是到了家乡的节日，我还是很少回家。

那一张张镂刻着岁月风霜印记的脸，那一头头晃动着的花白乱发，微笑之中何曾没有对我些微的责备？

忘了什么时候，接二连三的电话打给我：水泥公路铺到了家门口，每天有两趟班车；忘了过了多久，接二连三的电话告诉我：大部分乡亲都搬出了世世代代的家园。

我的脸上也刻上了深深的岁月印痕，回到只有三十多个老人守望的家乡。乡亲们拉着我的手说：“大家都跑了，你大老远的，还赶来赶去。”

“我离开家乡早，路途远，梦里老是家乡和乡亲。”一盏清茶，几句家常，不禁泪水模糊。

孤　独

烈日中，快步走到那片云影下，云突然散了，我继续用汗水滋润自己。

山洪暴发，跑步赶到小河边，我一脚踏上桥头石，木桥却在洪峰中此起彼伏。

晚上无事，准备看看电视剧，我轻轻一摁遥控器，荧幕就跳出“设备检修”的字样。

给自己倒上一杯葡萄酒，杯子举到唇边时，却响起了急促的电话，没来由被训斥了一阵，传来一声“打错了”就挂掉。

月光照进窗户，像无边透明的薄纱。

懒散地走到附近的江滨公园，隐隐约约听到了熟悉的声音。啊，是讲诗，讲酒，讲女人。

月亮仿佛钻到我的怀里了，我想给他们一个惊喜，热闹的笑声、讲话声全都僵在了我的脚步里。

烟雾艰难地腾挪，一丝风也不透。

原来我走进了一个冰冷的铁屋子。

夜

傍晚时分，那轮像是涨红了脸又像要滴出鲜血的残阳被抛进了黑袋子里。

短暂的暮色苍茫，一张巨大的黑纱帐裹起了一切，喜欢的、讨厌的、追求的、排挤的全部装了进去。

于是有人高兴，有人恐慌，有人愤怒；有人唱歌，有人睡觉，有人骂骂咧咧。

我不会唱歌，听着谩骂也睡不着。

你骂过黑夜吗？你把它当作人间地狱诅咒过吗？

我辗转反侧，迷迷糊糊中听到“相思一夜情多少，地角天涯未是长”的感叹，这是多么爱生活的人啊！

我不也感叹过清凉的夜太短吗？

不知多少次，我惊讶植物的茎须竟在一夜之间长了一段。不知多少次，我惊喜酣睡一宵，昨晚的疲乏竟消失得干干净净。

夜，悄悄地造福万物，悄悄地造福人类，更包容了无数的谩骂声。

我感动了，我感激夜的功德！

我担忧了，以后还会有夜吗？还有清凉如玉的夜吗？

黎明的声音

一只脚还留在茫茫的黑夜，一只脚已经踏进诗一般的黎明。

门外，晨风欢呼着熹微，隐隐约约的树枝不时窸窸窣窣，仿佛是梦中的呓语，又像是心中在倾诉长久的不平。

正想提起后脚，向前去探个究竟。

背后有深沉的呼啸：多少年来，我们一起祭祖，一起开荒，一起掘井，才有了现在夜的宽广，夜的幽静。谁要想打破我们的宁静，莫怪我们对他翻脸无情。

站住仔细一听，仿佛有醉汉相劝：将进酒，杯莫停。

更有争辩声声：没有醉，没有醉；快赶路，脚不停！

门槛下面也有声音：这里最好，这里最好！保住了长年习惯的黑夜，又感受到了新鲜的黎明。

我悄悄地把前脚退回黑夜，把后脚跨进黎明，前也欢迎，后也欢迎。我乘机用力一跃，沐浴着清爽的晨风，走上了黎明的路程。我赶快采拾几颗朝露，抛回黑夜，让酣睡的人也身居黎明。

空中梯田

山脚下，一条清澈的小溪欢快地唱着歌，潺潺向东而去。

火红的云霞，轻轻地抚摩着小溪流水，逗着水中的鱼虾。

流水奔着，跳着，向东而去，云霞却没有追随。

从山脚到山顶，一直到云空，一路闪着亮光的晶莹。是谁层层叠叠地摆放着明镜，镶嵌着满天的星星？

犁镜翻波，星星化成无数的珍珠。

牛郎一声吆喝，织女飞快地离开织机，凭窗俯瞰耕田。她激动地拍着窗台，珍珠一颗颗跳回天上。

牛郎的鞭子轻轻飞舞，眼前顿时呈现了一条宽敞的大道。路在延伸，牛郎也一直向前。牛郎到了银河边，深情地看着清波，织女一蹦，从背后抱住了牛郎。

许久许久，他们回头一看，月亮变成了一张弓弦。

迎客松

不知多少次，我在屏幕上看到你微微摇曳的高大身形。你总是那么从容，那么潇洒，又那么宁静。我以为你一定是屹立在半山腰坦荡如砥的大草坪。你只轻轻地、轻轻地招手，就激发了人们的无限亲切温暖之情。

一个盛夏的中午，我站在玉屏楼前瞻视你。你还是那样从容自若，那样潇洒宁静。你仿佛向我招手，又仿佛向我微微致意。我不知如何表达对你的敬仰之情，只是急切地走近你，再走近你。

你站在高高的崖隙。你的内侧有一块巨石硕大无比，它仿佛还在膨胀，企图把你往外挤。你的外侧下临万丈深壑。那飘游着紫灰色雾气的深堑，是谁布下的无边陷阱？我不忍多看，赶快把视线收回到你的身上，注视你仍旧从容自若的镇定，潇洒无拘的风情。

顷刻，天空乌云密布，雷声隆隆。同事收起相机，相依相伴走进玉屏楼的餐厅中。一阵惊雷炸响，暴雨如注。我立刻丢下饭碗跑到门口，凝视着你。你大声呼喊，你竭力翻腾，你英勇搏击，你无畏抗争。你手无寸铁，可你抵御暴风雨的欺凌却胜有金戈铁马的铿锵之声。

风雨过后，天空晴朗。你没有自伐坚强，更没有感叹悲凉，而是舒展身姿，揩一片白云，向世人轻轻招手，显得更加气宇轩昂。

黄山之旅，来去匆匆。可是，迎客松，你却时时屹立在我的心坎上，轻轻摇曳在我的视野中。

路

路在脚下，出发就在路上。

相当的体力，相同的时间，走过的路程却完全不同。何以如此？取舍有别。有的看到路边一朵好花，心神就被吸引，再也行不得步武之途，先是凝神注视，继而啧啧称赞，待聚到三五行人，极力发表高见。这花需要怎样的和风细雨滋润，需要怎样的沃土细沙滋养，需要几天日照几夜月映，还跟历史上某个名媛关系密切。有人不服，他便加大声音强度，加快辩论语速，助以手势动作，让唾沫溅满各位脸上，直至欣欣然获胜为止。

有的听到路边小鸟的鸣叫，就沾沾自喜，自伐小鸟必定为他而歌，不然怎会这么动听，嘤嘤成韵？他哼起小调，跟小鸟对唱，掏手机拍照，跟小鸟合影；直至所有的鸟儿飞散才作罢。

只有眼看前方，一气前行，才能走到远处，并走出一段自己的新路来。

路有分歧，选定路线再走。不定方向，不看目标，只顾埋头赶路，走得远了，距离目标也远，甚或更远。

走过许多弯路，经历许多风雨，未必熟悉地上的路，未必谙熟人世的路。前些时候分明从这里刚刚走过，现在怎么没路了呢？昨天这里分明楼船纵渡，今天怎么雪山峙立？呆呆地想着，哦，一架超大的飞机从山体中悄悄飞出来。

闽 湖

2007年盛夏，全省唯一具有多年调节性能的大型人工湖蓄成于八闽的中心。从此，街面这片寂寥的山水变得既富有意趣又绚丽迷人。

闽中胜景，依山顺水聚拢；四时变幻，风光旦夕不同。湖衔远山，船载日月；万籁随风，渔歌不歇。百里春花，镶嵌成曲江通幽的三县花园；千峰秀木，映照出碧波万顷的水域奇观；鱼米果蔬，装满了通往城乡的大小车辆；横空飞雪，筑就了玉龙戏水的晶体巨潭。更有湖外悬崖，隐天蔽日，仿佛长江三峡走东南。崖底七里深渊，五龙腾跃；崖窟鸣凤，预兆丰年；识得高崖百字璇玑，石壁飞出金扁担。仙姑下凡招才郎，乐居高崖“石眠床”。这个浪漫的爱情传说，更滋润着这连天的湖水，这绕湖的群山。

舟一叶，牌一副，春风秋雨等闲度。把酒叩舷歌一曲，不知此身为谁有，更莫道世间还有什么咸水湖、淡水湖！

黑 板

有人说，你整天倚在教室一隅，与世无争，看淡荣誉。

有人说，不投入江海大潮，不经历狂风暴雨，不与人竞争，不与人共享热闹，还能指望有什么出息？

也有人说，你整天黑着方脸，好像有诉不尽的冤屈。我站在你的面前，对视三十春秋，倾诉一腔心曲：

你音量微微，细声细语，有如深山红叶落泉，水荡涟漪；又如庭院微风戏柳，枝摇徐徐。

我不能离开你，三十年来是你把我培育；你也离不开我，我们有心贴心的平生真趣。

站在你的面前，我看到了山摩仙阙，水濯天衢；站在你的面前，我听到了百鸟闹春，万山沐雨。啊，透过你，我看到了多少人富贵不淫，贫贱不移，威武不屈；透过你，我听到了多少次纯真童言，不老情话，万象物语。

谁要是不相信我的心语，就问问我身后的小伙，他们跟我一道欣赏过多少仙府龙宫的云蒸霞蔚，一同倾听过多少人世沧桑的名言警句。谁要是不相信我的心曲，就看看我身边的少女，那焕发着星月灿烂的书生意气，踩响了如歌如潮的青春笑语。

站在你的面前，我从来不敢喧哗，我从来不会犹豫。现在，我和你有一句平常而又沉重的期许：我将与你一样，静静地、静静地走过风雨兼程的人生之旅。

天湖

是哪个淘气的女孩随手丢下的大镜子，如此晶莹发亮？还是哪位豪饮的天神日夜享用的大碗茶，如此澄澈清凉？

是哪个小家碧玉惊鸿照影，一边梳洗，一边把青春的美丽轻轻歌唱？

还是哪个至诚牧师备用圣水，一边弹洒，一边把纯真的祝福默默播撒？

山顶上，黄叶飘洒，日光跳荡，仿佛是神话中的水寨云乡。我被眼前的景色迷住了。你看，枫树如染、山柿压枝、无名的红果挂成一串串。薄薄的山雾在山野中轻飘弥漫，好像是清晨薄雾中观赏红莲，那大概是在牛乳中洗过的微红画卷。

是呀，那是一幅怎样的神秘画卷？县志上说：这是莲花峰天湖。巧得很，远望它，真是一塘弥漫着轻烟的红莲。啊，那是谁种植的一棵屹立闽中的撑天巨莲？天湖高高突出在山顶，在云边，它浸过星辰，它洗过月光。它就在莲花峰的一个花瓣上。这不分明是莲花瓣上的一颗晶莹透亮的大露珠吗！

晨昏之时，太阳出没，把你照得金碧辉煌。空中雁翼金风，水上微波荡漾。这时，湖里好像有人悄悄刮着金粉，又好像有人酿造流光。风动云开，清波跳荡，金子换成了翡翠琼浆。太阳追赶着轻雾，轻雾变幻着无穷的花样。可是，无边的天空变幻莫测，全都在天湖的水里，在这个擎天的花瓣的巨大露珠上。

鱼儿出来了，吐一个泡泡，就把月亮咬了好大好大一个缺口。嫦娥啊，她怎能不伤心，怎能不落落寡合，好像三百六十五天都见不着她的如意郎？星星啊，忽闪忽闪的，鱼儿快乐地在其中穿梭来往，不知山中四季，不知水府龙王。登山的人啊，面对此情此景，你才会明白什么叫作乐得慌。

徜徉在莲花峰上，徘徊在天湖旁。日落月出，云卷云舒，虫鸣鸟唱，风翻枯叶，我不禁觉得自己好像也是一颗露珠，一颗滚动在人世大树枝叶上的小小露珠。可是，我能像天湖这颗露珠那样，无论春夏秋冬，还是雨雪艳阳，都一直在花瓣上晶莹透亮吗？

父亲

我不常做梦。不多的梦中，梦境常是偏僻而落后的故乡，梦中的人常是淳朴的父亲，他依旧盼着突围，依旧在家中繁忙。

一

身材高大的父亲，扛着闪光的犁铧，穿过崎岖的山径，翻过一道道山冈。水牛听到他的吆喝，田野拉犁好比上赛场。竹鞭一声脆响，牛尾拍打着刚刚出山的太阳，犁过长江黄河，耕过洞庭云乡，放下竹鞭，牛角上已经挂上橘红的月亮。

父亲对着月光，编织竹篮箩筐。我和姐姐拿着篮子上山捡野果，母亲、奶奶磨一磨，权与一家人充饥肠。他大箩筐挑蔬菜、挑番薯，来来往往，却挑不走那长年的粮荒。

和兄弟合作拉犁，炎夏中连日打场。金黄谷粒在打谷机下跳荡，晶莹发亮的汗珠在田野上飞扬。

深山伐木。队友砍倒的大树倚压在另一棵树上，摇摇晃晃。父亲一个箭步冲上去，砍倒被压弯的树，突然，一爿裂片弹出来，把父亲甩出几丈远。那队友惊呆了，好久才说出一句话：“这勇气不亚于董存瑞、不亚于黄继光！”

二

父亲不止一次说过：穷乡僻壤活着难。

没有消沉，没有痛苦，他在苦笑中期盼能够换个地方。身在穷穴，心却飞扬。面对金钱的双戈，年年岁岁，岁岁年年，咬着微茫的希望。

父亲饥肠辘辘，临风颤颤，忍受着奚落、挖苦和谩骂，他在村里第一个鼓励孩子翻山越岭，踩雪踏霜，寻求着梦想的学堂。

“穷字只一穴，埋尽天下英雄。”父亲在穴中却高高伸出一只手，举着希望的星火把孩子出发的心照亮。

沁园春·梦父

壮岁抛儿，何处相逢？唯有梦乡。处偏村敝舍，
山穷水恶；粗茶陋食，体乏神伤。出路无由，居家
有爱，喜报三分谈兴长。多期待，把诗书寸管，一
济粮荒。雨阳红豆青冈。对饮涧虹霓万里扬。
叹宗功祖德，传承几缕；鸿儒巨贾，寻觅何方？世
事茫茫，人情浅浅，独守清贫正气场。谁能耐，纵
深情父子，隔世思量？

石头的联想

从张家界回来，家人和邻居看了我自拍的风景照以及和诗友的合影。有的说：“真好看。”有的说：“天下竟然有这么美的地方。”也有的说：“几座石头山，怎么天南地北的都赶去看。”面对同样的石峰山风景照，不同的人有不同的看法，而在不同的时期，更有许多不同的联想，有诗人“君看道旁石，尽是补天遗”的沦落天涯之慨，也有平民“无室无家，诞于石罅”的走投无路之悲。

我刚懂事的时候，社会底层的人普遍缺吃少穿。刚刚安装的广播天天都喊：“天下形势大好，越来越好。”可是，我那村里的大人个个神情黯然，一天说不上几句话。七十多岁的人碰在一起，经常互吐肚子难填、欲死不得的苦水。一次淘气的堂姐跑着反复喊叫：“老柴头，笨石头。”那些低头静静坐着烤火笼的老人慢慢抬起头来，冷着面孔，看着眼前这个不懂事的小女孩对他们如此不恭。他们既生气又无奈。有时他们自己称呼老伴也是叫老柴头、老石头，觉得很平常，可是一个小孩这样在他们面前大叫，听起来就有点反感。不过仔细想想，虽是不恭不敬，但也有几分象形。

这种联想自然伤人，偶尔听到而已，更多的是对石头带有美丽的幻想。

我家坐落在一个山坡上，面前十分开阔，一条河流曲曲折折穿过层层山峦，每一座山峦都是临河一头低，渐渐向外升高直至云端，有如巨大的雁翼向云空飞去，直至与东方的天际相接。南面翻一座山就是闽江支流尤溪河，大河两岸几十里悬崖，若说“自非亭午夜分，不见曦月”一点也不为过。岸上蜿蜒曲折的小路上有个石窟呈小平台，约两米宽四米长，就地可坐二十多人。这个石窟平台地理位置十分险要，下临万丈深渊，碧波荡漾，上顶悬崖凸石，猛兽獠牙。在此前往德化要向上攀缘崖壁小路，手脚并用；而往尤溪要鞠躬穿过石洞走下百级凹凸不平的小石阶。就在躬身穿洞的上方，石头上有一个黑黝黝的小洞口，洞口旁边还有一片像字而不是字的石纹。传说那石纹是一百个不易认读的字，从前有位博学的书生读了九十九字，看到一条金光灿灿的金扁担从小洞口徐徐伸出来，那书生不知是读不出最后1个字，还是性情太急，一个箭步冲上去拔金扁担，可是越用力拔金扁担越是往回缩，成了那位书生的终生遗憾。

这条山路走过大大小小的生意人，于是从悬崖上的一个小洞联想到了金扁担。而北面十里外两条清澈小溪交汇之处，路边石崖有一处二十厘米的横隙。当地的人从那形状联想到扬谷子的风车漏口，说是“出米石”。每当稻谷青黄不接的时候，那“出米石”就会慢慢出米，够几个村庄的人吃饱饭。可是，附近有户人家想独占石库里的所有大米，以便卖得高价，便用一根铁棒把出米石的缝隙撬开了，此后再也不见大米出来。那位贪心的人后悔，周边的村人抱怨。这可能是农耕时代乡村农民的最大愿望，也是农民最天真最大胆的幻想。

俗话说：“三十年河东，三十年河西。”有一年春节回家，我却看到这两处带有乡村农人美丽幻想的石崖，都因开通公路被炸了。我十分清楚通公路是件好事，它大大减轻了乡村征粮和日用品运输的重负，可是不知为什么，当我不见了以往每次经过都要看几眼的那两处石崖石缝，心里常常好像丢失了什么似的。

后来去的地方多了，我也听到了更多的对石头的美丽联想和传说。但不是过去听说的石牛、石马、石狮子等，也不是仙女散花、童子拜观音之类，而是当时很多人想说而又羞于启齿的生命之根、生命之门。在连城的冠豸山，面对那六十多米高的石柱和水边纵向石缝，导游绘声绘色的讲述和启发，游客兴致勃勃地笑谈与合影，虽不免有些俗气，但也反映了人们最原始的生命崇拜。不说国外的庞贝古城，就是国内的许多地方，如西安半坡仰韶文化、内蒙古几千年前的岩画和出土的彩陶也有模拟女阴、男根，描绘男女交媾、求育舞蹈等有浓厚性崇拜色彩的文化遗迹，反映出人类早期对性的认识。后来，齐国的君王外交谈判，也曾不无骄傲地引自家性事为喻。

连城冠豸山、江西龙虎山的旅游文化，反映了长期受压抑的中国人“温饱思淫欲”后的一个侧面。渐渐地，人们又从对石头的单一联想发展到多元寓意。从前那些出米石、金银窟，牛、马、狮、象的联想深深融入人们的现实生活，并成为民间文化的一个重要部分。如选择宅基地、祭祖、开辟公路、拦河筑坝等许多活动，都有意无意地跟它联系起来。生命之根、生命之门的性器之喻，也在旅游活动中常说常新，还在作家诗人的游记诗文中起着调味的作用。鲤鱼跃龙门、美女献花、童子拜观音、望夫石等的各种奇想，更是在传承中得到补充扩展，使老故事中融入了新气息，有的甚至赋予了全新的内容，如“沿着江岸，金光菊和女贞子的洪流，正煽动新的背叛，与其在悬崖上展览千年，不如在爱人肩头痛哭一晚”。近些年来，还有自然造化的石纹“标语”，天象预兆社会现象等，更是寄寓了人们生活中的某种意念，也反映了人们新时期的某种精神追求。

奇险的怪石点缀山水，刚硬的石头衬托幽美园林。近年来，一些地方花巨资从偏远溪涧搬运大石头摆设广场公园，确有一些可观之处。但是，在场院、公园堆放过多的石头，也会破坏人们的观赏情趣。有石头往往就要有字，大大小小的官员只知手中有权，不知笔下无字，更不知脸上缺少文化，热衷题字勒石，以求眼前有名，身后不朽。还有一些地方人工假石充斥建筑物周围，高数米，长几十上百米，锲刻当地领导题词。这是近年园林文化建设最失败之处，若用一位伟人清醒时的话说，那就是“只有讽刺意义”。

和家人、邻居翻看张家界石峰照，笑谈有关石头的种种联想，使我不禁又想起家乡对岸一个石洞的传说。那山叫六角崎，临近山顶处有个简陋的亭子，亭边有个洞口，一直连到山脚下几里远的大潼潭。有人在洞口倒下谷壳冲水，不久可在大潼潭里看到谷壳。大潼潭是瀑布潭，瀑崖上有一个直径一尺多的洞口，通向黑黝黝的暗洞，暗洞里约有两百平方米宽。河水分为两股，一股跌落深潭，一股冲入暗洞。潭和洞在五十多米的深处相连。我没有看到那暗洞的实际大小，它早已被松木塞满，洞口至今还伸出一段半朽的木头呢。相传有人能从潭和洞的水声变化预知当年的收成，更为神奇的是，还有人能从外潭和暗洞的涌流方向预知当年村里男女出生的比例。

大潼潭两岸老树撑天蔽日，潭里一片阴森，崖上水声轰轰隆隆，崖下深潭碧波荡漾。每次走过瀑崖潭边，都要格外留心。“山不在高，有仙则名。”仙不在多，贵有足迹。我深深喜欢村西岭兜坑石壁上的仙人足迹。那足迹纵横交错，大大小小，深浅不一，仿佛几个巨仙带着男女幼童，走过的不是石壁，而是瓷土，在他们走过之后才立即变成青冈石的一样。从足迹可以看出，仙人走过平处、陡处、险处甚至悬崖的脚步是一样的，不紧不慢，清晰不乱，好像男女相携、长幼相倚，一路谈笑风生，不知他们从哪里来，也不知他们到哪里去。

收起影集，眼前的石头影子久久不散，高低大小，奇形怪状，或屹立高崖，或浣流河滨，或静卧深山，或藏身草丛，或冷落路旁，或得宠案头，或秘处金匣，或摩挲玉手。虽无一言一语，却有无限的情意。

幸福在哪里

在生产力十分低下的古代，前人的生活和生存都免不了许许多多的艰辛和磨难。他们大概不会轻易说出“幸福其实很简单”之类的话。但可以肯定地说，他们对幸福追求的热情与今人相比始终是有过之而无不及。《尚书》就提出了“富、寿、康宁、攸好德、考终命”的“五福”。灌注国人血脉几千年的这个“五福”，至今还有无数的人把它作为人生追求的终极目标，并把它作为衡量一个人幸福的标准，可要获取“五福”甚或其中一福又谈何容易？

李叔同寄给夏丐尊的偈语，直道俗世之悲和婆娑世界之喜：“执象而求，咫尺千里”“华枝春满，天心月圆。”我们俗世浊眼却看出灵魂高度自由的艰辛和悲凉。俄罗斯著名诗人也感叹：“没有幸福，只有自由和平静。”

一次听电视剧《颍河故事》的片尾歌曲：“老祖母常说那活着难……长长的日子没个完没个完。走过今天等明天，走过了明天还是个难，大平原，一辈子难走出这大平原。”听着听着，那昔日村中老人迷茫的面容和带着微笑的哽咽就会飘到我的眼前。逢年过节或长辈生日前，特别是春节，老人会再三叮嘱孙辈孩子：明天过大年了，要说好话不说歹话，图个来年吉利。小孩子听得半懂不懂，多有疑问，老人便以“没说好话没饭吃”或“雷公劈人”等来唬住孩子。每年正月初九前夜，我的奶奶再三叮嘱我们兄弟姐妹：“明天天公生日，千万不能惹它生气，譬如不能晒衣物，不能用手比画太阳。”邻居娶新，小孩子不能和新娘子对冲，所谓对冲，就是指新娘子刚进门到入洞房这段时间内的面对面相遇。记得我6岁那年的冬天，生产队的一头大公牛与邻队的牛角斗，两牛力量相当，在田野、在草地、在山坡，多次较量都难分胜负。最后，我队的大公牛不慎摔断了后腿。队里商议把大公牛宰了。同房子住的几个小孩子好奇，都想看看宰牛和杀鸡、杀鸭、杀猪有什么不同。奶奶没有制止，但一再叮嘱我们："牛跟人一样，它早就知道人们要杀它，它会一直流着泪看着你，那就是向你求救。你们去看要把手翻藏到背后，然后对着流泪的牛摇头，表示你的手被人绑着。"当时小小的我，也能看出其中的虚幻，但正如大人所说，这都是为了我们小孩长大"好做人"，用今天的话说，就是为我们祈求福分。

在我的家乡，这种默默的追求不知多少年代了，他们得到的福报也许寥寥，但村里的人仍然一如既往地坚持着。一天早上，两只棕色的山麂慌慌张张跑进我们的院子来，堂哥看到立即想关门逮住它们，宰了一饱口福。我的父亲马上制止："山麂来避难，我们要帮它们渡过难关。"说着，还采来最嫩的地瓜叶给它们吃。开始，山麂很紧张，站在远处挨着身子看我们，后来大概看到我们面善，就放心地吃地瓜叶、喝水了。那天傍晚，父亲轻轻拍着它们，鼓励它们回到大自然。它们走出好远，还不忘反顾我们，仿佛是感激我们对它们的保护之恩。堂哥有点不解，问我父亲："叔，您真相信世上有什么福报吗？"我父亲笑了："我们做人怎能趁麂之危图口福呢？"奶奶说："不是没有福报，时候还没到呢。"没有多久，伯父到邻县大田梅山赶圩回来，路过沧州一直没人摆渡，喊了好久，对岸的船也没有动静。伯父怕再等下去，天暗之前回不到家，他看看河面虽宽但水并不深，就徒步涉水过河。到了河中央，他一下子控制不住浮了起来，被漂流到一里多远的地方，才好不容易漂到岸边。从那之后，堂哥听到求福和福报之类的话，不但不再反对，有时也会微笑着点点头。

童年时代，我曾多次听长辈说过神明对人类的奖惩，虽然没有人看到，但这种暗中的陟罚臧否的神力对乡村优良风气的形成有着极大的作用。一个人独处为善作恶，似乎都无人知道，可是，骗得了人却骗不了神，举头三尺有神明呢。你在山上踢倒一个笋、乱砍一棵小树、心中诅咒他人、偷采别人的菜蔬瓜果等，没有造成恶果的，土地公就罚你四两曲子；造成恶果的，让你承担双倍的苦。捡到一个小物件还给失主，赏你四两曲子；打死一条毒蛇避免咬人，土地公赏你半斤曲子；架一座小溪木桥，赏你一斗曲子；救人一命胜造七级浮屠。救人于深水之溺恶病之困，赏你一座房子和田产。信吧，诸恶莫做，众善奉行，甚至成了习惯忘了福报；不信吧，也不敢否定，从众随缘莫乖逆。神明之赐我无由亲见，而诗人白香山之教却时时在耳：“谁道群生性命微，一般骨肉一般皮。劝君莫打三春鸟，子在巢中望母归。”陆放翁更是训诫：“设身处地扪心想，谁肯将刀割自身？”

若说为善而致福那就难了，别说现在科学还难以预测到的，如寿，还是基因占主导地位；康宁、考终命也没有什么捷径，掌握皇权和金山银山的人，也只能听天由命；即使是“富”，哪一家是靠勤劳苦干、真诚智慧来的？有个众所周知的巨富，他的商场经验如何了得，苦干啊、诚信啊、智慧啊、图书馆、书店，占据显要书架，飞机场、火车站的阅览室也少不了这种商海经典，连宣扬他的商场经验的写手也成了富家。可是，国家高层腐败问题一旦明朗化，他就自已心虚匆匆溜之而向外了。阿根廷的路易斯·巴里奥努埃沃很坦率地解释他如何一夜暴富的：“钱不是靠辛勤劳动生出来的。”美国作家梭罗更是一针见血地指出：“如果有人乐意坐火车，就必须有人遭受被碾压的命运。”只不过时下的剥削不再像从前“不狩不猎，胡瞻尔庭有县貆”

那样血淋淋罢了。大众生活生存需要消费，物品出售给你再收月租；一种产品刚刚投入使用不久，就全部作废迎接更新换代。小到娱乐电器，大到房产土地。上海有个企业家说：古今多少大事，摆在桌面上看，尽是合法合道；转身一回顾，每个缝隙都很微妙。财富既然主要不是靠勤劳而获，那么即使占有了财富，靠善良节俭的儒道雅训自然也就保不住。民国年间，山东勤劳善良的农人罗佃帮在修整菜园水沟时获取一颗天然特大夜明珠。因这颗价值连城的夜明珠，不但罗本人自身不保，伪乡长、伪队长、警察局长等十多人都为此丧身，夜明珠最后落到日本恶魔手里。农人自然无力守财，传说连江南第一巨富沈万三也逃不过因财灭门的厄运。

罗、沈是特例，我们身边为了小财小富碰得焦头烂额的事比比皆是，投资被骗、创业失败、企业倒闭等，跳楼的跳楼、坐牢的坐牢，至于钱财关系，弄得亲人好友反目的更是有目共睹。我们不难想到，致富守财如此艰难，平民之辈也就难以享有“富之福”了。其实，别说发财致富，就是生活中的柴米油盐酱醋茶就让普通老百姓睡不安宁了。在世代居住的家乡没有学校，没有医院，进城打工，上不起学，看不起病。“康宁”又何处之有？寿、考终命，基在天定，荣靠富养。“攸好德”好像无须花钱，人人可为，但在现行制度下不是谁都有话语权，没有话语权的平民，攸好德岂不是奢谈？善意的提醒轮得到你说吗？好事轮得到你做吗？等级，冷漠，在相当长的时间里，大概还要跟人民币并驾齐驱呢。

“五福”难寻，幸福在哪里呢？

四十年前，我那九十多岁的伯父，虽然生活拮据，但他却很满足。“这辈人最快活。”他闲谈时说，有时也自言自语。有人问他：“整天肚子饿得咕咕叫，快活什么？”马上有人附和：“是呀，快活，要能每天吃饱饭，每个月吃肉喝酒，过年人人穿上新衣服。”老伯父说：“以前更苦啊，即使有吃的也不能睡个安稳觉。”不久前，在县城的老乡聚了一次，餐聊中谈到生活的变化时，几个人异口同声地说：“以前认为有钱便幸福，现在有钱了，痛苦没有减少。”我不知道真的如此，还是这些人站在新的地方说话。

平日常有老人闲谈说：这代人最快活，享福不尽。他们所说的快活，大致不离吃喝玩乐，吃剩的鱼肉倒掉不心疼、好好的衣服扔掉不眨眼、坐办公室还吹空调、出门乘车坐飞机。他们自身也在享福，他们边说边笑：“连我们七老八十的也能玩少妇，这日子啧啧好！”可是，被老人羡慕的快活一代，好像他们多数人并没有那么强烈的幸福感。他们感叹自己身心劳累，困顿疲乏，大学毕业当房奴、当车奴，近年想在城市当房奴都没有资格了，许多城市给购房户加上年纳税十万以上，工作十年以上，并已结婚等多种条件，有些年轻人说，我在大城市低头奉献讨人厌！再过若干年，他们会不会对着子孙辈的说：这代人真快活呢？

草民如此，胸怀大志的高官巨贾呢？近年的媒体报道实在太多，国家级的官职还嫌太小，几十吨的人民币附加千斤黄金、几百套房产和几十上百个美女还苦于太少。这把“有钱就是福”的梦直接撕个粉碎。那么，幸福到底在哪里？国外有篇短文写道，一个人夜晚驾着小船出游，月影就沉在船头不远处，可是船走月也走，怎么追也追不上。华山的一副古寺联同样给予我们以深刻的启示：“云在山头登上山头云又远，月浮水面拨开水面月更深。”幸福不就是那船头不远处的月影和山头上舒卷自如的云彩吗？是啊，幸福就在前方的路上，在我们通往追求理想目标而又消失在追求中的道路上。

乐　土

曾多次给学生和备考的成年人讲《诗经》的《硕鼠》篇，在对“逝将去汝，适彼乐土。乐土乐土，爰得我所”的欣羡之余，心里也不免发生疑问，如果排除诗歌的想象因素而转眼实际生活，寻常百姓真有逃离统治和压迫的“乐土”吗？有道是：“上有天堂，下有苏杭。”可以说，把苏杭誉为人间天堂，只是有钱又有闲的人的诗意追求：月下寻桂、郡亭观潮、吴酒助兴、吴娃怡情，这些享受不但跟普通百姓无缘，而且还往往因这些天堂的快意享受加重了他们的许多苦难。魏晋名士企图以超脱的精神追求取代现实的物质需求，以个体的自由不羁取代社会意志的束缚，以士人的道统良知摆脱皇权的威吓钳制，这种名士风流实质上只是放大的书生意气罢了。唐人求仙问道，寻找乐土，寻求之中就已宣告失败：“忽闻海上有仙山，山在虚无缥缈间”，“任是深山更深处，也应无计避征徭”。他们只能世世代代在“桑柘废来犹纳税，田园荒后尚征苗。时挑野菜和根煮，旋斫生柴带叶烧”中苦苦地挣扎。

诗意的追求可以说是一种生活的憧憬和向往，也是对现有的生活环境的不满和反抗。“逝将去汝，适彼乐土。”乐土在哪里，也许还很渺茫，但是逃离眼前的硕鼠是肯定的了。疆场厮杀、血流漂杵的改朝换代，觑野搜村、巡洋掠市的城市踪迹，人们多么需要离开血腥扑鼻、白骨遍野的苦海，前路茫茫，步履维艰，一边和泪而歌：乐土乐土，爰得我所；一边无奈地看着羸弱老者和稚弱儿女倒在挣扎的血路中。血迹依稀，泪痕仍在。“海滨乐土”“最宜居城市”，十几二十年时间就吸纳了无数的梦幻者。正当他们在摩挲星月的好梦中，突然感到摩天大厦在摇晃，迷迷糊糊起来开灯，发现早已停电，临窗借助闪电之光，看到满街的树木连根拔起，电杆倒地，浊水遍地横流。当即头晕目眩，莫非是对最宜居乐土之梦的当头棒喝！

地震、海啸、超强台风等严重自然灾害，给海滨居民造成了灾难，也无情地撩开了房地产温情脉脉的宣传面纱，同时也让更多的人重新思考“宜居乐土”的真正含义。

“一方山水一方人。”一个地方宜居甚或长居不去，首要的是山水养人，土地肥沃，水质净美。我记得距家三十里外的一个大型水库淹没区，那河流两岸平展的土地上住着五六千人，房子周围尽是稻田、菜地、果园。水田不管是单季稻，还是双季稻，也不管是套种，还是再生稻，每年按时育秧、耙田、插秧、上一次农家肥，劈除田边杂草，旱涝保收，祖祖辈辈，他们不知道什么叫歉收。土质疏松肥沃，四季地里菜蔬丰茂，瓜果满架。按时种上地瓜、玉米、高粱、甘蔗、花生、大豆、南瓜、葫芦、刀豆、谷粒豆等，基本无须浇水上肥，只要拔除杂草，翻动藤蔓，就能获得丰收。因为沃土，漫山竹木葱茏，遍地百花开放。竹子用途十分广泛，大则盖竹楼或竹楼群、架设高桥、长途引水、水上交通等，小则制作各种生活用具，竹床、竹席、竹箩、竹匾、竹笠、扁担、提箩、盘子以及家禽笼子等，轻便美观，经久耐用。竹子是造纸和制笔的重要原料，并可开发多种工艺品。竹笋是一道名菜，日常佐餐酒席宴客都备受喜爱，由于纤维素含量多，还是难得的保健食品。笋干制品畅销海内外。树木的用途更是不可胜数。杉木、楠木、黄榉、橡胶木等树种，用以盖房、造船、制作家具，外形美观，耐腐力强。松树脂、松花粉、香樟油、山苍子、泡桐、野鸦椿、女贞子等，有着很高的经济价值。油茶籽、茶叶、板栗、橄榄、枣子、甘橘、柚子，不但可作日常饮食，而且也是重要的保健品。灵芝、百合、紫苏、枫香、杜仲、麦冬、黄精、金银花、水蜈蚣、藤黄檀、寄生槲蕨、七叶一枝花等，看起来普普通通，既可用作平常保健，又可以治疗各种疑难杂症，甚至能治好省级医院无法治好的多种癌症。近年研究得知，不但草药可以治病，长入深山，草木的气味也有养身治病之效。观赏的树木更多，远望层层山峦，苍茫碧绿，红紫黄白，是一幅巨大的彩画。走进山林，乌桕、山杜英红绿叶错杂，松树绿叶黄花相间，东南茶花、杜鹃花、栀子花、水棠花，红红白白，多姿多彩；满树披金戴银的秦似厚壳桂、映山红、大叶栎、猴欢喜、椎科树种，就更不用说了。

水质净美，空气新鲜，不仅营造幽美的居住环境，更重要的还塑造身心健康的人。水是生命之源，人每天都离不开水，因此，水质直接影响着当地居民的身体健康。我省有个比较富裕的乡镇，征兵体检一直没人合格，大家不知所以，后经检验是水的原因。另外一个三千人的大村，从来没有犯恶疾的人，并且出生在这里的人，终生不犯牙病。现在有人提出，心情好是健康的重要因素。这话自然不错，但是心情好并非召之即来，挥之即去，它要有一定的基础。如保障生活的“恒产”，宽松静美的环境。久居空中楼阁，仰望云雾迷蒙的天，俯视车流扎满的路，成日呼吸工厂烟囱和邻居空调排出来的乌烟浊气，心情想好实非易事。若仰望是繁星满天，俯视是清水潺潺，窗外随风送来清香，鸟鸣嘤嘤成韵，即使不会联想牛郎织女、蟾宫嫦娥，也会被微风细雨、鸟语花香感染。

好山好水，最怕天灾人祸频仍。一次地震、一次海啸，一次超强台风，就会把好山好水毁灭。我不想在这里展示那种惨象，也无须展示。灾后虽然可以重建家园，甚或在外表上看可以建得更华丽点，但融入血脉的故园不见了，追逐游戏的街巷和踩着日光的放学路上消失了。本来，每一段路就有一段快乐的童年故事，而重建之后就只剩下空洞洞的一个号码了。一种社会的强劲之力把童年的美丽故事铲除了，连同昔日的日光树影，蜂舞蝶喧和欢笑。《尚书》说："天作孽，犹可违；自作孽，不可活。"前贤也留下遗训："小子识之，苛政猛于虎也。"可见，自然灾害可怕，残酷的政治压迫和经济剥削往往使人更加难以生存。平民贱如草芥，统治者可以任意屠宰的时代，我们知之不多；异族入主，汉人沦为奴仆，我们也没有亲历过；近在当代，因为一句话，轻者游街挨斗，重者枷锁上身监禁十年二十年的，确非虚事。一个日本作家说："没有闲谈的世间，是难住的世间，不知闲谈之可贵的社会，是局促的社会。而不知道尊重闲谈妙手的国民，是不在文化发达的路上的国民。"可见专制社会是没有宜居乐土的。昔日苛捐杂税逼得家破人亡，今天发达城市要求购房户年纳税十万以上，至少缴纳五年等，即使入住了也不会有什么"宜居乐土"之感。

好山好水，万万不能成为某些人升官的跳板。有些山区小城，本来山水资源和人文景观都好，可是，短短二十年间，一任领导一种政绩版本，山水资源耗尽，人文景观全毁。对此，有作家说："一次城市研讨会上，有建设部官员愤愤地说：中国，正变成由一千个雷同的城市组成的国家。"有诗人道："一个焕然一新的故乡，令我的写作就像一种谎言。"小时候，我曾多次验证过上一辈人的指教：鸟儿不想光顾的杨梅不甜。许多改造过的小城，树上灯光闪烁，树头水泥铺满，鸟儿失踪了，松鼠逃离了，野花连根铲除了，蝴蝶蜜蜂消失了，河岸变整齐了，河水变黑变臭了，青蛙鱼虾无影无踪了。这片乐土啊，世代不愿搬迁的居民还会感到"宜居"吗？

"乐土乐土，爰得我所。"我曾在心里呼喊：我们的乐土究竟在哪里？

乡亲的礼数

从前山村人赴宴赶圩，总是集镇人家嘲笑的对象。很小的时候，我就听到这样的顺口溜：“山底鬼，山林庚；杀只小雏鸡，叫尽大大声。”后来，我发现有时候被嘲笑的未必有什么错，嘲笑别人的也不见得更高明，那些嘲笑山底鬼的集镇人家一到县城就被讥为“土包子”，县城的人到省会同样被讥为“乡下佬”。那么，省城的人怎样呢？“天不怕，地不怕，最怕福州人讲官话。”一句话，道尽“体面的”福州人进首都讲话交流的尴尬。

村里人出门常常被讥笑，不是他们自身的过错，也不是他们礼数不周，他们同样也有自己的山村礼节文化。生老病死，感恩戴德，赔礼道歉等，都有一定的表达方式。在尤溪，平常红白喜事“不请不送”“不送不请”的规则各地大致相同，所谓“不请不送”即没有受邀请就不必给操办喜事的主人送礼，当然也不必赴宴。这里的请还有一层讲究，就是在办喜事的前一天，主家就要去邀请邻居朋友，但没有直接说喝酒，而只说到他家吃个白粿，请带上家中大小一起来。被邀的人要再三推辞，以表客气。办喜事的人当天早上要再次早早登门邀请，这时，被邀的人不再推辞，按乡村规定带上一份“薄礼”（通常为鸡蛋十个，粉干两把，冰糖一斤）。比较亲近的人要主动问询需要帮助做些什么，譬如带张八仙桌、长板凳、杯盘碗筷等。至亲好友还带上菜干、新鲜蔬菜等，女眷在前一天就要前往帮忙。“不送不请”就是只请送过丧礼的人赴宴，而不请没有送礼的人。

这里的送礼也有讲究，礼金礼物若干，一时一地都有规定，但无论多少，香烛纸钱一份少不了。如果一时远路匆忙赶到，可以另备一份小钱代替，否则便是失礼。

媳妇娶进门，第三天邀请女方父母来做客，俗谓“做三旦”。这个邀请要专人专程送大帖，即送“亲家帖”。普通请帖用红纸（相当于今天大32开）对折即可，而大帖要连折单面十二页，除了普通请帖内容外，前后还要援引一些贺婚招喜用的诗词警句，并加封面、致谢语等。这是姻亲双方之礼，属于平辈之间的礼节。近年有些地方女儿三天回娘家，乡人称之“请女婿”。

长幼之间更有许多礼节上的讲究。已经出嫁的女儿家里盖房乔迁、公婆生日等，要专程邀请父母赴宴，去时至少要带上两斤冰糖。女儿家乔迁，父母要送楹联，会写的自己写好，不会写的赴宴时带足能贴满正栋楹柱的红纸，由女儿家请专门的先生代笔。先生若是写错了称呼，或是把重要客人的联句挂错了位置，客人往往当场跑回家，责怪先生有意欺负他，这时要先生去赔礼道歉，把客人请回来。女儿家乔迁新居，父母还要送一对大角灯，并配上悬挂用的红带子。“灯”与“丁”谐音，寓意入住新居后人丁兴旺。女儿家要请赴宴的父亲或兄长亲手把灯挂上去。女儿生儿育女，母亲要送婴儿衣裤鞋帽、背篼，送蛋、鸡、酒等，俗谓“吃鸡酒”。“长者赐，不能辞。”这些礼物都要暗中折价回礼，包括挂灯也要单独送个小红包，以示感谢，并说“真是让岳父岳母费心费力”之类的好话。外孙体弱多病，外婆要在自己家里做好“百家饭”（向村邻每家每户要一把米加上芋子、淮山、枸杞等煮成，常往来的村邻还会送两个鸡蛋、几颗红枣等），送到外孙家一两百米外的路上，然后叫女儿携带外孙来食用。这是长辈做给晚辈吃的“平安饭”。晚辈对长辈的礼节讲究更多，出嫁的女儿，接待祖父母、父母、兄长等，要专门杀鸡“置酒”做白粿，每位长辈碗里要有两个鸡蛋五块鸡肉（胸脯、大腿、小腿、鸡头和鸡尾），吃饭时要叫亲近的长辈陪伴。即使自家平日三餐也要把第一碗饭先盛给长辈，逢年过节更要优先给长辈斟酒，按长辈序次，把鸡胸脯、大腿等夹到长辈碗里，以示敬重和孝顺。

女性长辈去世了，要派专人专程通知她的娘家人。娘家人赴丧，逝者子孙要跪在大门外叩头迎接。娘家人酹酒三杯后，直接扶起外甥外孙辈，说明没有不满，认可了属于正常死亡。如果冷冷地说声："怎么好好的就死了？"那就表明娘家人的深责，对老人没有照顾好，晚辈不孝，外甥外孙辈还要继续叩头谢罪，直至被扶起为止。丧事如何操办包括死者穿戴，都要征得娘家人的同意。整个丧事程序中，晚辈都要跪哭，以示失去长辈之痛，平日孝顺不够之歉。

世世代代的长时间相处，有时也免不了会发生邻里风波。讲话不慎，可能影响他人名节的，如针对某女子说，"奇怪，有人怎么那么热心帮她""那人一到，她的眼睛都亮起来"等，那就必须真诚向对方赔礼道歉。赔礼的仪式也简单，说错话的背礼者买上一丈红布、一条毛巾、瓜果点心若干，叫上族中德高望重的长辈，到受礼者家中献上红布毛巾，俗称"挂红"。表示受礼者的羞辱由此洗洁清楚。同时由长辈主持当场喝茶吃点心，从此和好如初。

乡亲的谢礼有多种，大致可分为四个层次。俗话说："滴水之恩，当以涌泉相报。"可以欠别人的钱米，不能欠别人的情礼。礼轻情重，知恩必报，是乡村人礼尚往来的潜规则。最轻微的谢礼就是叫人吃一餐便饭，如孩子生病，请先生掐指算算中了什么邪，惹了哪位神灵，包括家神。如果请吃一餐便饭犹嫌不足以表示谢意，那就抓只大公鸡，带上白粿、粉干、鸡蛋、瓜果点心送到家里。再重一点的礼就是"送四层"，即用两个提箩，两边各加一个层箩，内装鸡、猪肉、目鱼、冰糖、粉干、瓜果等物。最隆重的谢礼是“送大担”，用两个提箩，两边各加两个层箩，内装双鸡、双鸭、猪腿、目鱼、蛏干、白粿、糍粑、米花糖瓜果杂食等，此后逢年过节、家中红白大事都要光临。娶亲谢岳父母，女儿给年长的父母贺寿，被救死里回生的等都得用这种大礼。担外要张贴小幅对联，如娶亲的“小小微仪酬厚德；深深心意谢隆恩”等。如果操办不便，也可以用礼金代替。

徒弟拜师傅，在师傅正式答应接收之前要行跪拜礼。师傅答应之后，要像尊重父母一样尊重师傅，早上比师傅早起，烧水扫地，晚上比师傅晚睡，关门熄灯。出师谢礼送大担，并终生敬如父母，逢师傅家中红白喜事都要备办贺仪前往祝贺或吊唁。

乡亲的礼数很多，时移礼异，不可尽说。每每回想昔日乡村之礼，就会深感乡人践礼之恭之敬之慎，同时也觉得乡村礼节过于客套的苦楚和悲凉。

别样家园一样情

11 月下旬，福建省楹联学会在永定县宾馆隆重举行年会。会后，永定县委宣传部、县文联领导带领全体与会人员参观了当地主要的客家土楼群。

永定土楼，我早有耳闻，十年前就收到初溪土楼群的彩图。那时我只是简单地猜想：土楼保温又保安，住在里面的人一定也是自我封闭的吧。“客家土楼就地取材，节材防腐，冬暖夏凉，住户互通有无，便于家族聚居，更有良好的防御功能。”一边听着主人的介绍，一边翻阅《记者眼中的福建土楼》，我的眼前又飘荡着十年前的那张彩图，心里更增添了对土楼人的几分好奇。

走进集庆楼，映入眼帘的是楼内有楼，环环相容；廊上有廊，环环相叠，直至最高一层碧瓦圆环嵌入云空与天相接。圆环的中心是个厅堂，可供家族首领议事，族人举办婚丧大事，在此能够环顾全楼，明察内情。更有它的深刻的文化内涵，历代皇宫的主体建筑都高高在上，威视四方王土，广行天子之道，鞭笞九州之民；而客家是深居山中的乡民，打开大门要千里远行，而内心却永远升腾着一种希望。这希望有如层层递升的圆楼，盘旋而上，直逼天门。

从集庆楼出来，一位徐家女店主招呼喝茶。她的茶轩不大，三面通风，中间一尊用老树根凿成的茶桌，四周几把藤椅，茶具是现代的。在喝茶的闲聊中，我突然想起了法国南部的卡尔卡松古城堡。传说在查理大帝围困城堡达五年之时，有位卡尔卡斯夫人收集了这座城堡中仅存的一些粮食，喂饱一头大猪，然后把这头大猪抛过壁垒，猪落地后肚肠破裂，粮食撒了满地。查理大帝的军队感到十分惊异要求谈判，而卡尔卡斯夫人却报之以胜利的喇叭声。于是我问："历经六百年的集庆楼，被匪寇围攻过吗？""没听说。"她一边给我续茶，一边答道。"集居这样一座大圆楼，你们年轻女性平时说笑是否会受到很大的限制？""你说那些花白胡子的老人啊，他们的命运没有我们好。他们牙齿好的时候，没有豆子吃，豆子多了，却咬不动了。我们却不同，有人吹胡子瞪眼睛时，我们不懂得说笑；待我们喜欢说笑了，却没人管了。"她说着，自己也笑了。"女人裹脚吗？""自己没看到，过去应该有吧。"告别时，这位店主说什么也不收我们的茶水费。她说，这几颗花生、红枣、泡梨，几片茶叶都是自家产的。

与集庆楼峙立半山腰上不同，振成楼背倚小山，悠闲地坐落在河边的平地上。门联赫然写着："振纲立纪，成德达材。"内环楼门是："干国家事，读圣贤书。"大门口两棵梅子，长枝疏朗，面迎一个广阔的场地，场外成千上万的竹子随风起舞。"门对千根竹，此地不俗。"一位异地老者脱口而出。走进振成楼，它的格局和早建五百年的集庆楼相似，但内部结构更精致，上楼木梯子少，每层环廊都更整齐，尤其是中心厅堂高大敞亮，给参观者以后来者居上之感。七米多高的厅堂上有许多对联，如"从来人品恭能寿，自古文章正乃奇"。厅柱上镌刻着嵌字联："振乃家声好就孝悌一边做去，成些事业端从勤俭二字得来。"联句里都渗透了中国传统文化人立身处世的圭臬。

时近正午，游客越来越多，庭院里，廊道上，到处都有人拍照。我回到门外，问一个包头巾的当地年轻照相女郎："远处山峰与天相接，如波浪起伏，可有仙踪异名？""就叫笔架山，没有听说什么奇踪胜迹。""振成楼该出落很多人才吧？""我也说不清，大概有七八十个大学生。据说教授、博士也有十几二十个。”话里透露着些许自豪。

匆匆坐上出村的观光车，我忍不住回望那个包头巾的仍在频频挥舞玉手的摄影师，忍不住回望那高大的振成楼，回望楼前那片美丽的小竹林……

下午，我们转到湖坑参观被誉为“土楼公主”的振福楼。振福楼坐落在流水潺潺的小溪旁，是一座单体圆楼。正楼大门，有一副嵌名联：“振兴有庆瞻轮焕，福履同绥颂炽昌。”振福楼在永定土楼中比较洋气，据宣传部领导介绍，那对缠花铁门的铸铁花格门扇是一百年前从千里迢迢的南洋运来的。土楼的内环为砖木结构，楼上是穿斗，抬梁混合式木构架顶起两面坡瓦屋顶。土楼中最重要的建筑——祖堂就在内环北面，厅堂前后矗立着西式花岗石圆柱，雕梁画栋，尤显富贵之气。

从振福楼出来，几位联家在门厅外辩论前贤的一幅题词，有的说是错字，有的说是异体，有的说是书家之格，仁者见仁，智者见智，但声调却有点高。时序虽行冬令，阳光下却不时有人擦着额头的汗珠子。留着长发的秘书长老封站在旁边看了看，一脸从容，没有插嘴，一转身蹲下来，脱掉鞋袜，快步走下台阶，清水冲洗着他的白白的脚，他仰天高喊起来。这时，包括那些雄辩者，所有的人都俯视溪流清水，他们的高见也许都被流水带出清溪，带到遥远的地方。过了一会儿，有人举着相机对着河里喊：“封秘来首诗！”“封秘来支歌！”

上游一百米处有座木构廊桥，半数以上的人都过桥绕对岸回来，我也坐在桥廊上背对振福楼留了影。回到县里有半个小时的车程，回放着相机里的几张小照，青山秀水中或圆或方的土楼，楼前路上男女老少的淳朴笑脸，仿佛传递着世世代代永定人生活圆满周正的气息。

五年过去了。摩云的土楼群，楼前的清溪，古朴的廊桥，旅游景区热情而又真诚的商贩身影，一直留在我的脑子里。

永定人勤俭和善，热情大方。几乎每到一处都能喝到香茶，吃到泡梨，甚或花生、橘子等，这是其他旅游景区所不曾有的。游永定，欣赏的是别样的客家土楼，感受的却是家一般的温馨。

初溪土楼群

昔日客家御敌楼，檐前鸟雀唱悠悠。
仰观日月圆心跃，俯瞰粮油廪底收。
两岸情歌招远道，一溪笑语荡轻舟。
千杯米酒何曾醉？年过呼朋结伴游。

访振成楼

摩云楼对竹青青，梅子临风远客迎。
别样家园惊海宇，泡梨漫话尽乡情。

灯

“囊萤夜读”的故事流传千古，“夜风吹不灭，秋露洗还明”，从侧面反映了读书人非常需要一盏灯，一盏真正属于自己的灯。

我出生于农家，童年时，村里除操办红白喜事的几十上百人大场面或到野外开路捕鱼用松樠火，日常都是用竹篾照明。供神、守岁等通宵照明用茶油点灯，那浅浅的灯盏盛着茶油，一条草芯或细带子盘在油盏里，点火的一端伸出灯盏外沿，另加一个三象的小木板框挡风，耗油虽不多，但麻烦的是过不了多久就要移动一次灯芯。不久，青年人走夜路有手电筒，生产队记账夜校教学有煤油灯，大队部有高挂明亮的马灯，放映电影时还有电灯，让世代静寂的乡村热闹了许多。那时候，不知多少乡村人家梦里都晃着一盏明灯，说书艺人渲染的“残灯半灭，海水初潮”更是诱惑多多。

上中学时，教室装有日光灯，室外也有白炽灯。只是那灯昏黄时居多，本如“瞌睡人的眼”，眨不了几下或小憩或干脆睡几个小时也是常事。教室的日光灯，有时大放光明，有时亮几分钟忽闪一阵，有时闪几下通宵不亮。春末夏初洪水期大都这样。那时学生没有课业负担，觉得晚自习纯属多余，灯亮时上下桌交谈说笑，灯暗时挥拳擂桌子、吹口哨，直到走廊哨声响起，才渐渐平静下来。只有少数自觉的同学相邀相伴到教工宿舍，围在老师的桌前，听老师讲不老的革命红色故事。

初为人师时，学校强调勤工俭学。自办砖瓦厂扩建校舍，办分校造林育苗，开荒造田是主业，而怎么备课批改作业，阅读书刊提高业务水平，却不作要求。教工宿舍由学校提供一个白炽灯泡（青年教师25瓦，45岁以上的老教师40瓦）。我因自学《古代汉语》《中国历代文学作品选》《中国文学史》等课程，另一个青年教师自学《数理化丛书》，相约自买灯泡，学校负责人从窗外看到我们两个房间电灯跟老教师一样亮，第二天上午厉声责问仓管员。经查确属我们到供销社自买后，才愤愤离开保管室。他两个手分别提着左右裤管两边，边走边嚷："整天抱着书有什么用，我不读书照样当校长！"我们听了深为内疚，于是换回学校统一分配的灯泡，同时自行添加蜡烛照明。这时，我更加盼望有一盏能够照亮书本的灯，盼望着像学生作文所写的那样：夜深了，老师窗前的灯光还是那么明亮！

不久，教育形势发生了急转弯，新任领导强调青年教师不能满足于抄教案照本宣科，要下苦功夫钻研教材，还要不断拓展阅读视野。他把"要给学生一杯水，教师要有一桶水"的训勉，改为"要给学生一杯水，教师要有一井活水"。学校开放了图书阅览室。许多老师房间装上了日光灯，我也领了一个双用灯头，自配一盏双管台灯。此后，我依旧用汉语拼音写详案，并把批改过的学生优秀作文张贴在教室。课外阅读《历代文选》《中国通史》《中国小说史》《形式逻辑》等也不再是校园怪事。

让我一开眼界的是观赏市委宣传部和文化局、总工会主办，一百多个单位参与的大型灯会。那晚灯会从工人文化宫广场出发，远望如一条巨龙穿过列东大街，经人民广场、汽车站、列西，转道三元、夏阳，全程耗费三个多小时。大街两边站满了人，临街住户倚在窗口张望。有光色比较单纯而动感很强的黄龙飞天、火车进村、巨轮起航、斗牛、骑兵团、猛虎啸谷等，也有整体比较平静而光色多变的天安门、纪念碑、孔雀开屏、农村俱乐部、欢乐车间、钟楼、幼儿园等，还有许多大型野生动物长颈鹿、大象、犀牛等，以及传统民俗的八角灯、走马灯、渔舟、牧童、拜年等。钢铁厂、重机厂、纺织厂等省属单位还有真人在灯车上表演，有的在船舷上举着油纸灯盏穿梭，有的在模拟的盘山道上骑彩饰自行车，有的含笑站在鲜花盛开的花丛中……一路上的大灯会虽不是日常照明所用，但五光十色，闪烁变化，实在太美了。

我想，人类生活的历程也像这五彩缤纷的灯会，有的还在坚持不懈地追求日常的实用品，有的却早已在刻意于美的欣赏和创造。

城市里望不到尽头的街灯如天上的星星，临街建筑的霓虹灯更是流光溢彩。许多地方还有专门的城市之光观赏点，不说上海的中心大厦、广州的珠江湾、深圳的海上世界、长沙的橘子洲头，恐怕连写过“东风夜放花千树。更吹落，星如雨。宝马雕车香满路。凤箫声动，玉壶光转，一夜鱼龙舞”的著名词人辛弃疾也会吃惊。这丝毫没有夸张，法国学者皮埃尔•卡蓝默访问过中国的几座城市后都感叹:“它们太大了，每一次进入我都忍不住发抖。”即使山区的小县城也不甘落后，街灯、荧光灯、霓虹灯、无影灯、追光灯，桥上水边，五颜六色，流光溢彩，远程玫瑰探照灯更是一会儿在居民区屋顶扫射，一会儿在浩瀚的天空交织。而乡村的农妇持手电筒悄悄进山采红菇，郊区的菜农头箍矿灯拉菜赶路，更有偏僻乡村的人竹篾火被风吹灭摸黑赶路。不久前，我听一位远房堂哥说，他一次摸黑赶去村部，在途中树下突然发现眼前有一团怪影，于是飞快地把怪影推开，没想到怪影也向他猛推，由于用力过猛，双双滚落深草丛中。那时候，他们怎敢奢望路灯照明？只要夜风不把他们的火把吹灭已是万幸。

时至今日，洗头、推拿、卖笑的地方都灯光闪烁，彻夜通明，更何况一方政治、经济、文化中心的集镇，楼顶旋光，夜树飞花，台阶铺红，河水泛彩，这不仅仅是夜景之光，更是一种政绩张扬，当年欧阳修的醉翁之意，不过百鸟之乐、行人之乐，儒林中的威风也无非是白日里船上挂几盏府台之灯，怎比得上如今张灯结彩的万树之乐？百鸟失踪，松鼠远遁，蜜蜂、蝴蝶、萤火虫也不知去向，参知政事欧阳修如果地下有知，岂敢醉时聚众醒时著文以炫乐？

其实，路也好，桥也好，树也罢，河也罢，结灯为衣，铺金为带，让普通市民生活在秦淮河似的金粉之乡，都不是坏事。只是以读书为业的知识分子，凭着这些遍地彩灯越来越难以读书，越来越难以看清纷扰的世相，因此还要在自己的心头点亮一盏灯，一盏完全属于自己的灯！

半亩方塘

楼下的唐医生业余喜欢看书，经常和我交换书刊阅读。有一次，他问我："你怎么不写写半亩方塘？大田的郑老师都写了。"我家距半亩方塘直线不过三百米，绕道过桥路程也不会超过五百米。这样一想，不为这个被说得沸沸扬扬的池塘写几句话，自己好像也觉得有点不应该似的。可是，真的坐下来又不知从何说起。人就是这样，"满目山河空念远"，远在千里之外的事物，常常以极大的热情去寻踪探访，对那些反复无数次的谬传信以为真，跟着一番番赞叹、一声声怜惜，而近在眼前的却总是很容易忽略过去。我对半亩方塘该也是这样的吧？

在公园散步，走着走着，我不禁会走进南溪书院的牌门。夜晚，站在那个长方形的塘边，注视水中静静的月影和荡漾池中的古樟虬枝，静听塘边年轻母亲和她向池中撒鱼食的儿女的说笑。清晨，看着池中成群结队的红鲤鱼在漫不经心地吞吐污水，每当我走下水边台阶，它们就飞快转身而去，把寥落的晨星和孤寂的残月翻搅得无处可寻。半亩方塘在著名的南溪书院前，属于泮水。南溪书院原是金紫光禄大夫郑安道（字义斋）的旧别墅。南宋理学家朱熹（1130—1200年）就诞生于此。嘉熙丁酉年(1237)，尤溪县令李修在此建祠，合祀朱松、朱熹父子。宝祐元年(1253)，宋理宗赵昀赐额"南溪书院"。朱熹有一首《观书有感》的小诗："半亩方塘一鉴开，天光云影共徘徊。问渠那得清如许？为有源头活水来。"这首小诗的大意是说方塘水清澄澈，天光云影历历可见，是由于有源头活水的不断流入；知性思索，彻悟义理，是由于长久用功读书豁然贯通的结果。这就是朱熹对读书明理作用的感受。这个观书之感，在南宋诗人谢枋得、王相选编的《千家诗》中就已约略注明：“此诗文公因观书而见义理之高明，犹水之澄清而洞照万物。问渠何其澄澈光明如此，则谓有源头活水周流。”（《千家诗》、湖南人民出版社1980年版，第73页）罗大经在《鹤林玉露》甲编卷六也写道：“公（朱熹）尝举其所作绝句示学者云：‘半亩方塘一鉴开，天光云影共徘徊。问渠那得清如许，为有源头活水来。’盖借物以明道也。”有些研究朱熹的人没有看出这首诗的双边比喻的借喻手法，就热衷于争论朱熹所写的“半亩方塘”之所在，自然错误多多。其实，只要有点古典文学知识的人都知道，朱熹的这首《观书有感》跟唐朝朱庆馀《近试上张水部》的用比手法很相似。试想，如果谁去考证诗中用作比喻的洞房是哪一间是多么荒唐的事（参见拙作《〈半亩方塘〉浅说》，载《世界汉诗》2008年第2期）。这也就是半亩方塘不取传统泮水半月形的原因。不信，就看看古人是怎么说的吧：“明弘治十一年（1498），知县方溥始浚，建亭塘上曰‘活水’。”（《尤溪县志》1927年版，第135页）从现有资料看，最早写半亩方塘的是明代提学罗璟（1432—1503），罗璟字明仲，他晚年写的《半亩塘》：“天光云影诗常诵，今日真临半亩塘。活水源头尚如故，诸生心学莫教荒。”（万历《南溪书院志》卷四）后来，尤溪知县诸弘济有《次韵罗明仲半亩塘》的和诗（万历《南溪书院志》卷四）。当代作家施蛰存先生在《已夜偶谈》也说：“至于朱熹的‘问渠那得清如许？为有源头活水来’，虽然是‘比’，却不是形象思维，因为他把逻辑思维漏出来了。这首诗，只是比较好的说教诗，却没有诗意。”（《随笔》1980年第2期）这里关于形象思维和逻辑思维的说法未必正确，但他肯定是比喻是对的。既然是一种比喻，就不是具体写哪一个地方。可以说，现在各地所谓的“半亩方塘”古迹，只不过是好事者因诗造景的现象罢了。有的还在诗题“观书有感”前加上“半亩塘”，实在是荒唐的事！

半亩方塘如此，它和南溪书院背倚的“公山”呢？在明代以前，尤溪县城南面的山峰一直都叫莲花峰。山上有池如莲蓬，池外微微隆起几个小山包如花瓣，状若一朵盛开的倾斜莲花。尤溪历代文人讲景观都只有八景，明代田濡更改部分名目，并增加二景为十景：双峰挂日、二水明霞、东岩虎啸、西泽龙潜、玉溪清印、金鲫湛泉、牛岭耕烟、龙台钓雪、狮麓春云、虹桥晓月。直到清代乾隆四十一年(1776)，焦长发任尤溪知县已经四年了。他“每逢名胜，即留心咨访，以考其实”。他在《新增八景序说》中增加了文山毓哲、公字成山、源头活水、半亩方塘、韦斋垂柳、龙门古洞、汤川平原、高山流水。为了猎奇，当时还编造了一些极为幼稚而可笑的故事，说什么朱熹出生时，县城南北两岸山上同时大火熊熊，烧出了点画清晰的“文”“公”二字。此后，渐渐地把南溪书院、半亩方塘说成在公山之麓了。众所周知，朱熹死后八年，即嘉定元年(1208)，宋宁宗赵扩才追谥其为“文”的，怎么变成在七十八年前野火烧出来了呢？我们不禁想问，历史上还有韩愈被谥为“文”、范仲淹被谥为“文正”、欧阳修被谥为“文忠”等多人，不知道他们出生时又有什么先天的征兆？不仅如此，近年纪念朱熹的活动越来越频繁，几乎每年举行一次到两次的公祭。这本来无可厚非，可是，有的地方肆意神化朱熹，设置神坛，严重助长民间迷信之风，并从欺骗群众中谋取利益。还把城西路的牌子换成了辰熹路，连酸醋也改名为尤熹醋等。有的地方借取媒体宣扬：朱熹非常善于做菜，有一种用十种菜做成的什锦菜现在真传给了某个店铺；个别人说某地的板鸭、切面、草根汤都是当年朱熹爱吃的。

纪念包括朱熹在内的历史文化名人，重要的是要坚持历史唯物主义的观点，实事求是地肯定他们的杰出成就和历史贡献，同时批判他们的历史局限性，在继承历史名人文化传统中创新与发展，只有这样，才能超越历史，超越前人。而不是随意把他们说得天花乱坠，或如神仙，或如妖怪，也不是随意丑化他们，把他们说得一无是处，甚至看作洪水猛兽，肆意贬损。也许有人认为，像“文革”时期那样丑化古代文化名人不对，而说他们的好话没有关系。不做实事求是的历史评价，任意夸大的无谓歌颂，其实给一定条件下的贬损丑化埋下了隐患。

回到开头说的半亩方塘，为什么会出现几个地方在争论的问题？除了“文化搭台，经济唱戏”的商业目的外，就是因为各地的说法都是不确实、不可靠的。如果朱熹的诗确是具体写某处的池塘，还有什么好争的呢？如果《观书有感》一诗真的是写一口池塘水清的原因，那还有什么艺术旨趣呢？站在塘边“半亩方塘”碑前，读着《半亩方塘记》的碑文，我曾经有过疑惑：为什么不具体真切地写出半亩方塘的兴废情况而通篇含糊地说一些不着边际的空话呢？朱熹是南宋时期的理学家，如果硬要说《观书有感》一诗是写他逝世298年后的“明弘治十一年，知县方溥始浚”的池塘，那是不是有点为难他老人家呢？

草木缘

栀子花

夏夜，迷人的霓虹灯与洁白的月光相互交织，把河滨公园映衬得如传说中的天府仙境一般，那微波荡漾的河水里玉彩门户绝不亚于古装戏剧里的龙宫殿。

两棵香樟树的阴影下，一片大朵大朵的栀子花在泛着玉翠的绿叶上银光荡漾，又柔和美丽。“疑为霜裹叶，复类雪封枝。”这时心里真有刘灏诗句描绘的那种感觉。走近一看，翠枝玉锦上的香雪团儿少了一隅，这些栀子花哪里去了呢？原来不远处两个女子手上各抓着一个小塑料袋！她们笑着说：“我们采几朵回去泡茶喝。”呼吸着栀子花的浓郁香气，昔日村前那棵野生的栀子花不禁在眼前摇曳。

那年，好像是深秋时节，还在念初中的我周末回家，半日里连连咳嗽。堂嫂说：“你这样咳不难受啊，我听的都难受。”我说：“没办法的。”她顺手拿了一个挑水用的铁钩子，说：“干咳，热了吧，跟我来。”我们一起走到村边几棵小树前，那树上挂满了金灿灿的棱角分明的黄栀子。堂嫂用钩子轻轻一钩，栀子树枝就倾斜到眼前来。她很快采了十多颗栀子，叫我拿着。回到家里，她选了两颗洗干净，去蒂剖开，放在一个大陶瓷碗里，冲进开水盖住。她转身去拿了一粒冰糖放到碗里。大约过了十分钟，揭开盖子一看，一大碗橙色的栀子汤热气弥漫开来，有一股淡淡的栀子香。按照她的吩咐，我把栀子汤当开水喝了几次。第二天，咳嗽果然好了。

去年，舍弟迁居镇上，几个外嫁的堂姐妹也回来祝贺。几个难得一聚的同辈人坐在一起，互道近况之后，免不了追叙少年往事，有说瞒着父母跑去游泳的，有说举着松樠火捡田螺叉泥鳅的，有说肚子饿得发晕偷地瓜玉米吃的，也有说玩游戏玩得生气的，我说，堂嫂曾用黄栀子为我治好了咳嗽。堂嫂说："有人说你粗心，怎么这点小事你还记得？"快人快语，和年轻时一样。

现在，我住的小区也有人工种植的栀子花。每当看到那翠绿泛光的叶子和银白的花朵，我不但会觉得它有一种静淑的美感，而且还会想到它的凉血消痛、降压止咳的药用价值，有时也会想起曾经给我泡栀子汤止咳的堂嫂。在霓虹灯和月光交织的朗朗之夜，从栀子花前走过，她会想起什么呢？

乌饭树

出生山区的人，很少有不知道乌饭树的。

小时候，我跟村里的小伙伴经常上山砍柴。偏僻的山村，山连着山，岭叠着岭，看过的美丽野花，尝过的美味野果，说也说不清。乌饭树就是其中印象很深的一种，只是家乡的人不叫它乌饭树，而是据果赋名灰黑籽。不管长在山坡、路旁或林子里，乌饭树都很美丽诱人。它的叶子椭圆或菱状椭圆形，常年青绿，炎夏翠绿，寒秋之后渐渐泛出微红色。盛夏开白花，像一个个倒挂的小银筒，或者是白色的瓷坛子，外部有细密的柔毛，口部有微微翘起的三角形短裂片。

有一次砍柴，大家捡了许多红豆一路摩挲，爱花的邻居女孩把银花满枝的乌饭树砍了，还高兴地举着花枝大叫：

“快来看呢，这花太好看了。”一位年纪略大的男孩子一看就生气了：“你眼睛干吗的，被泥巴涂啦？这是灰黑籽，以后会吃的，你知道不知道？”爱花的女孩被骂得直哭。会吃的，怎么能砍呢？可是还不到结果季节，她怎么知道呢？

冬季里，吃乌饭子是乡村放牛女孩的乐事。那时候，她们虽然不知道化妆品为何物，但个个脸色清纯红润，仿佛是饱满泛光的红苹果，结结实实的辫子上系着红头绳，不时甩来甩去，着实可爱。看到乌饭子，她们会一起跑过去，拽下树枝，边采边吃，吃饱了肚子，对视着黑嘴唇发笑。可别笑话女孩子，上了中学的男孩子，甚至有室有家的成人，谁还不是这样？

后来看到唐代诗人杜甫和陆龟蒙分别有“岂无青精饭，使我颜色好”“乌饭新炊芼臛香，道家斋日以为常”的诗句。了解“青精饭”的来历，原来乌饭树还有“南烛木”的别名。林洪《山家清供》开篇就引《本草》谈青精饭：“‘南烛木，今名黑饭草，又名旱莲草。’即青精也。采枝叶捣汁，浸上白好粳米，不拘多少，候一二时，蒸饭曝干，坚而碧色，收贮。如用时，先用滚水，量以米数，煮一滚即成饭矣。”《新安志》“南烛”条也写道：“道家用以馏饭，故又谓之青精饭。”当时正值初冬，三五好友邀约上倒排岩采乌饭子，虽然没有吃出多少美味，但有关灰黑籽的少年往事却是历历如在眼前。

吴茱萸

“独在异乡为异客，每逢佳节倍思亲。遥知兄弟登高处，遍插茱萸少一人。”王维的这首小诗几乎妇孺皆知。我也曾就诗中的技法写过一篇《透过一层倍深思》的短论，在《中华诗词》杂志发表。短论写成无事，在网络上搜索茱萸的图片，那红艳艳的颗粒甚是好看。这时，我才知道茱萸有两种：除了这种前人出行佩戴用以祛邪避灾的山茱萸外，还有一种灰色的裂状小果粒的吴茱萸。

看着吴茱萸的图片，我不禁轻轻喊了一声："这不就是臭辣子嘛！"

我的老家屋外就有一棵臭辣子树，是我父亲年轻时种的，树高两米有余，树冠直径也有两米。深秋后落光了叶子，剩下光秃秃节骨突出的细枝，枝头长满了成串的臭辣子。父亲细心地采下来，放在竹匾上晒干封存起来。村中要是有人消化不良，牙齿疼痛，就会跑来向父亲索要几粒，父亲就当即打开小瓮子，取出一串送给他。我记得自己也吃过一回，取几粒臭辣子捣碎，用一汤匙家酿红酒送服，味苦辛辣，但效果奇好。吴茱萸不但散气止泻，还有散寒止痛，消胀止吐，外用可治口疮、高血压等十多种疾病。

吴茱萸静立屋外的路旁，长了几十年。除了治疗疾病之需，全村似乎没有一个人说过吴茱萸的一句好话。长大外出，我也没有见过谁写诗作画赞誉过它。想起吴茱萸，我就想起乡间村野之人，他们世世代代弓腰曲背，"足蒸暑土气，背灼炎天光"，他们为社会"殚其地之出，竭其庐之入"，可是，哪一个达官贵人记住他们的好呢？

山柿子

昨天，几个同事邀约到南郊莲花峰攀石径、逛寺庙，途中在山亭里小坐片刻，发现山坡上有一棵高大的柿子树，枝头上挂满了橙黄橙黄的柿子。

"柿叶翻红霜景秋。"我们这一代人大多从山野里出来，只要看到野果便感到格外亲切，更何况是漫山遍野中挂着小红灯笼似的山柿子？于是，话题一下子回到了少年时代，回到了偏远的家乡。

忘记是那一年了。秋收时节，学校放假三天。我们几个小学生参加生产队割禾。吃完随带的午饭，大人们各拿一把稻草铺在田边的大石头旁，背靠石头坐下，用斗笠遮住头脸眯眼稍息。

我们几个小孩子跑到对面山坡，像猴子一般飞快攀上柿子树，骑在枝上，摘下柿子便吃。有的一口气吃了几个，口袋里又装了几个。从树上下来，渐渐觉得嘴巴苦涩，回到打谷场时苦涩难以忍受，赶快跑到小溪里掬水洗漱。一遍一遍地洗，还是洗不掉口中的苦涩味。大人们知道了，一个个都笑得合不拢嘴，有的说："用泥巴涂抹冲洗几次就好了。"有的说："抓条小泥鳅生吃下去便好。"有人举着水烟筒说："喝口烟筒水，嘴巴马上不涩。"

老大伯告诉我们："刚摘的柿子不能吃，要在谷壳中放几天。"我们都摸着口袋里的柿子，问："要放几天呢？""看外表红红的，摸起来软软的，那就成熟了。"我们嘴里苦涩难忍，脸上羞涩不堪。后来了解到，催熟柿子有好多办法，如石灰水浸泡，温水浸泡，熟水果混装等。

"晓连星影出，晚带日光悬。本因遗采掇，翻自保天年。"古人这样赞美柿子。熟透的柿子甜蜜可口，柿子干也是回味无穷。从前，老家的人常把柿子干捣碎搅饭喂孩子。农家孩子怎么长大的？至今还是这句老话："用柿子饭喂大的。"

不管在山上看到柿子树，还是在街头看到卖柿子干，我的思绪就会飘忽起来。许多年过去了，这件小事一直历历萦怀，几个采柿子的伙伴也一直萦绕左右，难以忘记。

南酸枣

我一直都喜欢南酸枣，不但因为它的果子润滑甜蜜，更因为它枝叶摩云，映影山溪，落果清潭的野趣。

南酸枣，别名酸枣子、五眼果，深山野岭，路旁溪岸都可以生长。据说，它是一种很好的用材树种，又是一种野生果用经济树种。椭圆形的果子成熟外皮光滑呈金黄色，内白润如新鲜荔枝，鲜食酸中沁甜，富含植物黄酮、天然果胶、维生素C、有机酸等多种有益成分，是制作南酸枣食品得天独厚的材料。

童年时代，我不知道这么多，只知道大人都称它流鼻枣，可以生吃。

老家的南酸枣树高冠大，大都有十几二十米高，除了一棵长在翠竹林里，其他的都摇曳在“天光云影共徘徊”的流水潭边。那时候，乡村的孩子没有水果的概念，别说家穷买不起，就是有钱人家也没地方买。山间金灿灿的南酸枣，就是我们当年免费的水果摊点。盛夏时节，午饭后，晚饭前，我们邻居几个小伙伴像一群小鸟，一会儿飞到南酸枣树下，一会儿飞回家。一到树下，我们就脱了衣服，蹲在清水潭里，一边捡起水中南酸枣子吃，一边惬意地泡澡纳凉。大家击水嬉戏，潭水依旧清澈见底。潭底完好无损的捡完了，就捡岸上的。吃饱肚子，再装满两个口袋，回家孝敬长辈。有一次，一个女孩看到我们带回南酸枣，满口说好吃。一不小心，连里面的果核也一起吞下去了。她有些害怕，问大人怎么办。她妈妈逗她，你不会去山上捡，现在果核吃下去，正好在肚子里长一棵枣树来，明年就有南酸枣吃了。大家都笑了。小女孩很聪明，马上醒悟过来：“那你吃了那么多板栗，怎么肚子不长板栗树呀？”

第二年，谁的肚子里都没有长出酸枣树，大家依旧到溪边南酸枣树下捡拾。“南酸枣，南酸枣，吃到肚里都是宝。脱掉衣服打水花，老公老婆来相好。”渐渐地，小伙伴不好意思在小溪里脱衣服了，也不好意思再唱老公老婆的童谣了。

现在，童年时的许多往事都忘了，而当年清水潭上高高的南酸枣树还依旧摇曳在我寂寞的心中。

味老

一

人无论男女美丑贫富穷达都会老。什么时候算老？古时六十曰老，七十曰耆，八十曰耋，九十曰耄。现时通常四十二至六十五周岁算壮年，此前当是青年，那六十五周岁之后应该可以归入老年之列了吧。可是向来人对老的感知却有很大的不同。众所周知的诗句就有“夕阳无限好，只是近黄昏”“但得夕阳无限好，何须惆怅近黄昏”“老夫喜作黄昏颂，满目青山夕照明”等。

我那偏僻的家乡对老有自己的界定，就是看人当爷爷奶奶了没有。要是做了爷爷奶奶，家中有儿媳及孙辈，年岁不满五十，也可以从从容容说老。男的可以常说腰腿疼痛乏力，把重活推给年轻力壮的儿辈，女的可以说奴才已经做了几十年，串门聊天不要准点赶回家做饭烧菜。俗话说：“堂上交椅轮流坐，十年媳妇熬成婆。”藏不住长舌头的，一碗粗茶，两块豆乳，三盘咸菜，加上几把炒豆子或爆米花，便滔滔不绝于丈夫怎样怎样，媳妇如何如何，以及东家长西家短，直说得众人前仰后合，茶水四溅，夕阳西下！小城的人到了四五十岁，在单位能上的早已被提拔重用，没有提拔的便明智地放弃了努力，丝毫不抱什么上进的希望，人到中年万事休嘛。工作业务上放松了，娱乐活动却渐渐丰富起来，太极拳、交际舞、拉丁舞、广场舞、红歌会、棋牌麻将以及各种球类。终于有一天惊奇地发现自己的白发越来越多，眼睛越来越昏花，脸上的黑斑由点成片，颈上的皮肤由痕纹变成沟壑，半老徐娘跟女儿用一样的化妆品，涂口红，穿短裙，挎坤包，可是，仔细对镜一看，那老还是紧附身上寸步不离。

当然，并不是所有的人都这样感知老的。有人认为，年岁有加，并非垂老；理想丢弃，方堕暮年。著名的古文字学家商承祚先生就写过这样一首打油诗："九十可算老，八十不稀奇，七十难得计，六十小弟弟，四十五十爬满地，二十三十睡在摇篮里。"确实，古今中外有不少的人在年老时继续写就人生的华彩篇章。刘嘉老人七十岁才开始创业，成功后将自己的百万资产全部无偿捐献，直至九十九岁还热心捐资助学；褚时健七十三岁开始种植橙子，十二年后成为亿万富翁；王文渭古稀之后把电子积木玩具产业做到极致；蔡先培七十岁后学会开飞机；重庆大渡口的"汉普工艺美术有限公司"六个员工平均年龄七十四岁多，最大的八十九岁，最小的六十四岁，经过一番努力，他们都成为专家。我的业师、福建师大副校长、华南女子学院院长、福建省杰出人民教师陈钟英教授今年九十周岁了，还在华南上班，为学院的发展引航掌舵，轻车熟路，神清气爽，不知老归何处。

二

古稀之后仍然创业不止，为社会创造大量财富，或坚守岗位促进一个单位发展的老年人，虽不能望其项背，但我格外敬佩他们。

有时我又想，年轻时各有其志，老了也各有其力，人不认老不行。世上好东西总是不多，老年创业的能人也必是少数。不久前的一次公园晨练，跟一位年过七旬的退休干部打招呼，没想到他兴致勃勃地谈起自己的健身之效，紧接着还要演示劈腿、翻跟斗、俯卧撑等健身法，幸好在场的几位熟人一起竭力劝止。由此，我想起了一些与此类似的事。现代科技发展日新月异，而我们这一代老人上世纪所受到的科技教育相对缺乏，对于计算机、智能手机等电子产品的使用，就要虚心接受年轻人的指导，而不能总是把“我走的桥比你走的路还多，我吃的盐巴比你吃的饭还多”“想当初”等挂在嘴上。认老，就是承认人的生命成长规律，承认时代发展规律，老年确实会积累一些年轻时所没有的经验，但年轻人也有新思路，掌握新方法，不能倚老卖老，说什么“我从前年轻过，你老过吗”？

近年有些人退休后壮心不已，回到阔别多年的老家担任村支书或主任，蓝图描绘虽美，但实践起来大多力不从心，甚至上任不久就丧命，这真令人惋惜！有的人虽然没有自荐到基层冬行春令，但总是抱着一股不服老的雄心，今天找这个局长，明天找那个主任，极力献智献策，观领导面相，测大门风水。即使平日闲谈，也是一会儿指责单位领导无能，或者某位副手配合不力，一会儿数落家中晚辈窝囊废，过于老实巴交，而不能遂其翻天覆地之愿。

还有些人不服老，表现为跟自己过不去。老同学、老同事要是做出成绩，首先不是为他高兴，而是觉得自己过去并不比他逊色多少，现在怎能远远落后于他？左思右想，食而无味，寝而不安，暗暗发誓跟他再做一番比试，看谁赢在最后笑在最后。若是比不出满意结果，便由怨人转为怨己。忽而怪行年运气不顺，忽而怪小人暗中干扰，整天精神恍惚，萎靡不振。这实在是借他人的成绩来惩罚自己。

认老，并非一概反对老人作为，而是根据自己的身体状况和特长，适当参加体育锻炼，如散步、练太极拳、跳交际舞、游泳，还可以继续发挥专长，既修身养性，又为社会做贡献，如写诗绘画摄影写毛笔字，或者经营一些熟悉的商务等。

三

一个人知老认老，就不会徒生一事无成、满江风雨之叹，而会很快找到适合自己的生存方式，豁达地幽默地述老，不必感伤，不必哀叹。“满目青山夕照明”“余霞尚满天”，甚至连“夕照”“余霞”等比喻都可以弃之不用。我想，老年是从雪山下汇聚到大海的一江滚滚洪流，入海是一种新状态新方式，而不是被吞噬被熄灭。《红楼梦》第三十九回有一段写贾母和刘姥姥的对话，颇为风趣：

贾母道：“老亲家，你今年多大年纪了？”刘姥姥忙起身答道：“我今年七十五了。”贾母向众人道：“这么大年纪了，还这么硬朗。比我大好几岁呢！我要到这个年纪，还不知怎么动不得呢。”刘姥姥笑道：“我们生来是受苦的人，老太太生来是享福的。我们要也这么着，那些庄稼活也没人做了。”……贾母道：“我老了，都不中用了，眼也花，耳也聋，记性也没了。你们这些老亲戚，我都不记得了。亲戚们来了，我怕人笑话，我都不会。不过嚼得动的吃两口，睡一觉，闷了时和这些孙子孙女儿玩笑会子就完了。”刘姥姥笑道：“这正是老太太的福了。我们想这么着不能。”贾母道：“什么福，不过是老废物罢咧！”说得大家都笑了。

小说中的贾母眼花耳聋没记性想必属实，而“不中用”“老废物”等用语看似悲观，实是一种老人述老的开朗豁达，也是一种幸福的得意炫耀。这样心胸才会开阔。启功先生六十六岁生日时曾为自己拟过一个墓志铭：“中学生，副教授。博不精，专不透。名虽扬，实不够。高不成，低不就。瘫趋左，派曾右。面微圆，皮欠厚，妻已亡，并无后。

丧犹新，病照旧。六十六，非不寿。八宝山，渐相凑。计平生，谥曰陋。身与名，一齐臭。”富贵极致的贾母和著名书画家启功如此看待老境，凡俗之人该会怎样？网名喜欢黑杨采写的一百位百岁老人的故事会给你一个满意的答复。

知老、认老、述老，并非劝老年人整天守在家里，而是要适时放下，放下权力放下金钱放下家庭，当身外的东西都放下了，自然性相就凸显出来了。“每月领取养老钱，多也喜欢，少也喜欢；少荤多素日三餐，粗也香甜，细也香甜。”像赵朴初这种脱俗洁净的老不是衰老，而是秋风中“敲骨作铜声”的老练！居里夫人说得深刻：“上帝在给你关上一扇门时，也同时会为你开启一扇门。”年岁老大，生理风华渐渐枯竭，而阅历丰富的内在精神气质正如日之升，散发耀眼的光芒！

随想杂录

一

一般日子，过法敻然有别。从前看电影，我们几个小伙伴总是把人做好坏之判。这看起来极为简单的两分法，却时常争执不下，有时互不服气，而不欢而散。有长者以“上、中、下”三等抹掉了我们的幼稚，又有某君以“可敬、可怜、可悲、可恨”四等说教，当即有人以“可爱又可靠、可爱不可靠；不可爱而可靠、不可爱且不可靠”否定。虽各说都有一定道理，但我还是更喜欢农谚“吃一种饭，出七十二等人”之说。

有人多愁，年少时，愁自己前程不达，家财欠丰；愁日月失明，江河渐涸；愁高山破月，草木枯萎。听得太阳上有黑子，梦里力引长江上游清水濯洗，直至擦得明亮如镜如银，耀眼夺目，才嘿嘿轻笑几声。娶妻生子之后，家境颇有余裕，转而忧愁钱财易失，守财不易。时常夜间惊醒，摩挲锁钥连身依旧难眠。可想想又好笑，好端端的怎么竟成了葛朗台似的人？有人多恨，恨妻子不秀，四处寻找金鱼寻找罗敷，以致无由地“回归相怨怼”，恨子女不才，深责堪舆先生太糊涂，只知骗吃骗财，不识风水好土。恨命运多舛，几十年几起几落；恨世道不公，位卑势孤。探门攀贵，隐约看到通达之路；直至两鬓飞霜，哀叹难寻改变命运之主。有人多怨，怨贵人不扶，富人不助。为何不扶我，总扶他人？赶快跟踪调查，暗中记录，到时候准揭他个体无完肤！为何不助我？他抢占积累不义之财，道德败坏，人格低下，富又何补？恨凡人不从，骄人不附。他算老几，竟然敢跟我唱反调？她装什么，我还看不上她呢。有人多惧，在家惧怕外面风光被人占尽，在外担忧家门窗外有人徘徊，散时独处担心受“孤独不合”之讥，聚时欢笑又担忧落入“讨好献媚”之坑。坐时怕被长舌看出头发少，走时怕被众议身姿斜。

有人乐炫，一块手表，一条领带、皮带，一盒化妆品，甚或一个新纽扣，在同事朋友面前都要翻转半天，多方启发诱导对方猜出它的高价和产地，要是没有以富而美相夸，必指斥其为天下第一老土。一次旅游，一次观光，要把一路风光图片全部展现，看不出他展示的异地风采的特异之处，说不出他游过的景区之名，让他劳神多费“对牛弹琴”的口舌。写过几副半对不对的联语，几首韵律半合不合的小诗，随时放在口袋伺机示人，不顾别人赶着上班或者回家照看孩子。要是出行艳遇，异域考察，更是不许他人在他播放完视频离开。有人善谈，拜访朋友有讲不完的故事，道不完的段子，天南地北，古今中外，一会儿唾沫四溅，一会儿附首耳语，一会儿拍肩击背，一会儿挽手摇晃，遣秦始皇到清宫办案，派明洪武接见诸子百家，三个小时后走下电梯，突然醒悟古皇竟然稍有失误，匆匆上楼急按门铃要求续谈，给还没有洗完一脸唾沫的主人一个惊讶！

有人尽自己之力，谋自己之思，“滴自己的汗，吃自己的饭，自己的事自己干”，不靠天，不靠人，也不靠祖上，坚守本分，不卑不亢，听到“老实是无用的代名词”的宏论也不惊不咋。了解自己，探究社会，不断调整自己的人生之路，不以让别人惊羡为喜，也不受他人歧视之悲。“忙时不慌，闲时不荒。”自强不息，自有一技之长，一业之成。当明白了人生一路走来拾取多多，也应该不断放下不断抛弃，因此还会平平常常挤在人流里，还会从从容容蹲在墙根的温暖阳光下。

二

从几千年前的老祖宗到眼下，为人行事位次决定一切。有道是“不在其位，不谋其政”。其实，不在其位，即使才过四公子，可补破天之缺，诚心勤王，欲谋献策轮得到你吗？子路“率尔而对”尚且受到尊师的讥评，更何况于外人谋政？《红楼梦》里元春归宁，老太太贾母站也不是，跪也不是，就因位次变了，元春不再是她普通的孙女，她的归宁是元妃省亲，代表的是皇室而来。贾府无论多么富贵荣耀，还不是皇室可以任意摆布的一条虫？“君要臣死，臣不能不死。”这在长期的封建社会成了一条铁律。

君君臣臣父父子子。这是几千年中国封建制度下整个社会的等级地位的总体规定。臣子之间自有三六九等，因此有“九品中正制”的规范。各品官员的配偶随之也有相应的等级，夫贵妻荣，历代命妇品阶多有变化。《儒林外史》里白天行船挂灯笼，不为照明，为的是借灯笼主人显威势，《红楼梦》中的贾珍明为儿子买官，实为媳妇亡魂。这都说明等级地位的重要。皇宫相府官邸，交椅高高低低，修身齐家治国平天下的大丈夫就为一个位置，在朝觑位，在野思位，民间三教九流也不例外。血亲长幼有序，各路亲戚同样有主次之分。酒宴座席当严格排定座位，否则将当场翻脸逃离。不知礼，无以立。

有人说，一句话本身对错并不重要，重要的是谁说过这句话。近年，各种学会团体数以万计，内争位次，外比帽缨，就因为一个人的能力水准并不重要，重要的是看他戴上了哪家的帽子。帽子大小高低就是等级位次，就是身份地位，也就是权势利益，因此，男子汉大丈夫胸怀宽广，一身一世只争博带峨冠。一带一冠怎么就争不完呢？它像庞大固埃的舌头能遮住了多少复杂的世相啊！

三

记得多年前，两位中学教师同在一间简易的阅览室看报。语文老师用方言跟英语老师感叹说：“阿义，一个人成了家实在好！”幽默的英语老师略微过了一会儿也用方言答：“那不一定。”语文老师不解：“为什么？”“比如猪猳。”同在看报的人都一起笑了起来。过了不久，那些堪称各种“家”的人，譬如科学家、文学家，一夜之间全部走上“白专”道路，坐牢的坐牢，游街的游街，挨斗的挨斗，下放劳动算是可以改造的一族。

读书人成家之后，高效服务于社会，服务于人民，这是科技推动社会进步的重要力量。因为对社会的重大贡献，自身也享誉八方，这没有什么不好。譬如，农学家大面积提高粮食、蔬菜、水果的产量，桥梁专家解决深水作业难题，医药学家制造新药赶走病魔，教育家加快培养人才步伐，都是造福于社会，造福于人民的好事。

不知从什么时候起，对“家”的认识变了。多渠道多层次地快速打造专家，惊人的数量和速度都是史无前例的，即使温室育秧、雨后春笋也难以比拟。过去，围河堤开辟大寨田，天不怕，地不怕，揪斗教师，赶走科学家，那是大无畏的革命家；现在，在肥沃的良田堆上深山巨石或筑上假石，便是城市规划和设计专家，自立门派，举旗呐喊，兜售帽子，短短时间内造就的专家名家比蚊子还多，宋代贺铸的写愁名句“一川烟草，满城风絮，梅子黄时雨”用来形容“名家”之多，一点也不觉得夸张。造就者自然是某某神，某某帝了。仿佛再往前一步，就实现“家天下”的宏愿了。

啊，谁能说出这是欺人耶，抑或自欺耶？

四

经典小说中的“宝玉挨打”场面，不知牵动多少人的心。一旁抹泪的人怨执棒者下手太狠，那棒打在宝玉身上，胜似打碎自己的心，而执棒者却怨抹泪一族长期怂恿助长了宝玉的恶习，深恨烂铁不成钢。一样爱心，两种怨怼。

自古英雄多磨难，从来纨绔少伟男。

“养不教，父之过；教不严，师之惰。”这种事，生活中何其多也！

众所周知，古代的孟轲、范仲淹、欧阳修、岳飞等成就一身功业，千古流芳，都源于一个善教严教的家长，现代的邹韬奋、茅盾、梁思成兄弟姐妹等都在科学文化上颇有建树，也与善教严教的家长有关。相反，范母改嫁后的朱家孩子却没有长进，终生碌碌无为。为人父母者，从古今人才的成长史得知：养儿长教，教儿勿纵。这是中华民族发展史上的一笔宝贵财富。

孩子不能怂恿，需要严而有格的科学教育。这话在今天应该没有问题。要是有人提出大人是否需要教育，能不能怂恿的问题，该做如何回答呢？稍加思考，这问题也应该容易解决。那么，古代的名人可以恣意吹捧任意涂抹吗？许多权重势尊者却不甚了了。不顾地方经济实情，借立项旅游工程之名，不惜花巨资盲目建设古代名人故居建筑群。有识之士早已警示我们：“最深重的罪行记录和那些最伟大的文明遗存一样，反讽着盲目的旅游狂潮：不断增加的观瞻背后，是真正严肃的纪念性的游移甚至失落。这也是一种令人痛心的不敬。”

把历史文化名人当作小姑娘，想怎么打扮就怎么打扮，想怎么开发就怎么开发，这不但是对古代名人的大不敬，更是对我国历史文化的变相破坏。

五

世人忙忙碌碌，各有所求。看得到的普遍追求不必说要数钱财，看不到的大概当属面子了。民国期间，一次酒席吃红酒炖黄鳝，吴先生用筷子挑着环状的黄鳝说："这黄鳝一圈一圈像藤一样。"说着放进了自己的嘴里。一位陈姓同桌深觉被刺伤了面子，当即回敬了一句："藤、藤，要穿你的牛鼻！"闽中方言里，"吴"和"牛"谐音，"陈"与"藤"相谐。因为这句话，演绎了两家不断的恩怨故事。不知怎的，我由此想起了与面子有关的人与事。

距我家不远的镇上有一户窦姓人家，丈夫常年外出，在方圆十几里内有相当姿色的，妻子频频与人幽会，甚至不时留宿外人以解闷。在 20 世纪六七十年代，她被周围的人骂成"客店婆"，还被揪到田里扒光衣服涂泥巴，房间被泼过粪便，衣裤被扔进尿痛。女邻居不但不许丈夫跟她搭话，也不许女儿跟她接近，以免被她传染。镇上迎神纳福，乡亲乔迁、贺寿、娶亲等重大喜事，诸事不让她插手，避之远胜连克七夫的煞星，她的丈夫回家，被人誉为"老乌龟"，众人议事从无他的置喙之处。可是二十年过去，谁知她的两个女儿竟然一度帮她挽回了面子。她的两个女儿，身材高挑，容貌俊俏，丰胸翘臀，生性活泼，初中毕业后，凭自己的交际能力获得文书档案专业大专文凭。出嫁生育后，把母亲的基因发挥到极致。她们不像母亲那样就地取材，揽进怀里便是郎，而是选择有权帮助自己发展前程的，有钱帮助自己富足持家旺夫的。她们自家门口公车进进出出，归宁看望父母，给爷爷奶奶祝寿，很快就有一些在当地有头有脸的人前往祝贺送礼。镇上办事，无论公私，别说不像当年回避她们母亲那样，而是只怕请不到她们，若是请到了她们，也就容易请到那些有头有脸的人物。那面子岂不大耶？可是，随着豪车之主纷纷入狱，那姐妹俩的大面子也如深山的秋叶不知飘落何处。

女人的面子忽大忽小，大时如云彩盖过十里八乡遮龙虎，小时如餐巾一旦皱褶不足以抹泪。即使一个电话能够呼风唤雨的高官，面子还不是重时如千斤，轻时如飞絮，轻重全掌握在上司的手心。当年某省级官员的书法何其了得，千金难求一字，一旦落马，不但无人问津，就是原来悬挂厅堂逢人必夸的字幅也弃之唯恐不及。大丈夫的面子何曾靠得住呢？

近日，有一老友说：“德可润身，重德才有面子。”这话似乎没错，可是稍一思索，马上发现不对，同一个人同一件事，在同一时间的不同地点，或在同一地点的不同时间，人的面子大为不同，事件的意义也大为迥异。商界巨富李嘉诚关于面子的谈论，实在耐人寻味：“当你放下面子赚钱的时候，说明你已经懂事了；当你用钱赚回面子的时候，说明你已经成功了；当你用面子可以赚钱的时候，说明你已经是人物了。当你还停留在那里喝酒、吹牛，啥也不懂还装懂，只爱所谓的面子的时候，说明你这辈子也就这样了。”任何时候不顾面子不行，只顾面子也不行。这话虽跟孔老夫子的“无终食之间违仁，造次必于是，颠沛必于是”不同，但我们所看到的人世现实不就是这样吗？